Colour & Bones
Teil 2: Zwiespalt
Luna Cathedras

Das Buch:

Sechs Monate ist es her, seitdem Adam verschwand und Johanna in einem Leben voller Zorn- und Panikattacken zurückließ. Von einer anonymen Nummer erhält sie schließlich einen konkreten Hinweis, wo Adam sich aufhalten könnte. Gleichzeitig offeriert der Kreis der Begnadeten, ihr bei der Suche nach ihm zu helfen – sofern sie ihnen beitritt.

Gemeinsam mit Adams bestem Freund Toni versucht sie, die Intrigen zu entwirren und herauszufinden, was genau der Kreis der Begnadeten mit ihr vorhat.

Währenddessen überschreitet Toni die feinen Grenzen der Freundschaft, wann immer sich ihm die Gelegenheit bietet – und Johanna ist nicht abgeneigt, seinen Avancen nachzugeben...

Die Autorin:

Die im Jahrgang 1989 in der Schweiz geborene Luna Cathedras wohnt und arbeitet mit ihrem Partner und zwei Katzen zurzeit in einer Kleinstadt in Brandenburg. Sie schreibt ihre Bücher in Begleitung von C-Drama und K-Drama OST und mit steter Unterstützung ihrer Vierbeiner. Sie liebt die fernöstliche Dramatik in den entsprechenden Serien und lässt die ein oder andere dadurch inspirierte Handlung in ihre Bücher miteinfliessen.

LUNA CATHEDRAS

COLOUR & BONES

ZWIESPALT

Bibliografische Information der Deutschen Nationalbibliothek: Die Deutsche Nationalbibliothek verzeichnet diese Publikation in der Deutschen Nationalbibliografie; detaillierte bibliografische Daten sind im Internet über dnb.dnb.de abrufbar.

1. Edition, 2024

Herstellung und Verlag: BoD – Books on Demand, Norderstedt
Umschlaggestaltung: Sabine Pöstinger von inspirited books Grafik-design | www.inspiritedbooks.at
Charakterillustrationen: Anna Lavellan | https://www.annalavellan.de
Lektorat & Korrektorat: Luna Cathedras

ISBN: 978-3-75837-163-9

Dieses Buch ist auch als E-Book erhältlich.

Inhaltshinweis

Solltest du als Leser:in mit den nachfolgenden Schlüsselwörtern aus irgendeinem Grund Probleme haben, steht es dir frei, das Buch zurückzulegen und weiterzugehen. Denn diese Geschichte, auch wenn frei erfunden und zu keinem Zeitpunkt gewollt auf Ereignisse und Personen (lebendig oder tot) in der realen Welt bezogen, wird all diese Schlüsselworte in irgendeiner Weise verarbeiten.

Du musst selbst entscheiden, wie und ob du dem gewachsen bist.

Meine empfohlene Altersgrenze für dieses Buch ist 18+.

Wer dieses Buch liest, den Smut jedoch überspringen möchte, der meide Kapitel 22 und 26.

Schlüsselworte:
- Explizite Sexszenen
- Leichte Form von Erpressung
- Verlust, mit Folgen in Verbindung mit Panikattacken
- Emotionale Manipulation
- Experimente an Menschen
- Gefährliche Handlungen ohne Einverständnis

Eintauchen und unserer Welt entfliehen,
Als dunkler Bösewicht Wälderwärts ziehen?
Stets auf der Suche nach dem wahren Glück,
sinken wir aufs Neue in die Realität zurück,
Und sehen nicht, dass es bereits liegt in uns'rer Hand,
In Form von Geschichten oder einem fernen Land.
Wer wären wir ohne Fantasie,
ohne erdachte Religion und Magie,
ohne herzzerreißende Liebesgeschicht,
und den notwendigen Niederlagen?
Die darstellende Kunst, sie bricht,
auf dass man sehnt nach besseren Tagen,
das Herz der Leser.

Luna Cathedras, 2024

Was bisher geschah

Johanna McGibbons Leben war seit jeher durchzogen von Geheimnissen und Erinnerungslücken.

Nachdem sie eines Abends in einen Autounfall geriet, kümmerten sich ausgerechnet Toni und Adam Cadeesh – ihre Sandkastenfreunde von nebenan – um sie und stellten sicher, dass sie bis zur vollständigen Genesung umsorgt blieb.

Dass Johanna schon seit Kindheitstagen für Adam schwärmte, blieb dabei nicht lange verborgen. Aber dass er ihre Gefühle erwiderte – damit hätte sie nie gerechnet. Während sie sich auf eine romantische Beziehung mit Adam einließ, offenbarten die beiden Brüder mehr und mehr Details zu Johannas Erinnerungslücken und erklärten ihr, wer sie in Wahrheit waren: Opfer einer Vorfahrin Johannas, welche ihre Seelen dermaßen gequält hatte, dass diese erstarrten und somit unsterblich wurden.

Mithilfe der Brüder erfuhr Johanna einiges über die Organisation, der sie seit jeher auf Wunsch ihrer Eltern beitreten und ihre Fähigkeiten anbieten sollte. Und dass ihre heilenden Kräfte bereits seit Kindheitstagen in ihr schlummerten. Fest entschlossen übte sie sich im Umgang mit ihren Fähigkeiten, stürzte sich in die Aufgabe, gemeinsam mit Toni und Adam die Intrigen der Organisation zu durchschauen – und stetig brodelte eine Wut in ihr, die sie sich nicht zu erklären vermochte.

Schließlich brach jener Zorn in Form einer schwarzen Wolke aus ihr hervor und traf unbeabsichtigt ihren geliebten Adam, woraufhin dieser mit einem Schlag restlos aus ihrem Leben verschwand…

Prolog

Vor 6 Monaten

Ich (08:53): Adam, bitte verzeih mir!
Ich (08:53): Ich wollte das nicht!
Ich (08:55): Bitte, komm zurück und lass uns reden.
Ich (08:57): Ich liebe dich und will dich nicht verlieren!

Vor 5 Monaten

Ich (16:38): Adam...
Ich (16:41): Bitte, es tut mir leid.
Ich (16:50): Können wir nicht darüber reden? Kann ich es nicht irgendwie wieder gut machen?
Ich (17:04): Ich liebe dich.

Vor 3 Monaten

Ich (14:02): Ich vermisse dich so...
Ich (14:03): Bitte, komm zurück.
Ich (14:05): Ich liebe dich.

Ich (22:11): Adam... bitte. Rede mit mir...

Vor 1 Monat

Ich (03:01): Es tut mir so leid...
Ich (03:47): Kann man sich entlieben?

Heute

Ich (02:21): Vielleicht kann ich die Erinnerungen an dich wieder blockieren. Damit zu leben ist schlimmer, als zu vergessen.

1

Sie schrie.

Alles in ihr, an ihr brannte, zerriss und zerfiel zu Asche.

Und doch stand sie an genau derselben Stelle und lebte. Atmete und zerbrach zugleich.

Johanna legte schützend die Arme um ihren Körper. Sie musste sich vor dem Verbrennen schützen, vor dem Zerfall bewahren. Es geschah trotzdem wieder und wieder – und am Ende stand sie da, in der Eingangshalle der Cadeesh-Villa, und der Moment wiederholte sich.

Ein Schluchzer zerriss die unheimliche Stille. Sie war sich zu hundert Prozent sicher, dass sie weinte, doch keine Träne rann über ihre Wange.

Ein Traum.

Dieser Traum.

Es war immer *dieser* Traum, der sie heimsuchte, wann immer Johanna dachte, dass sie ein Stück freier atmen, ein Fitzelchen weniger deprimiert sein konnte.

Und jedes Mal war sie darin gefangen. Sie konnte sich nicht selbst aufwecken oder auf etwas anderes konzentrieren. Nein, sie musste wieder und wieder durch diese Hölle, die sie selbst über sich gebracht hatte, indem sie Adam eine düstere Form ihrer Fähigkeiten entgegengeschleudert hatte.

Ein weiteres Schluchzen löste sich von ihren Lippen. Morgen früh würde sie sich an nichts hiervon erinnern können. Der Horror, den sie im Augenblick empfand, würde zwar als schales Echo nachhallen, aber wenn der Traum sie erneut aufsuchte, wäre alles genauso schlimm wie beim ersten Mal.

2

»Guten Morgen, Leonessa.«

Tonis Stimme weckte Johanna aus einem Dunst finsterer Träume. Sie schlug die Augen auf, blinzelte ein paar Mal und erkannte, dass er auf der Bettkante sass, den Oberkörper ihr zugedreht, ein sanftes Schmunzeln auf seinen Zügen.

»Na, endlich wach?«, neckte er liebevoll und die blauen Augen begannen zu schimmern.

Johanna schüttelte missmutig den Kopf und wollte sich zur Seite drehen, um noch ein wenig länger im Bett zu bleiben.

Toni lachte leise, beugte sich weiter herunter und drückte ihr einen feuchten Schmatzer auf die Wange.

Mit einem »Igitt!« riss sie die Augen auf, wischte sich mit der Bettdecke die Spucke vom Gesicht und funkelte ihn empört an. Seine Frisur war ein wenig durcheinandergeraten, die blonden Strähnen hingen ihm über die Augen.

Die Augenfarbe ihres besten Freundes änderte sich in dieser Sekunde zu einem satten Saphirblau, das ihr förmlich entgegenstrahlte, so gut gelaunt schien er zu sein.

»Hopp! Frühstück in zehn, Aufbruch in dreißig Minuten«, verkündete Toni unbeeindruckt, erhob sich und ließ sie murrend zurück.

Mit einem Seitenblick auf den Wecker schlug Johanna seufzend die Bettdecke zurück. Sie griff nach ihrem Smartphone und prüfte die Benachrichtigungen. Nichts. Ein weiterer Tag ohne eine einzige Reaktion seitens Adam. Der Schmerz, der sich in ihr auszubreiten begann, ließ sie nach Luft schnappen. Kein Tag verging, an dem sie nicht bereute, ihn gehen gelassen zu haben.

Als hätte ich großartig eine Wahl gehabt.

Verbittert schlossen sich ihre Finger enger um das Gerät, die Knöchel knackten und Johanna stieß einen frustrierten Laut aus, bevor sie es zwischen die Kissen fallen ließ und aufstand, um ins Bad zu gehen.

Der Verlust von Adam war der Preis gewesen, den ich für meine Dummheit hatte bezahlen müssen.

Vor sechs Monaten hatte Adam sich zwischen sie und Toni gestellt, als ihre Fähigkeiten aus ihr hervorgebrochen waren. Sie hatte ihm wehgetan, das wusste sie – doch wie groß das Ausmaß seiner Verletzung war, blieb weiterhin unbekannt.

Toni hatte Adam in eine ihrer geheimen Wohnungen gebracht, dann jedoch den Kontakt zu ihm verloren. Auch er litt unter dem plötzlichen Verschwinden seines besten Freundes. Zwar versuchte er, Johanna mit allen Mitteln aufzuheitern, doch manchmal entdeckte sie ihn dabei, wie er mit leeren Augen Löcher in die Luft starrte, oder sein Smartphone wutentbrannt inspizierte.

Seither hatte sich so vieles verändert, dass es ihr zuweilen immer noch seltsam vorkam, dass *bloß* sechs Monate vergangen waren.

Gelleroy und Greta waren mittlerweile derart mit Arbeit für den *Kreis der Begnadeten* eingespannt, dass sie jedes Wochenende fortmussten. Aus diesem Grund hatte Johanna das Gästezimmer in der Cadeesh-Villa bezogen und wohnte an den Wochenenden hier – und die meisten Wochentage.

Unter der Woche stellte Toni sicher, dass sie rechtzeitig mit ihm an der Uni erschien, dass sie ihre Aufgaben und Projekte erledigte und ausreichend Essen zu sich nahm.

Ohne ihn wäre ich längst in einer dunklen Ecke verhungert, überlegte sie, während sie sich die roten Wellen kämmte und in einen Zopf band.

Sie blickte in den Spiegel über dem Waschbecken und begutachtete sich. Die dunkelbraunen Augen waren dumpf geworden, es war kaum mehr Lebensfreude darin. Ihr Gesicht hatte zwar schon immer etwas Porzellanartiges, doch jetzt sah sie regelrecht ungesund bleich aus. Und die Wangenknochen traten deutlich daraus hervor – ein Zeichen für Unterernährung, trotz Tonis Bemühungen.

Seufzend schwang sie den Zopf über die linke Schulter. Das hatte alles keinen Sinn… Adam war weg und Johanna ging es seither so schlecht, dass sie teilweise nicht aus dem Bett kam, ohne einen Heulkrampf zu kriegen. Ihr Herz war gebrochen, ihr Körper mutierte mehr und mehr zu einem Wrack. Wären Tonis Versuche nicht gewesen, sie aufzuheitern, sie hätte schon längst aufgegeben.

Nebst ihrer körperlichen Verfassung vermisste sie Arissa. Ihre Vorfahrin war seit dem Unfall mit Adam wie vom Erdboden verschluckt.

Habe ich sie enttäuscht? Oder sind meine Kräfte auch für sie gefährlich? Habe ich sie etwa auch damit getroffen?

»Jojo…«

Johanna zuckte erschrocken zusammen. Toni lehnte mit der Schulter im Türrahmen, die Arme vor der Brust verschränkt und die Augenbrauen beunruhigt zusammengezogen. Sein eingehender Blick verriet ihr, dass sie länger in den Spiegel gestarrt hatte, als sie beabsichtigt hatte.

Fahrig griff Johanna nach dem dünnen Pulli, den sie ins Bad mitgeschleift hatte, und zog ihn sich über, um Tonis Betrachtung zu entgehen.

Er muss nicht mitkriegen, dass er mit allem, worum er sich bemüht, keinen Erfolg erzielt…

9

Bewegung kam in seinen Körper. Er stieß sich ab, entwirrte seine Arme und nahm ihre Hand. Wortlos führte er sie in die Küche der Villa. Erst als sie am Esstisch sass, hob Toni an: »Mal sehen, ob du heute essen kannst.« Obwohl sein Tonfall unbeschwert klang, wusste Johanna, dass er sich Sorgen um sie machte. Schuld rammte sich einem Bolzen gleich in ihr Herz. Sofort wies sie diese Emotion von sich – sie konnte nichts dafür, dass der bloße Anblick von Essen an manchen Tagen Grund genug war, dass ihr übel wurde. Es war wie verhext.

Nein, ich bin definitiv verhext, dachte sie lethargisch. *Seit dem Tag, an dem meine Fähigkeiten aus mir herausgebrochen sind, bin ich nicht mehr ich selbst.*

Zwar übte sie sich regelmäßig in der Sicht der Farben, aber Johanna hatte seit jenem Tag nichts mehr von ihrem Seelenteil Arissa gesehen oder gehört. Und dabei hatte sie noch so viele ungeklärte Fragen!

Eine weitere, weitaus unangenehmere Veränderung war allerdings, dass sie nun zwei Farbenwelten zur Verfügung hatte: Einmal die regenbogenartige Welt aus Seelenfäden mit goldenem und silbernem Horizont, und dann die düstere, aus Grau und Schwarz und giftigem Grün bestehende Welt. Es war nicht länger notwendig, diese Düsterwelt zu verbannen, damit die Farbenwelt zurückkam – nein, es war, als hätte Johanna zwei Seiten einer Medaille zur Auswahl. Und in der Düsterwelt fühlte sich Johanna immer wohler, spiegelte sie doch ihre eigenen Gefühle wider.

»Hier, iss«, unterbrach Toni ihre Gedanken. Passend zu seinen Worten stellte er einen Frühstücksteller mit einem Spiegelei und Speckstreifen vor sie auf den Tisch.

Seufzend langte Johanna nach dem Besteck und begann, die Mahlzeit hinunterzuwürgen. Es schmeckte nach Asche und Schuld, und kaute sich zäh wie Gummi. Johanna wusste, dass das eingebildet war. Trotzdem hatte sie das Gefühl, mit jedem Bissen ihre eigenen, bitteren Tränen zu schlucken.

»Gelleroy hat sich gestern Abend nach dir erkundigt.« Toni zerteilte seinen eigenen Speck und lud sich Ei auf ein Stück Toast. Johanna hob den Blick, doch er sah sie nicht an. Seine Augen waren starr auf sein Essen gerichtet, nur ein Muskel an seinem Kiefer zuckte.

Hastig schluckte sie den Bissen hinunter und erwiderte: »Und was hast du gesagt?«

Beinahe gleichgültig hob er die rechte Schulter und ließ sie wieder fallen, bevor er schnaubend antwortete: »Na, dass es dir gut geht und wir immer noch fleißig nach Adam suchen.«

Was nicht *gänzlich* gelogen war – sie waren in der Tat auf der Suche nach Adam. Aber es ging Johanna definitiv *nicht* gut. Allerdings würde ihr bester Freund den Teufel tun, sie an ihre Beschützer zu verraten, und dafür liebte sie ihn.

»Danke, Toni«, flüsterte sie.

Endlich hob er den Blick, und seine Augen trafen auf die ihren. »Nicht dafür, Leonessa.«

Ein winziges Lächeln stahl sich auf ihre Lippen. »Hältst du an diesem Kosenamen fest?«, fragte sie mit leicht zur Seite geneigtem Kopf, während sie sich die letzte Ladung Speck in den Mund schob.

Toni zwinkerte ihr wortlos zu, beendete sein Frühstück und meinte: »Bisher passt er am besten zu dir. Jojo wirst du zwar immer sein – süß und klein, wie du bist …«

Er grinste und Johanna schlug nach seinem Arm, als er ihren Teller nahm. Lachend wich er aus und fuhr fort: »Doch auch du wirst erwachsen und veränderst dich. Deshalb sollte dein Kosename angepasst werden.«

Johannas Schmunzeln verbreitete sich zu einem Lächeln und sie betrachtete ihren besten Freund erneut. Toni stand vor der Spüle, räumte die Teller in die Spülmaschine, seine Miene konzentriert. Und doch war da dieser dauerhaft schelmische Zug um Mund und Augen, der ihn so attraktiv machte; ganz abgesehen von seinem hammermäßigen Aussehen.

Aus heiterem Himmel erinnerte sie sich an etwas, das Toni früher immer getan hatte, wenn er sich bei ihr bedankte. Kurzentschlossen stand Johanna auf, trat zu ihm und als er sich wieder aufrichtete, presste sie ihm einen Kuss auf die Wange. »Danke, dass du für mich da bist.«

Diesmal wartete sie nicht ab, was er antworten würde, sondern eilte hinaus, um ihren Rucksack zu packen und ihre Zähne zu putzen.

3

Das Leben ist schon hart genug, wieso also muss sie immer noch darin vorkommen?

Ihre Augen fixierten Melanie Borthertorns Rücken durch den leichten Nieselregen, und sie malte sich aus, wie sie das Biest mit einem Seitwärtskick in die Pfütze beförderte, welche zwischen den Pflastersteinen links von ihr an Umfang zunahm.

Melanie hatte Toni immer noch nicht aufgegeben. Ständig wartete sie am Fahrradparkplatz auf Johanna und ihn, zog ihn mit sich und versuchte, auf ihn einzureden. Bislang hatte er alles abgeblockt, was sie zu sagen hatte und war mit stoischer Miene an Johannas Seite geblieben … bis heute.

»Okay, ich komme wieder in den Gruppenchat, aber damit hat es sich, Melanie«, warnte er sie gerade.

Doch anstatt eingeschüchtert zu sein, hopste Melanie euphorisch auf und ab und klatschte in die Hände.

Johanna konnte bloß die Kehrseite des Biests sehen, doch sie war sich sicher, dass Melanie Toni mit ihren gebleichten Zähnen strahlend anlächelte. Reflexartig verdrehte sie die Augen. Ein harter Stich ging ihr durch Mark und Bein. Mit einem Mal verspürte Johanna den mächtigen Drang, Melanie von Toni wegzustoßen, sie an den Haaren durch die Pfütze zu schleifen und ihr wehzutun, so wie sie es umgekehrt jahrelang mit Johanna getan hatte.

Mit dieser Emotion kam die Wut. Ihre Sicht kippte, sie sah alles in Grün- und Graustufen. Melanies Umriss schillerte giftgrün auf, und Johannas Wut fokussierte sich auf diese stechende Farbe. Unwillkürlich ballten sich ihre Hände zu Fäusten, die sie zitternd an ihre Seite presste. Halb im Rausch, halb erschüttert fühlte sie, wie dunkel wabernde Schlieren an ihren Händen zu tanzen begannen. Ihr gesamter Körper war steif vor Anspannung und unterdrücktem Zorn, den sie an Melanie –

Nein! Nicht die Kontrolle verlieren!

Allein dieser Gedanke löste eine solch tief greifende Furcht in ihr aus, dass die Wut augenblicklich verschwand. Stattdessen kämpfte Johanna jetzt mit der bereits bekannten, plötzlichen Atemnot, während sich ihre Fäuste entspannten und ihre rechte Hand sich um die eigene Kehle schloss, weil keine Luft hindurchkam.

Sie erinnerte sich an jenen Moment, in dem Adam mit ihr zusammen geatmet hatte, als es ihr ähnlich ergangen war. Auch wenn es weh tat, ihn in ihrem Bewusstsein zu visualisieren, so war diese Erinnerung das einzige, was ihr bislang zuverlässig geholfen hatte. Dabei stellte sie sich vor, was er zu ihr sagen würde, wenn er hier wäre.

»Sie ist deinen Zorn nicht wert – lass dich nicht auf ihr Niveau herabsinken. Zügle deine Emotionen. Wer weiß, ob deine Fähigkeiten erneut aus dir herausbrechen könnten. Lass es nicht zu, Kätzchen.«

Der rasende Puls entschleunigte sich, ihre Kehle schnürte ihr nicht länger die Luft ab. Johanna zog kontrolliert die Luft durch die Nase ein und atmete tief durch. Langsam, Muskel für Muskel, entspannte sich ihr gesamter Körper. Ihre Sicht kippte zurück in die Realität. Weg waren der stechende, giftgrüne Umriss um Melanies Körper und die tanzenden Schlieren um ihre Hände.

Froh darüber, den Moment überstanden zu haben, fokussierte Johanna sich auf die Szene vor ihr. Melanie war fort. Toni allerdings stand keine zwei Schritte mehr von ihr entfernt und seine besorgte Miene verriet, dass er genau wusste, was gerade passiert war: Sie hatte erneut eine Panikattacke erlitten.

»Was hat dich getriggert?«, forderte er und überwand die restliche Distanz zwischen ihnen. Ohne zu zögern, griff er nach Johannas Hand, um sie festzuhalten.

Sie schüttelte den Kopf, um den letzten Rest Panik und toxische Gedanken von sich abzuschütteln. Dann sah sie zu ihm auf und erwiderte: »Was wohl? Melanie natürlich.«

Johanna hatte damit gerechnet, dass er lächeln und einen Witz darüber reißen würde, wie er es immer nach einer ihrer Attacken tat, um sie aufzumuntern, doch nichts davon war der Fall. Toni hob seine freie Hand an ihr Kinn und studierte ihr Gesicht. Zentimeter für Zentimeter wanderten seine Augen darüber, ließen ihr Herz nervös flattern und ihren Puls schneller schlagen – diesmal aus einem anderen Grund.

»Es geht dir besser«, stellte er mit rauer Stimme fest.

Johanna nickte langsam, erwiderte jedoch nichts. Niemals käme sie auf die Idee, ihm ihre wahren Emotionen zu verraten. Sie steckte dermaßen tief in ihrer Trauer um Adam fest, dass sie selbst nicht wusste, was sie damit anfangen sollte.

Toni beugte sich ein wenig zu ihr hinab, die Augen so hell wie Eis und strahlend wie der Mond. »Du brauchst nicht eifersüchtig zu werden, Leonessa. Meine Treue liegt ganz bei dir.«

Ertappt zuckte Johanna zusammen. Doch bevor sie sich verteidigen konnte, trafen seine Lippen für wenige Sekunden auf ihre. Dann richtete er sich wieder auf und lächelte verschmitzt. »Wie wäre es mit einem Eis, um diese brennenden Wangen zu kühlen?«, spottete er.

Johanna starrte ihn mit offenem Mund an. Das prickelnde Gefühl seiner Lippen schoss durch ihre Adern, ließ sie erzittern und die Sehnsucht auflodern, endlich wieder etwas zu fühlen. Sie blinzelte, fasste sich und lachte einmal auf, bevor sie erwiderte: »Diesmal hast du mich eiskalt erwischt, Toni. Fast hätte ich es dir geglaubt.«

Für einen winzigen Moment glaubte sie, Toni erstarren zu sehen. Doch dann war es weg und sein Schmunzeln mutierte zu einem Grinsen. Er trat neben sie und legte seinen Arm um ihre Schultern, dann zog er sie in Richtung Eisdiele davon.

»Hast du von Gelleroy gehört?«, erkundigte sie sich.

Toni schüttelte den Kopf, legte ihn dann schief und sagte: »Greta schreibt ab und an eine SMS.« Er machte eine Pause, in welcher er theatralisch seufzte. »*Pass auf Johanna auf! Lass Johanna nicht allein!*«

Die Imitation von Gretas wutentbrannter Stimme ließ zu wünschen übrig und Johanna prustete. Er grinste und fuhr fort: »Als wüsste ich nicht, wie ich auf dich aufpassen soll, kleine Jojo.« Und schon landete die Hand, die vorhin auf ihrer Schulter gelegen hatte, in ihren Haaren und verwuschelten diese zu einem heillosen Durcheinander.

»Hey!«, schnaubte Johanna entrüstet und versuchte, ihre Frisur in Ordnung zu bringen, während Toni lauthals lachte.

»Hier, ich helfe dir«, offerierte er und glättete eine Stelle an ihrem Kopf, bis er zufrieden war. Dann zwinkerte er ihr zu und nahm ihre Hand in seine.

»Also: Eis oder heiße Schokolade?«, fragte er.

Kurz dachte Johanna nach, dann antwortete sie: »Heiße Schokolade. Für Eis ist es eindeutig zu kalt.«

Toni schnaubte. »Es ist nie zu kalt für Eis, Leonessa. Und es ist fast Juli, also –«

»Aber es gab dieses Jahr noch keine Temperaturen über dreißig Grad«, warf sie ein.

Toni stieß einen unzufriedenen Laut aus, kämmte sich mit der freien Hand durch seine blonden Haare und schwieg einen Moment lang. Dann meinte er: »Wie steht es eigentlich um die *Zeremonie der Befreiung*, hast du dich entschieden?«

16

Er hätte auch einen Eimer Eiswasser über ihrem Kopf ausschütten können, das hätte dieselbe Wirkung auf sie gehabt. Johanna seufzte schwer und schwieg.

Seitdem Adam verschwunden war, hatten Toni und sie unermüdlich daran gearbeitet, dass ihre Fähigkeiten nicht mehr aufs Geratewohl aus ihr herausbrachen. Schnell hatten sie erkannt, dass sie dazu viel mehr miteinander kommunizieren mussten, als gedacht – und vor allem ehrlich zueinander sein. Denn Emotionen waren es, die Johannas Kräfte beeinflussten, zum Guten oder zum Schlechten. Ihre Wut darauf, in allen Belangen nur das Nötigste gesagt zu bekommen, hatte damals den ersten Ausbruch verursacht. Deshalb war Toni dazu übergegangen, ihr jegliche Informationen mitzuteilen, nachdem er diese verifiziert hatte.

Noch dazu hatte sich seine Art, sich ihr körperlich zu nähern, immens verstärkt – was sie heillos verwirrte. Johanna konnte nicht leugnen, dass ihr gefiel, was Toni mit ihr anstellte. Er scheute sich nicht davor, ihre Hand zu nehmen, wenn er es wollte, und er zog sich nie vor einem Streit mit ihr zurück, sondern argumentierte mit ihr, bis die Wogen sich geglättet hatten, nur um sie kurz darauf wieder in den Arm zu nehmen.

Mit ihm so offen und ehrlich umzugehen fühlte sich gut an – richtig. Toni war der einzige Grund, warum sie überhaupt noch fühlen konnte. Es schien, als wäre er der letzte Anker, der sie erdete. Wäre er nicht gewesen… Johanna wollte sich nicht ausmalen, was dann mit ihr geschehen wäre.

Adams Verschwinden hatte ihre gemeinsamen Pläne zur Infiltration der Organisation allerdings massiv beeinträchtigt. Johanna war sich nicht länger sicher, ob sich hineinzuschmuggeln und die gesammelten Informationen gegen die Organisation zu verwenden, weiterhin klug war. Schließlich bestand der *Kreis der Begnadeten* nach all den Jahrhunderten aus mehreren tausend Mitgliedern. Und sie waren bloß zu zweit.

Ja, gut, Toni war uralt und all das, doch er war kein Computer-Crack – und so einer war in diesem Plan schlichtweg unentbehrlich. Adam war das fehlende Stück zu dem Puzzle, welches ihr die Sicherheit gegeben hätte, dass sie nicht Kopf voran gegen Mauern rannten.

Vielleicht sollte ich die Chance nutzen und komplett vom Radar der Organisation verschwinden... Wenn ich die Zeremonie nicht bestehe – oder gar nicht erst teilnehme –, werde ich für immer aus dem Kreis ausgeschlossen. Dann könnte ich in Ruhe mein Studium abschließen und mit Toni weiter nach Adam suchen.

»Toni?«

Das Bimmeln eines Glöckchens unterbrach sie. Toni hatte die Tür zu ihrem Lieblingscafé geöffnet und stand im Durchgang, um sie vor sich eintreten zu lassen.

»Johanna!«

Überrascht blickte sie erst zu ihm auf, dann dahinter in den Raum hinein. Francesca und Mike sassen an Johannas rundem Lieblingstischchen, das neben dem großen Fenster stand, welches zur Straße hinausblickte.

»Franky!«, rief Johanna erfreut und drängte los.

Ihre Freundin drückte sie in einer festen Umarmung an sich. Mike nahm sie ebenfalls kurz in den Arm, begleitet von einem zurückhaltenden »Hey«, dann setzten sie sich.

Toni glitt rechts von ihr in einen freien Stuhl und grinste. Johanna kniff argwöhnisch die Augen zusammen. »Du hast hier doch nicht etwa deine Finger im Spiel?«

Verteidigend hob er die Arme in die Höhe. »Easy, McGibbon – ich war das bestimmt nicht.«

Franky lachte und lenkte Johannas Aufmerksamkeit damit auf sich. Sie zwinkerte und meinte: »Wir wussten selbstverständlich, wann deine Lesungen vorbei sind, und dass du beinahe jede Woche mit Toni hier bist. Mike und ich sind übers

Wochenende hergekommen, um meine Eltern zu besuchen, und wir dachten uns, wir kommen auf Gutglück hierher.«

»Okay«, erwiderte Johanna mit einem ehrlich erfreuten Lächeln und wandte sich an Mike. »Und wie geht es euren Eltern? Und euch beiden? Wie ist die neue Uni?«

Mike lächelte und nahm Frankys Hand in seine. »Danke, es läuft super. Da die Uni kleiner ist, nehmen sich die Professoren mehr Zeit für uns. Unsere Noten sind spitze!« Er räusperte sich, plötzlich verlegen, vermochte jedoch seine Begeisterung nicht zu zügeln. »Und wir sind aus einem bestimmten Grund hergekommen: Franky ist schwanger!«

Verdattert starrte Johanna zwischen den beiden hin und her. Francescas Augen leuchteten, ihr Körper strahlte förmlich vor Glück, als sie Mike ansah. Sein schiefes Grinsen wurde breiter, sobald er ihren Blick erwiderte.

Wahre Liebe, höhnte es von irgendwo in ihrem Gehirn. Schlagartig sah sie nur noch das Neongrün von Adams Augen, seinen Körper, seine Nähe.

Wahre Liebe, und mir blieb sie verwehrt.

Johanna blieb erneut die Luft weg. Sie versuchte, ihr Lächeln auf dem Gesicht zu bewahren, sich nichts anmerken zu lassen, während ihre Sicht erneut zu kippen drohte und die Kehle sich zuschnürte.

Eine Hand griff nach der ihren in ihrem Schoss und Johannas Kopf schnellte zur Seite. Tonis Augen strahlten Besorgnis aus, doch er sah sie einfach nur an, während ihre Finger die seinen zu zerquetschen drohten.

»Dann herzlichen Glückwunsch euch beiden«, antwortete er verspätet an ihrer statt und sein Blick glitt zu ihren Freunden. Ein Grinsen breitete sich auf seinem Gesicht aus, das Johanna selbst durch den Dunst ihrer Atemlosigkeit als falsch erkannte.

»Ja«, setzte sie selbst an, »herzlichen Glückwunsch.«

Zu lahm. Sie werden merken, dass du es nicht ernst meinst, McGibbon.

Langsam kehrte die normale Sicht zu ihr zurück, das Atmen fiel ihr leichter, und sie brachte ein ehrliches Lächeln zustande. »Wie wollt ihr das alles unter einen Hut bekommen?«

Frankys Blick huschte zu den verschränkten Fingern auf Johannas Schoss und wieder zurück in ihr Gesicht, bevor sie antwortete: »Oh, meine Eltern wollen auf jeden Fall helfen. Mike hat zwar gesagt, dass er sein Studium auch für ein zwei Jahre pausieren könnte, aber das will ich gar nicht erst hören.«

Mike seufzte theatralisch auf. »Du wirst nachher viel mehr verdienen als ich, und ich kann es mir leisten, mal auszusetzen.«

Mahnend funkelte Francesca zu ihm hinüber. »Nur weil deine Familie und du reich seid, heißt das nicht, dass ihr euch auf die faule Haut legen sollt«, tadelte sie ihn sachte. Es entstand eine kurze, peinliche Pause, in der alle sich räusperten, dann fragte Franky: »Und wie läuft es bei euch? Schon eine Spur von Adam?«

Johanna schüttelte den Kopf und Toni sagte: »Bisher nicht. Aber wir geben nicht auf.«

Wie zur Ermutigung drückte er Johannas Hand fester.

Sie hatte Francesca drei Wochen nach Adams Verschwinden erzählt, dass sie mit ihm zusammen gewesen war und dass sie einen großen Streit gehabt hatten, nach welchem er wie vom Erdboden verschluckt blieb. Seither hatte Francesca sich vorbildlich um sie bemüht und ihr bewiesen, was für eine tolle Freundin sie war. In den ersten zwei Monaten hatte sie Johanna täglich geschrieben. Wenn jene nicht geantwortet hatte, folgten Anrufe seitens Francesca, in welchen sie ihr von ihrem Tag erzählt hatte.

Nach und nach waren die Nachrichten weniger geworden, doch Johanna und Franky telefonierten seither jede Woche.

Eine Welle der Dankbarkeit überkam Johanna und sie ihre Freundin an.

Mikes Augenbrauen schoben sich verwirrt nach oben. Er deutete auf Johannas und Tonis verschränkte Finger und meinte: »Ich dachte, ihr beiden seid jetzt zusammen.«

Diese Worte brachten ihm einen Stoß zwischen die Rippen von seiner Freundin ein, und er verstummte.

Toni grinste frech zur Antwort. »Na ja, was nicht ist, kann ja noch werden, was?«

In diesem Moment klingelte Johannas Smartphone. Dankbar für diese Ablenkung griff sie danach und nahm den Anruf entgegen, ohne auf den Anrufer zu achten. »Ja?«

»Tochter.«

Alles in ihr erstarrte zu Eis.

Gelleroy und Greta, die sich seit Johannas Geburt als ihre Eltern ausgegeben hatten, waren in Wirklichkeit die ihr zugewiesenen Beschützer der Organisation. Gelleroy hatte das Geheimnis gelüftet, kurz bevor sie sechzehn Jahre alt geworden war und Adam in einem Zelt hinter der Cadeesh-Villa geküsst hatte. Doch da sie daraufhin ihre eigenen Erinnerungen an diesen traumatischen Tag blockiert hatte, wusste sie davon nichts mehr – bis vor knapp einem halben Jahr. Adam hatte ihr dabei geholfen, die entsprechende Erinnerungen freizulegen. Seither hütete Johanna das Geheimnis, dass sie um die wahre Identität dieser beiden Menschen wusste – und um die Tatsache, dass ihre wahren Eltern am Abend ihrer Geburt ermordet worden waren.

Johanna atmete tief ein und erwiderte kühl: »Was verschafft mir die Ehre?«

Greta lachte lieblos auf, bevor sie erwiderte: »Erst entfernst du dich von deinem Schoßhündchen, dann reden wir.«

Also beobachtet sie mich. Wie könnte es auch anders sein.

Sie erhob sich, nickte den anderen entschuldigend zu und wechselte einen eingehenden Blick mit Toni, woraufhin sie hinaus eilte.

»Also?«, hakte sie nach, nachdem sie das Café verlassen hatte.

»Die Organisation will dir einen Deal vorschlagen. Da du in letzter Zeit nicht mehr ... überzeugt davon zu sein scheinst, dass der *Kreis der Begnadeten* dein Zuhause sein könnte, wurde mir aufgetragen, dir das Folgende auszurichten: Trete dem Kreis bei und wir helfen dir dabei, Adam zu finden.«

Johannas Puls beschleunigte sich, ihre Gedanken rasten. Besaß der Kreis Informationen, die sie nicht hatten? Wussten ihre Beschützer mehr als sie und verschwiegen es ihr auf Geheiß von Thorn Borthertorn, dem CEO der Organisation?

Ihre vermeintliche Mutter fuhr fort: »Ob und welche Informationen wir bereits über sein Verschwinden besitzen, wird dir mitgeteilt, nachdem du die *Zeremonie der Befreiung* bestanden hast – und der Zeitpunkt angemessen erscheint.«

Alles, was Toni und sie bisher an Informationen hatten, war ein ungefährer Aufenthaltsradius, doch diese konkrete Intel war bereits drei Monate alt. Was also hätten die Mitglieder der Organisation rausfinden können? Oder war das hier ein Bluff, um sie in den *Kreis der Begnadeten* zu bekommen? Wussten diese Leute von ihren Zweifeln und von den Zeiten, in denen Johanna erwähnte, diesen Teil ihrer Welt in der Vergangenheit zurückzulassen?

Schmerzlich wurde ihr bewusst, dass ihr das bekannt vorkam.

So viele Fragen... Beinahe wie damals, als wir zu dritt beschlossen, endlich Antworten zu finden.

Ihr Mund war trocken und ihr Puls raste immer noch, als sie fragte: »Was ist der Haken an der Sache?«

Greta schnaubte entrüstet in die Sprechmuschel. »Die Konditionen wurden genannt: Du trittst dem *Kreis der Begnadeten* bei, mit allem, was dazugehört. Als Gegenleistung hilft der Kreis dir bei der Suche nach Adam Cadeesh. Wenn der Zeitpunkt angemessen erscheint.«

»Und das ist alles?«, bohrte Johanna nach.

»Das ist alles«, bestätigte Greta – und legte auf.

Hinter ihr bimmelte das Glöckchen des Cafés und sie drehte sich halb herum. Toni trat aus der Tür und musterte sie eingehend, sobald er sie entdeckte. Er steckte seine Hände in die Collegejacke und zog eine Augenbraue hoch.

»Du siehst nicht gerade erfreut aus«, stellte er langsam fest.

Johanna schüttelte den Kopf, steckte ihr Smartphone weg und machte einen Schritt auf ihn zu. Doch er fing sie ab, nahm ihre Hand und steuerte sie auf dem Absatz herum in Richtung zuhause.

»Ich hab uns entschuldigt«, erklärte er. »Und jetzt sag mir, wer dich angerufen hat – du schaust regelrecht grimmig drein.«

Trotz ihrer schlechten Laune musste sie grinsen. »Wer sagt denn, dass das nicht mein normaler Gesichtsausdruck ist?«, spottete sie.

Toni lachte laut auf, dann argumentierte er: »Ich kenne dein Gesicht in- und auswendig, Leonessa. Das hier ...« Er stupste mit seinem Zeigefinger an ihre Nase. »Ist nicht dein resting bitch face.« Auffordernd zog er eine Augenbraue hoch. »Also?«

Johanna seufzte und lenkte ein. »Es war Greta.«

»Mhmm«, machte er und wartete. Da sie jedoch nicht reagierte, bohrte er nach: »Irgendetwas sagt mir, dass das noch nicht alles war.«

Ein frustrierter Laut kam über ihre Lippen und sie verdrehte die Augen. »War es nicht. Sie hatte ein offizielles Angebot in der Tasche.«

Sie erzählte ihm, was Greta ihr offeriert hatte. Tonis Miene wurde bei jedem Satz düsterer, und seine Finger krallten sich unbeugsam um ihre eigenen. Nachdem sie geendet hatte, stoppte er mitten im Schritt und drehte sich ihr zu.

»Wirst du annehmen?«, fragte er.

Er versuchte, lässig zu wirken, doch Johanna durchschaute ihn. Der Muskel an seinem Kiefer zuckte, und er fuhr sich rastlos mit der freien Hand durch die Haare.

»Ich weiß es nicht«, gab sie zu.

Toni atmete hörbar aus. »Nun, falls meine Meinung für dich auch nur ansatzweise von Belang sein sollte …«

»Natürlich ist mir deine Meinung wichtig, Toni.«

Er lächelte, doch es erreichte nicht seine Augen. Sie blieben eisig. »Dann tu es nicht. Du kennst diese Leute nicht, ihre Intentionen sogar noch weniger. Ich schon. Deshalb rate ich dir, so weit wie möglich wegzubleiben, bis wir Adam gefunden und zurückgebracht haben. Dann können wir gemeinsam entscheiden, was wir tun werden.«

Johanna lachte einmal freudlos auf. »Ja, weil es ja so *einfach* ist, diesen Penner zu finden. Und das, bevor in einem Monat die *Zeremonie der Befreiung* stattfindet.«

Toni schaute grimmig auf sie herunter und schwieg. Ihre Blicke trugen stumm denselben Kampf aus, den sie die letzten Monate über immer führten, wenn es um den gemeinsamen Plan ging: Johannas Wut und Enttäuschung trafen auf Tonis unerschütterliche Zuversicht, es auch allein schaffen zu können.

Letztenendes wechselte er das Thema, indem er fragte: »Vorhin, als wir ins Café gingen, da wolltest du etwas sagen, hab ich Recht?«

Sie nickte und betrachtete ihn aufmerksam. »Ich habe mit der Idee gespielt, der ganzen Sache einfach den Rücken zuzukehren.«

24

Die Überraschung, die Toni bei diesen Worten im Gesicht stand, hätte sie zum Lachen bringen können, wenn ihr Herz ihr nicht plötzlich bis in den Hals geschlagen hätte. Ihr war nicht bewusst gewesen, dass ihr seine Meinung darüber dermaßen wichtig war; dass sie regelrecht danach gierte, seinen Starrsinn zu hören. Weil sie ihn, Toni Cadeesh, in der Zwischenzeit derart nah an sich herangelassen hatte, dass sie ohne seine Unterstützung niemals aus der Sache aussteigen wollte.

»Den Rücken zukehren, wie in: Du würdest nicht an der Zeremonie teilnehmen, deine Fähigkeiten nicht kennenlernen und somit ein normalsterbliches Leben wählen?«, hakte er nach. Trotz des lockeren Tonfalls hörte Johanna die Anspannung daraus hervor, die er zu verbergen versuchte.

»Ja, genau diese Art von Rücken zukehren.«

Tonis Iriden wechselten innerhalb eines Augenblicks von Bergseeblau zu Eisblau und dann zu einem Sturmgrau. Seine Kiefermuskeln spannten sich, doch er bemühte sich um einen entspannten Tonfall, als er entgegnete: »So sehr ich mir das auch wünsche, Leonessa …«

Er löste seine Finger aus ihrem Griff und umfasste ihre Wangen mit beiden Händen. »Es wird nicht geschehen, und das wissen wir beide nur zu gut. Denn du willst genauso sehr deine Fähigkeiten kennenlernen, wie du Adam finden willst. Und wenn das eine erst einmal erledigt ist, dann wird das andere an diese leere Stelle treten.«

Johanna sah ihn für lange Zeit einfach nur an. Toni erwiderte ihren Blick, in seinen Augen tobte ein steter Sturm – ein Kampf der Emotionen.

Aber er hat Recht. Irgendwann, wenn Adam nicht mehr meine erste Priorität ist, will ich das kennenlernen, was mein ganzes bisheriges Leben eingenommen hat. Wenn ich zu diesem Zeitpunkt nicht genügend Wissen darüber erlangt habe, könnte ich den beiden noch größeren Schaden zufügen, als ich es schon getan habe.

Sie seufzte tief und brach den Blickkontakt ab, indem sie die Augen schloss. »Ich hasse es, wenn du Recht hast«, murmelte sie.

Tonis Lachen ließ sie aufblicken. Er nahm die Hände von ihren Wangen und zwinkerte ihr zu. »Immer wieder gern, ma chère.«

4

Entgegen Johannas Befürchtungen lief das Studium wie am Schnürchen. Auch wenn Tonis Hauptstudienfach Betriebswirtschaft war, so hatten sie ausreichend Kurse gemeinsam, und in diesen war seine Unterstützung Gold wert.

Algebra hatte sich schnell als Johannas schwächstes Fach herausgestellt, weshalb sie dazu übergegangen war, zweimal die Woche mit ihrem besten Freund am Küchentisch zu sitzen und zu pauken. Zusätzlich stand die Semesterarbeit vor der Tür, bei der Johanna bis zum heutigen Tag keine Ahnung hatte, welches Thema sie wählen sollte. Sie hatte schlicht wichtigere Dinge im Kopf.

Zu ihrem Studium kamen drei Abende, an welchen Toni Johanna mit ihren anderen Studien half: Sie trainierten Kampftechniken oder versuchten sich an Übungen bezüglich ihrer Fähigkeiten.

»Leonessa!«

Toni erschien in ihrem Türrahmen, sein wohl geformter Körper in eine Jogginghose und ein simples, hellblaues Trainigsshirt ohne Ärmel gekleidet. »Du bist ja noch gar nicht umgezogen«, bemerkte er nach einem Blick auf Johannas Erscheinung.

Sie stöhnte gemartert auf und ließ ihre Stirn auf das aufgeschlagene Buch fallen. Schon den ganzen Tag über hatte sie sich seltsam gefühlt und sie rechnete in schnellem Tempo aus, wann ihre letzte Periode gewesen war. Mit drohenden Krämpfen würde sie niemals einen anständigen Kampf gegen Toni gewinnen. Er würde sie in Grund und Boden triezen, da war sie sich sicher.

»Bitte«, flehte sie in nuschelndem Ton. »Lass uns heute einfach nicht trainieren.«

Kurzentschlossen trat er neben sie und hob ihren Kopf vom Buch hoch, indem er die linke Hand unter ihr Kinn schob und daran zog.

»Na, na, na«, sagte er glucksend. »Jetzt lass den Kopf nicht so hängen.« Er ließ Johanna los und sofort sackte sie zurück auf das aufgeschlagene Buch.

Augenverdrehend erwiderte sie: »Ha ha!«

Schmunzelnd kniete er sich neben ihr hin und sah sie an. »Nur eine Stunde, okay? Der angestaute Frust muss raus, das weißt du selbst am besten, Leonessa.«

Und wie ich das weiß... Wenn ich es nicht tue, bricht diese düstere Kraft bei jeder Gelegenheit aus mir hervor.

Prompt wurde Johanna flau im Magen.

Das werde ich nicht noch einmal zulassen – nicht in diesem Haus.

Er stupste ihr mit der Nase gegen den Arm. »Ich bin nur zu gern dein Sparring-Partner.«

Ein erneutes Stöhnen löste sich von ihren Lippen. »Du bist ein Foltermeister durch und durch«, erwiderte sie leidend.

»Aber natürlich, schließlich habe ich von der Besten gelernt«, gab Toni grinsend zurück. Er zwinkerte ihr zu und erhob sich, nur um einen Moment später hinter Johanna zu treten und ihr unter die Arme zu greifen. Ungefragt flatterte es in ihrem Bauch und sie erstarrte für einen Moment, zu überrumpelt von diesem Körperkontakt. Mit einem Ruck hob er sie vom Stuhl hoch und schleifte ihren Körper in Richtung Bett.

Johanna fand ihre Stimme, quietschte und protestierte lautstark: »Lass mich los! Ich komme ja schon!«

Prompt ließ er sie auf die Matratze plumpsen.

»In fünf Minuten im Keller«, bestimmte er mahnend und verließ das Schlafzimmer.

Mit rasendem Herzen wartete Johanna ab, bis er verschwunden war. Erst danach erlaubte sie sich, tief durchzuatmen.

Absurd, schnaubte sie und schüttelte den Kopf. *Mein Bewusstsein hat Liebeskummer nach Adam. Nein,* ich *habe Liebeskummer nach Adam. Nichtsdestotrotz reagiere ich je länger je mehr auf Toni...*

Brummelnd und ihre innere Zerrissenheit ignorierend stieg Johanna in ihre Trainingshose, zog sich einen Sport-BH über und band die Haare zu einem Pferdeschwanz, bevor sie Toni folgte.

Vor sechs Monaten hatte Adam ihr eine geheime Tür ins Wohnzimmer offenbart, indem er daraus hervorgetreten war, ein abhörsicheres Smartphone für sie in der Hand. Durch ebenjene Tür trat Johanna jetzt. Eine Treppe führte hinab in etwas, das sie als Vorraum bezeichnete. Hier führten drei Durchgänge in verschiedene Räume: Adams kühl temperierter Server-Strich-Bastelraum, eine Sauna und einem weitläufigen, fensterlosen Zimmer voller verschiedener Dinge; darunter Artefakte, Dokumente und haufenweise Bücher.

Toni hatte das Zentrum freigeräumt und dicke Matten auf den Boden gelegt, sobald klar geworden war, dass Johanna die meiste Zeit in der Villa verbringen würde. Zusätzlich zu den Matten war ein Arsenal an Waffen und Boxutensilien eingezogen, welches, fein säuberlich aufgereiht, die der Tür entgegengesetzte Wand zierte.

Ihr bester Freund stand vor einem Regal voller Handpratzen und wählte zwei davon aus. Sobald Johanna sich bemerkbar machte, wandte er sich ihr mit einem Lächeln zu.

»Ich verstehe nicht, wie du dich nicht auf dieses Training freuen kannst, Leonessa«, begann er, indes er auf der Matte

Aufstellung nahm. »Ich meine – du hast das Privileg, mich schlagen zu dürfen. Oder es zumindest zu versuchen.«

Ein Ziepen in ihrem Unterleib ließ Johanna die Mundwinkel nach unten verziehen. Ihre Nerven waren bereits jetzt schon zum Zerreißen gespannt. Tonis betont beiläufiges Gerede befeuerte zusätzlich die immerwährende Wut in ihrem Bauch und sie schüttelte schnaubend den Kopf.

»Vielleicht sollte ich dir dieses schamlose Grinsen aus dem Gesicht prügeln«, schlug sie angefressen vor.

Zwar zwinkerte Toni ihr nach diesen Worten zu, das Lächeln noch breiter als zuvor, doch seine Augen verrieten, dass er achtsam wurde und jeden ihrer Schritte ab sofort beobachtete.

Johanna atmete einmal tief durch und schüttelte die Arme aus, lockerte die Beine und hüpfte auf und ab, um die Knöchel auf das vorzubereiten, was gleich passieren würde: Mitten im Aufwärmen holte sie blitzschnell aus und zielte mit dem Fußballen auf seine Schulter. Tonis linke Hand zuckte hoch und die Handpratze fing den Schlag ab.

Mit zusammengepressten Zähnen zog Johanna sich zurück. Sie umkreiste Toni auf leisen Sohlen. Er jedoch schien starr auf einen festen Punkt zu starren und rührte sich nicht.

Urplötzlich schoss ihre geschlossene Faust vor, um ihn am Kinn zu treffen. Toni riss die rechte Handpratze gerade noch rechtzeitig hoch, um ihren Angriff zu blocken. Pfeilschnell zuckte sein linkes Bein ihr entgegen und traf sie punktgenau in den Oberschenkel.

Harter Schmerz explodierte an der Stelle und Johanna zog scharf die Luft ein, während sie sich rasch von Toni entfernte. Wieder ziepte ihr Unterleib und sie grollte entnervt.

»Was ist los?«, fragte ihr bester Freund voll Argwohn. »Du bist nicht bei der Sache, Leonessa.«

»Halt den Rand«, zischte Johanna.

30

Die Wut in ihrem Bauch mischte sich mit der Frustration über die kommenden Schmerzen und dem Brennen ihres Oberschenkels. Sie sah rot und ihre Sicht kippte. Tonis Gestalt brannte weißlich in der Farbenwelt aus Grau und Grün, was sie weiter ärgerte. Hektisch wechselte sie die Farbenwelt und entdeckte das Burgunderrot seiner Emotionen. Einen Augenblick später griff sie frontal an.

Toni schien genau das erwartet zu haben, denn er konterte ihre Fäuste mit den Handpratzen. In rascher Folge sendete Johanna eine Anzahl Schläge und Tritte aus, die ihm sichtlich Mühe bereiteten. Blaue Schlieren wanden sich um seine Oberweite, die ihr mitteilten, dass er in Bedrängnis kam. Und dann war sie da, die Gelegenheit. Ohne zu überlegen, winkelte sie ihr Knie an und stieß zu: mitten in sein Gemächt. Neonrot explodierte zusammen mit Orange und einem Tupfer Blau um seine Silhouette herum. Ihrem bester Freund blieb umgehend die Luft weg und er sank auf die Matte, sein Körper vornübergebeugt und die Züge schmerzverzerrt.

Johanna wechselte in ihre normale Sicht. Obwohl sie Triumph verspüren sollte, durchzuckte sie eine Mischung aus Sorge und Gewissensbissen. Sie sprintete zu ihm und kniete sich vor ihm hin. Ihre Hände suchten fahrig nach einem Punkt, an den sie sie legen konnte, ohne ihm den Eindruck zu vermitteln, erneut anzugreifen.

»Entschuldige, ich – ich hatte mich nicht mehr im Griff«, erklärte sie reumütig.

Toni winkte ab und hob den Kopf, um sie durch eine schmerzverzerrte Grimasse hinweg anzugrinsen. »Tja, ich sollte deine Drohungen langsam echt ernster nehmen.«

Unwillkürlich erwiderte Johanna das Lächeln und entspannte sich. In der Zeit, in der Toni die Hände aus den Handpratzen zog, musterte sie seine Miene und kam zum Entschluss, dass er ihren Angriff bereits verarbeitet hatte. Trotzdem fragte sie besorgt: »Soll ich was zum Kühlen holen?«

Seine eisblauen Augen ruckten auf und trafen auf ihre eigenen. Er beugte sich vor, sein Gesicht bloß noch Zentimeter von ihrem entfernt. Einen Moment lang blieb ihr Herz stehen, dann polterte es umso schneller in ihrer Brust.

»Nur, wenn du den Eisbeutel sicher an Ort und Stelle hältst«, sagte er.

Johanna vermochte nicht einzuschätzen, ob er einen Spaß machte oder es ernst meinte. Verunsichert leckte sie sich über die Lippen. Doch bevor sie eine schnippische Antwort parat hatte, presste er seine Lippen auf ihre. Einen süßen Augenblick lang vergaß Johanna die Welt um sich herum, und genoss das Gefühl seines Mundes, seines heißen Atems, der über ihre Lippen strich. Sie war unfassbar kurz davor, den Kuss zu erwidern, sich in diese befreiende Vergessenheit fallen zu lassen, die er ihr bot. Doch im nächsten Moment war es bereits vorbei; Tonis Lippen lösten sich von ihren. Seine Iriden waren ein strahlendes Neonblau, welches sich jedoch gleich darauf in Luft auflöste, weil er zur Treppe stürmte.

»Ich glaube, ich brauche doch etwas Eis«, murrte er und verschwand.

Johanna atmete hörbar zittrig aus, strich sich mit dem Zeigefinger entrückt über ihre Lippen und zerbrach sich den Kopf über die Grenzen der Freundschaft, die Toni über die Zeit hinweg mehr und mehr überschritten hatte. Diesmal allerdings war er schlichtweg auf die andere Seite gehechtet, ohne Rücksicht auf Verluste.

Seufzend hievte sie sich auf die Beine und taumelte leicht, weil ihr schwindelig wurde.

Diese bescheuerte Periode, fluchte sie innerlich. Mit langsamen Bewegungen stelzte sie auf die Treppe zu und zog sich am Geländer entlang in die Höhe.

Seit Adams Weggang litt Johanna unter den heftigsten Krämpfen, die sie jemals während ihrer Tage erlebt hatte. Wie auf Kommando mutierte das leichte Ziepen zu einem Tosen aus Schmerz in ihrem Unterleib, und Johanna zog japsend die Luft ein. Sie versuchte, den Halt auf der Stufe nicht zu verlieren. Blinkende Punkte tanzten vor ihren Augen.

Eine Hand legte sich auf ihre Schulter und Johanna fuhr erschrocken zusammen. Sie ruckte den Kopf hoch und blickte in besorgte blaue Augen. Toni. Er war zurückgekommen.

»Ich wusste doch, dass etwas mit dir nicht stimmt«, stellte er trocken fest und trat neben sie auf die Stufe. »Lass mich dir helfen.«

Johanna nickte schwach und Toni lud sie spielend leicht auf seine Arme, eilte die Treppen hinauf und legte sie auf dem Sofa im Wohnzimmer ab. Mit besorgter Miene beobachtete er sie, während sie sich in die Decke einkuschelte und das Gesicht verzog.

»Ich mache dir eine Wärmflasche.«

Der Fakt, dass Johanna einmal im Monat Höllenqualen litt, war nicht vor ihrem besten Freund verborgen geblieben. Umso dankbarer war sie ihm dafür, dass er an ihrer Seite blieb und sie umsorgte.

»Hatte ich dir nicht letztes Mal gesagt, du sollst Bescheid sagen?«, tadelte Toni sanft, sobald er mit der Wärmeflasche zurückkam.

Johanna schnappte sie sich und platzierte sie auf ihrem Unterleib. Unverzüglich minderte der Schmerz ein Stück weit ab.

Toni seufzte theatralisch auf und bedeutete ihr, ihm Platz zu machen. Sie zog den Kopf ein und er setzte sich, woraufhin Johanna sich auf seine Oberschenkel sinken ließ.

»Danke«, murmelte sie betreten und genoss die Wärme der Flasche.

Sanft lächelnd sah ihr bester Freund auf sie herab, strich ihr über die Haare und meinte: »Immer, Jojo.«

Eine Weile lang schwiegen sie, dann sagte er: »Ab jetzt sagst du mir Bescheid, okay? Ich bin für dich da, Leonessa. Auch in diesen Belangen.«

»Aber…«

Energisch schüttelte er den Kopf. »Ich weiß, dass es schlimmer geworden ist, seitdem Adam fort ist. Du warst selbst überrascht davon, das habe ich gespürt. Es ist wirklich okay, wenn du mich um Hilfe bittest.«

Johanna schwieg und inspizierte die Züge ihres besten Freundes.

Ist es das? Ist es in Ordnung, den einen zu lieben und den anderen zu brauchen?

Sie hatte durchaus registriert, wie sehr sie sich auf Tonis Hilfe stützte, auf die Tatsache, dass er stets an ihrer Seite war und sie in allem bestärkte, was sie anstellte. Toni war zu einem Teil ihres Lebens geworden, den sie nicht länger missen wollte. Sie musste jedoch darauf Acht geben, dass daraus nicht mehr wurde. Auf keinen Fall durfte sie ihm weiterhin Hoffnung machen. Johanna liebte Adam, und damit war eine romantische Zukunft mit Toni ausgeschlossen. Auch wenn er in ihr Emotionen weckte, die sie an seinen besten Freund erinnerten, oder neue, ganz eigene, die nur auf ihn gemünzt waren.

»Ich bin müde«, brummelte sie deshalb verlegen. »Am besten schlafe ich eine oder zwei Stunden. Weckst du mich später?«

Er nickte stumm, streichelte weiter ihr Haar und Johanna schloss die Augen, fest entschlossen, die aufkeimenden romantischen Gefühle für ihren besten Freund zu ignorieren.

5

Zum dritten Mal innerhalb von fünf Minuten zwitscherte Tonis Smartphone. Schon seit vier Tagen trafen im Sekundentakt neue Nachrichten von Melanie ein. Ihr bester Freund antwortete auf jede Einzelne davon mit unerwartetem Feuereifer – was Johanna wiederum zur Weißglut brachte. Sie rollte entnervt mit den Augen, rammte die Gabel in ihr Schnitzel und malträtierte es mit voller Hingabe.

Toni indes griff nach dem Gerät, öffnete seine Nachrichten und schmunzelte kaum sichtlich. Anschließend legte er es wieder neben seinen Teller und schwieg.

»Und? Was will das Biest?«, durchbrach Johanna schließlich die Stille mit unwirscher Stimme.

Ihr bester Freund schaute überrascht von seinem Essen auf. Gleich darauf verwandelten sich seine Züge zu einem hämischen Grinsen und er erwiderte: »Eifersüchtig, Leonessa?«

Träum weiter!

Mit einem zynischen Schnaufen widmete sie sich ihren Salzkartoffeln.

Toni lachte leise in sich hinein und bemerkte: »Melanie lässt gerade nichts unversucht, mich wieder in diese Beziehung zurückzukriegen …«

Gedankenverloren wedelte er mit der linken Hand, als suche er nach dem passenden Wort.

»*Situationship*«, betone Johanna. »Das nennt sich Situationship.«

»Ja genau, das.«

Unangenehmes Schweigen breitete sich zwischen ihnen aus, als er daraufhin schwieg. Johannas Gedanken rasten. Wenn Toni sich wieder mit Melanie einließ, würde sie, Johanna, einen Schreikrampf bekommen.

Es ist bloß, weil ich diese Furie bis aufs Blut hasse!, versuchte sie, sich selbst einzureden. *Das hier hat nichts mit diesem ... Was-auch-immer zu tun, was zwischen Toni und mir ist.*

Johanna atmete tief durch, um sich zu beruhigen, und fragte: »Und wirst du?«

Seine Brauen wanderten nach oben. »Was?«

»Willst du in diese Situationship zurück?«

Die eisblauen Augen beobachteten sie, während er neutral erwiderte: »Nichts läge mir ferner.«

Die Erleichterung, die sie bei diesen Worten durchströmte, versetzte ihr einen fiesen Stich. *Ich sollte nicht so empfinden*, schalt sie sich. *Ich liebe Adam.* Nach außen hin ließ Johanna sich nichts anmerken und nickte forsch, bevor sie sich einen weiteren Bissen in den Mund schob. Der Appetit war ihr vergangen. Das Gefühl, Adam zu verraten, indem sie sich zu Toni hingezogen fühlte, brannte sauer in ihrem Magen und bohrte Löcher in ihr Herz. Der Bissen in ihrem Mund schien nach Galle zu schmecken.

Toni legte sein Besteck entschieden beiseite und schob den Stuhl über den Boden, bis ihre Knie sich unter dem Tisch berührten. Anschließend lehnte er sich vor, bis sein Gesicht bloß wenige Zentimeter von ihrem entfernt war.

Ignorier ihn!, japste sie sich selbst zu, indes sie sturköpfig kaute und geradeaus starrte. Dass ihr Herz aufgrund seiner Nähe in rasendem Tempo schlug, probierte Johanna ebenfalls beiseitezuschieben.

Die Finger seiner linken Hand streichelten über ihren Handrücken, fuhren daran entlang bis zum Handgelenk und weiter über den Unterarm. Eine Gänsehaut kroch über die Stellen, die er berührte. Johanna biss verkrampft auf ihre Zähne, um keinen wohligen Laut auszustoßen.

Tonis Raunen drang zu ihr durch. »Wie es scheint, muss ich mich um einiges mehr anstrengen, damit du nicht länger vor Eifersucht zergehst.«

Das Rasen ihres Pulses musste noch bis auf die Terrasse hinaus hörbar sein, so laut donnerte er durch ihre Ohren. Seine sanften Berührungen brachten sie um den Verstand. Nur mit großer Anstrengung gelang es Johanna, die Zähne auseinanderzukriegen.

»Nein, danke«, erwiderte sie in eindeutig pikiertem Tonfall. »Du kannst rummachen, mit wem auch immer du willst.«

»Oh, kann ich das?« Seine Stimme war ein leises Schnurren.

Johanna feixte. Das darauf folgende Grinsen seitens Toni ließ sie unruhig auf dem Stuhl hin und her rutschen. Das Streicheln seiner Finger verschwand, gleichzeitig mit seiner Nähe. Er lehnte sich zurück, seine Iriden strahlend blau, und seine Züge zierte ein winziges, wölfisches Schmunzeln.

»Keine Sorge, Leonessa. Ich finde den geeigneten Zeitpunkt, um dir die Sicherheit zu bieten, die du offenbar bitternötig hast.«

Zutiefst durcheinander schob Johanna den Stuhl zurück.

»Ich habe keinen Hunger mehr«, murmelte sie und stob aus der Küche in ihr Zimmer, um den heillos verwirrenden Gesten und Aussagen ihres besten Freundes zu entfliehen.

Kaum dort angekommen, zerbrach Johanna sich auf ein Neues den Kopf darüber, wie sie Toni davon überzeugen konnte, ihre Freundschaft nicht weiter zu reizen.

*So langsam erliege ich seinen Spielchen. Es ist verrückt –
ich bin felsenfest davon überzeugt, dass ich Adam liebe. Seine
Abwesenheit brennt jeden Tag ein neues Loch in meine Brust.
Aber Toni hier zu haben, an meiner Seite…*

*Mit ihm zusammen habe ich den Eindruck, es schaffen zu
können. Er gibt mir Halt und Sicherheit. Seine Art lässt mich
daran glauben, dass ich die Trennung überstehen kann – und
dass am Ende alles gut sein wird.*

Mit einem grummeligen Laut schlug sie die Hände vors
Gesicht und ließ sich aufs Bett sinken.

*Das hat doch alles keinen Zweck. Mein Fokus liegt auf den
völlig falschen Dingen. Eigentlich müsste ich mich auf die
Infiltration der Organisation konzentrieren. Will ich nicht
länger herausfinden, was Borthertorn von Adam und Toni will?
Und was ist mit meinen Eltern?*

Mit einem plötzlichen, schmerzhaften Stich in der Brust
realisierte Johanna, dass sie tatsächlich ernsthaft darüber nachgedacht hatte, die Möglichkeit einer Aufklärung für den Mord
an ihren Eltern hinter sich zu lassen, indem sie nicht an der
Zeremonie teilnahm. Schuldgefühle tröpfelten einer Regen-
rinne gleich in ihr Bewusstsein und sie schluckte leer.

*Außerdem: Wenn ich mein bisheriges Leben aufgebe, ver-
liere ich dann nicht auch Adam und Toni? Die beiden werden
niemals aufgeben, und eine stinknormale Person dabeizu-
haben, wäre in der Situation wohl eher hinderlich.*

Ganz davon abgesehen war Johanna sich nicht sicher, ob sie
die beiden Cadeesh-Brüder jemals hinter sich lassen könnte.

6

Gedankenverloren starrte Johanna auf den Bildschirm. Toni hatte ihr ungefragt einen Computer gekauft, sobald sie in der Villa eingezogen war, damit sie im Gästezimmer ihre Programmierhausaufgaben erledigen konnte. Zwar hatte sie protestiert und argumentiert, dass sie ihre Schularbeit einfach in der Uni erledigen könne wie all die Zeit davor, doch Toni hatte nichts davon hören wollen. Und sie musste zugeben, es war ein tolles Gefühl, einen eigenen Computer zu besitzen, den sonst niemand bediente. Es verlieh ihr einen Hauch von Freiheit und Rebellion – passend zu ihren Plänen mit der Organisation.

Ganz nebenbei führte diese Neuerung dazu, dass Johanna jeden Tag mit Toni nachhause gehen konnte, statt sich nach dem Unterricht stundenlang zusätzlich in der Uni aufzuhalten.

Der Termin der *Zeremonie der Befreiung* rückte unaufhaltsam näher – und Johanna hatte immer noch keine Entscheidung getroffen. Seit dem Angebot der Organisation, welches Greta ihr durchgegeben hatte, war eine Woche vergangen. Allerdings kämpfte ein Teil ihrer selbst stur dagegen an, sich weiterhin vom *Kreis der Begnadeten* als Marionette benutzen zu lassen. Sie wollte ihr eigenes, selbstbestimmtes Leben führen, und das am liebsten gemeinsam mit Adam und Toni.

Letzterer jedoch hatte das Thema nicht mehr angesprochen und überließ es komplett ihr, den Entschluss zu fassen, ob sie in das ihr vorbestimmte Leben eintauchen wollte oder nicht. Ausnahmsweise hätte sie seine Leidenschaft zur Diskussion gern genutzt, um mit ihm das Für und Wider zu erörtern. Aber wann immer sie es in den vergangenen Tagen versucht hatte, hatte er abgeblockt oder das Thema gewechselt.

Des Weiteren war sie neugierig auf das gesamte Ausmaß ihrer eigenen Fähigkeiten, das konnte sie nicht leugnen. Nichtsdestotrotz würden diese ihr bei Toni und Adam nichts nutzen: Wenn sie die Brüder ihren Kräften aussetzte, würden die beiden zwar heilen ... aber resultierend daraus auch sterben. So zumindest die Theorie. Diese Hypothese würde sie niemals auch nur ansatzweise in die Praxis umsetzen. Wenn das hieß, dass sie auf das volle Ausmaß ihrer Fähigkeiten verzichten musste, dann war sie bereit, diesen Preis zu bezahlen. Die beiden Cadeeshs waren mehr wert als ihre Kräfte – zur Hölle, sie bedeuteten Johanna *alles*.

In diesem Moment vibrierte ihr Smartphone und Johanna warf einen Seitenblick auf den Bildschirm, um zu prüfen, von wem die Nachricht kam.

Anonym. Hmm... Wahrscheinlich Spam.

Doch dann vibrierte das Gerät noch zweimal kurz hintereinander und Johanna zog irritiert die Augenbrauen zusammen. Entschlossen griff sie nach dem Smartphone, entsperrte es und öffnete die Nachrichten-App.

Anonym (18:40): Du willst ihn doch wiedersehen oder nicht?
Anonym (18:40): Wenn ja, dann tritt der Organisation bei.

In Johannas Ohren rauschte es. Ihre Sicht verschwamm und immer größer werdende, schwarze Punkte traten ihr vor die Augen. Etwas hämmerte gegen ihren Schädel.

Luft! Atmen!

Hastig zog sie frische Luft in ihre Lungen. Die dunklen Punkte vor ihren Augen verschwanden und das Hämmern ebbte ab. Mit dem nächsten Atemzug blendete Johanna alles aus, stieß die Welt um sich herum von sich und blinzelte heftig, um die aufsteigenden Tränen loszuwerden, während sie das Foto öffnete und mit zwei Fingern vergrößerte.

Ein erstickter Laut drang aus ihrer Kehle – eine Mischung aus Schluchzen und erleichtertem Aufseufzen.

Er ist es, kein Zweifel.

Das Foto zeigte Adams große Gestalt in schwarzen Jeans und einem grauen T-Shirt mit E.T.-Aufdruck. Er überquerte gerade eine Kreuzung, das rote Licht einer Ampel mischte sich mit dem gelblichen Licht zweier Straßenlaternen, zusammen mit einigen verzerrten Leuchtreklamen im Hintergrund, und tauchte das Foto in skurrile Farben – beinahe wie ein gemaltes Bild.

Das Wackeln ihres Smartphones ließ ihr bewusst werden, dass sie am ganzen Körper zitterte wie Espenlaub. Johanna löste sich für einen Moment von Adams Anblick und atmete kontrolliert ein und aus, bevor sie die Augen wieder auf das Display senkte.

Sein Gesicht war blass und er sah selbst aus der Distanz der Foto-Linse bekümmert aus.

Nein, er sieht zornig aus.

Ihre Augen verharrten für wenige Sekunden auf seiner Gestalt, dann studierte sie den Hintergrund des Fotos und versuchte, Details auszumachen, die ihr verrieten, wo er sich aufhielt. Doch wo auch immer diese Aufnahme gemacht wurde, sie gab keinerlei Hinweise preis. Die umliegenden Häuser verschwammen im Licht der Straßenlaternen, der Regen prasselte derart heftig gegen den Asphalt, dass Staub und Dreck sich zu einem leichten Nebel vermischten, der die Straße einhüllte.

Frustriert schloss sie die Augen und lehnte sich in ihrem Drehstuhl zurück. Ihre linke Hand wanderte wie von selbst an ihre Nasenwurzel und massierte die Stelle mit Zeigefinger und Daumen – etwas, was sie sich von Gelleroy abgeschaut und das sich in letzter Zeit als durchaus wirkungsvoll entpuppt hatte.

Die Organisation weiß also ganz genau, wo Adam sich befindet, überlegte sie mit wachsendem Zorn. Dass die Nachricht von einem Mitglied des Kreises stammte, stand für Johanna außer Frage.

Aber sie machen sich nicht die Mühe, es mir zu erzählen... Nein, sie erpressen mich lieber damit, es mir zu verraten – sofern ich ihren beitrete.

Johanna musste diesen Leuten zugestehen, dass sie gerissen handelten. Sie hatten eines der wenigen Druckmittel gefunden, das sie dazu bewegen konnte, mit absoluter Sicherheit der *Zeremonie der Befreiung* beizuwohnen. Ihr Gegenspieler hatte den ersten Schachzug getan …

Die Frage ist nun: Spiele ich mit, oder lasse ich es bleiben? Was, wenn das Foto bloß ein Deep Fake ist? Will ich es darauf ankommen lassen?

Doch sie wusste die Antwort bereits – sie war bisher nur noch nicht bereit gewesen, diese auszusprechen, geschweige denn, sie zu denken.

Mit einem Gefühl im Bauch, dass die gesamte Angelegenheit eine ganz miese Idee sein könnte, griff Johanna erneut nach ihrem Smartphone und tippte:

Ich (18:51): Ich werde beitreten.

7

»Und du bist dir absolut sicher?«

Johanna lag mit dem Kopf auf Tonis Schoss, die Knie angewinkelt und mit einer dünnen Decke zugedeckt. Seine langen Finger spielten mit ihren Haaren und sie beide starrten unkonzentriert in den gewaltigen Fernseher im Wohnzimmer der Villa.

Sie brummte zustimmend und Toni seufzte schwer. Seine Finger hielten damit inne, ihre Strähnen zu glätten, und kurz darauf legte er die Hand auf ihre Taille.

»Okay«, erwiderte er in neutralem Ton.

Johanna glaubte keine Sekunde lang daran, dass er die Neuigkeit derart gelassen hinnehmen würde, und drehte den Kopf, um ihn heimlich zu mustern. Tatsächlich: Seine Brauen waren zusammengezogen, die Augen mit den düsteren, sturmblauen Iriden zu schmalen Schlitzen verengt.

»Sie können helfen, ihn zu finden«, argumentierte sie in behutsamem Ton. Dass sie gestern Abend eine anonyme Erpressernachricht bekommen hatte, hatte sie ihm bis zum jetzigen Zeitpunkt verschwiegen.

Es würde sowieso nichts daran ändern, schnaubte sie innerlich. *Meine Entscheidung ist schon vor diesem Augenblick gefallen.*

Toni senkte den Blick und starrte sie an. »Was sie *danach* mit ihm oder dir anstellen werden, das haben sie nicht konkretisiert, als Greta angerufen hat.«

»Du bist so ein Schwarzmaler!«

Er zuckte mit den Schultern. »Wohl eher ein Realist.«

Sie wollte auffahren, doch Toni kam ihr zuvor. »Johanna, Adam und ich kennen den *Kreis der Begnadeten* seit *Jahrhunderten.*« Er seufzte. »Früher mögen diese Vereinigung und ihre Ziele durchaus edel und ehrenhaft gewesen sein, doch seitdem die Borthertorns an der Macht sind, würde ich den Mitgliedern nicht weiter vertrauen, als ich spucken kann.« Seine Mundwinkel zogen sich minimal in die Höhe. »Und ich kann echt nicht weit spucken.«

»Und was ist mit mir?«, fragte sie.

»Du bist die eine Ausnahme, Leonessa. Die eine Hummel in einem Nest voller Wespen.«

Sie antwortete mit einem »Hmpf«-Laut, der ein Grinsen in sein Gesicht zauberte. Unwillkürlich beschleunigte sich Johannas Puls. Das, was da zwischen ihr und Toni war, seitdem sie im Rollstuhl gesessen hatte, war mitnichten verschwunden – nein, es hatte sich während der letzten Monate gefestigt und war mutiert, und zuweilen war sie sich nicht länger sicher, ob sie mehr als bloße Freundschaft für Toni empfand.

Zitternd atmete sie durch den Mund aus, um sich zu fangen.

Nein, ermahnte sie sich, *das ist Blödsinn.*

Trotzdem war ihr Blick weiterhin fest mit seinem verschränkt. Sein Lächeln verblasste langsam, die Iriden nahmen diesen leuchtenden, neonblauen Ton an, den sie bereits von Adam in Grün kannte – der ihr so viel mehr über seine Gefühle ihr gegenüber verriet, als er aussprach.

Ich kann nicht, zwang sie sich zu denken. *Ich liebe Adam.*

Mit einer inneren Kraft, die sich Johanna nicht zugetraut hätte, zwang sie ihre Augen, sich von den seinen zu lösen und sich zu schließen.

»Ich werde der Organisation beitreten. Und dann finde ich heraus, wo Adam steckt. Wir holen ihn zurück.«, sagte sie mit eiserner Härte in der Stimme. Den bitteren Kloß, der sich in ihrer Kehle bildete, ignorierte sie dabei ebenso wie Tonis scharfen Blick.

Sie drehte sich wieder dem Fernseher zu, nicht länger bereit für Diskussionen.

»Wie du meinst, Leonessa«, entgegnete Toni murmelnd.

Am nächsten Morgen erwachte Johanna das erste Mal seit einer gefühlten Ewigkeit mit dem Gefühl, ausgeschlafen zu sein. Der übliche Nachklang schlechter Träume und der kalte Angstschweiß fehlten – ob das ein positiver oder ein schlechter Umstand war, würde sie wohl erst noch herausfinden müssen.

Als Allererstes stand der Anruf bei Greta auf dem Plan. Da Johannas Magen sich beim bloßen Gedanken daran zusammenknotete, zögerte sie diese Aufgabe gar nicht erst hinaus, sondern scrollte durch ihre Smartphonekontakte, und wählte die Nummer ihrer Beschützerin.

»Tochter«, meldete diese sich mit der üblichen Distanziertheit in der Stimme, die nichts darüber preisgab, wie sie fühlte – oder ob sie es überhaupt konnte.

Entschlossen atmete Johanna nochmals tief durch, bevor sie ohne Begrüßung verkündete: »Ich tue es. Schickt mir die Details.«

Greta schwieg für einen Moment, dann erwiderte sie: »Wie du willst. Soll ich den Brief an dein altes oder dein neues Zuhause schicken?«

Der unverhohlene Hohn in diesen Worten verbiss sich in Johannas Gedanken und ließ sie wütend zischen: »An die Cadeesh-Villa.« Sie hielt inne, bevor sie »Mein einzig wahres Zuhause« hinterherschicken konnte. Stattdessen sagte sie: »Grüß Paps von mir.«

Die Verbindung wurde gekappt und Johanna stieß die Luft aus.

46

Ihre Beschützer hatten zwei Wochen nach Adams Verschwinden den ersten öffentlich kommunizierten Auftrag seit Johannas Geburt bekommen. Von diesem Punkt an hatte Gretas Maske als Mutter kontinuierlich Risse bekommen. Mittlerweile war von der bereits zuvor bröckeligen Beziehung zwischen Ziehmutter und Tochter nichts mehr übrig.

Gelleroy hingegen war weiterhin interessiert an Johannas Wohlergehen. Er rief sie regelmäßig an, erkundigte sich nach ihrem Studium und ob sie gut mit Toni zurechtkam. Auch ermahnte er sie, richtig zu essen und sich nicht in der Trauer zu verlieren, die sie über den Weggang einer der Brüder empfand. Immer wieder nahm er sich die Zeit und versicherte ihr, dass Adam zu ihr zurückkehren würde – wenn er sich von dem erholt hatte, was ihm zugestoßen war.

Johanna hatte niemandem ein Sterbenswörtchen davon erzählt, was wirklich in der Villa passiert war. Als Greta und Gelleroy sie ein paar Tage nach Adams Fortgehen gefragt hatten, wo er hingegangen sei, hatte sie ihnen eine Lüge aufgetischt. Sie hatte ihnen erzählt, Adam mache eine Weltreise, um mögliche Investoren für seine neuste App-Idee zu gewinnen.

Bei Greta war es ihr egal, ob sie Johanna die Märchen abnahm – aber bei Gelleroy…

Er hat es nicht verdient.

Nachdenklich scrollte sie durch ihre Nachrichten.

Ihn möchte ich nicht andauernd belügen… Blöd nur, dass er mit Greta unter einer Decke steckt.

Mit einem schlechten Gewissen sandte Johanna ihrem Ziehvater eine Textnachricht.

Ich (8:23): Ich werde an der Zeremonie der Befreiung teilnehmen. Hier ist alles bestens, gleich Frühstück. Hoffe, dir geht's gut. Hab dich lieb Paps.

Dann schob sie das Smartphone in ihre Hosentasche und machte sich auf den Weg in die Küche, um Pancakes zu zuzubereiten.

Pünktlich zum Braten des letzten Pancakes betrat Toni den Raum. Ein kurzer Seitenblick verriet Johanna, dass er eben erst aus dem Bett gefallen sein musste: Sein Haar war zerstrubbelt und die Augen vom Schlaf verhangen. Er gähnte ausgiebig und ließ sich auf einen Stuhl am Esstisch plumpsen.

»Hier«, sagte sie munter und stellte den Teller mit den Pancakes in die Mitte des Tisches. Dann erst sah sie auf und erstarrte. Toni trug nichts außer dunkelblauen Boxershorts und einem fliederfarbenen Bademantel, der geöffnet zu beiden Seiten seines definierten Oberkörpers hinunterfiel und nichts der Fantasie offenließ.

Er bemerkte ihre Starre, lehnte sich schräg zurück und legte den rechten Arm auf die Rückenlehne. Seine Augen funkelten sie herausfordernd an, während er träge mit den Fingern seiner rechten Hand die Bauchmuskeln entlang nach oben strich und fragte: »Stört dich der Anblick?«

Johanna schluckte – und schluckte erneut. Vergeblich; ihr Blick folgte seinen Fingern den ganzen Weg hinauf bis zu seinem Schlüsselbein, wo sie den Hautkontakt verloren. Der Zeigefinger landete zwischen seinen Zähnen, und Toni biss leicht darauf, während er breit grinste. Die neonblauen Iriden schienen ihr entgegen, lichtdurchtränkt wie Scheinwerfer.

Sie schüttelte langsam den Kopf, einmal hin, einmal her. Wie ein Roboter. Anschließend murmelte sie: »Nein, mach wie du willst. Ist schließlich dein Haus.«

Tonis Grinsen wurde noch breiter, und er beugte sich vor. Seine Finger streichelten über ihren Arm, hinab bis zu ihrer Hüfte. Mit einem Ruck zog er sie so nah zu sich heran, dass sie beinahe über seine Knie stolperte.

»Hey!« Entrüstet wollte sie sich aus seinem Griff winden, doch Toni schnalzte energisch mit der Zunge und meinte: »Ah, ah, ah! Du sagtest, ich soll tun, was ich will. Ich will dich auf meinem Schoss, also setz dich, Leonessa.«

Johanna schnaubte und machte erneut Anstalten, sich von ihm zu entfernen. Tonis Griff wurde bärenstark und unnachgiebig, sobald sie sich zu winden begann, und so ließ sie sich nach wenigen Augenblicken mit brennend roten Wangen seitlich auf seinen Schoss nieder.

»Und jetzt essen wir – gemeinsam.« Toni schnurrte beinahe, so rau klang seine Stimme.

»Toni…«, setzte Johanna an.

»Ach komm schon, das macht bestimmt Spaß.«

Er grinste auf sie herab und Johanna gab sich geschlagen. Diesem Grinsen vermochte sie nie lange zu widerstehen. Also ließ sie ihn einen Pancake auf den Teller packen. Er schmierte ein wenig Erdbeermarmelade auf die eine Hälfte, ganz wie sie es liebte, und fütterte sie mit mundgerechten Stücken.

»Was willst du heute unternehmen?«, fragte er zwischen dem zweiten und dritten Pancake.

Sie dachte kurz nach, dann erwiderte sie: »Wie wäre es mit Netflix und in Decken einkuscheln? Ich fühle mich nicht so nach Rausgehen heute.«

»Okay«, antwortete er. Sein Blick zuckte zur Wanduhr, dann wieder zurück auf den Teller. »Allerdings muss ich dich heute Nachmittag für ein paar Stunden alleinlassen.«

»Wieder ein Event?«, fragte sie, bevor Toni ihr ein weiteres Stück Pancake in den Mund schob.

Er nickte und verzog missmutig das Gesicht. »Eine weitere Gala, die ohne mich stinklangweilig sein würde, und deshalb meine Rettung benötigt.«

Johanna lachte auf. »Toni Cadeesh, der Retter der Reichen und Schönen«, proklamierte sie.

Er grinste und schob den Teller weg. »Es reicht, wenn ich *dein* Retter bin, Leonessa.« Seine Augen strahlten ihr neonblau entgegen, und Johanna erschauerte unwillkürlich.

»Das bist du tatsächlich«, hauchte sie aufrichtig.

Für einen Moment blieben sie beide stumm, dann stupste Toni ihr mit dem Zeigefinger an die Nase und sagte betont sachlich: »Du solltest jetzt von meinem Schoss runter, wenn du nicht möchtest, dass die Situation in eine Verführung eskaliert.«

Wie von der Tarantel gestochen schoss Johanna in die Höhe – und schlug sich prompt das rechte Knie an der Tischkante an. Unter abgehakten »Autsch! Autsch!«-Rufen hopste sie durch die Küche, bis sie Toni hinter sich aufseufzen hörte.

Einen Augenblick später wurden ihr die Beine unter dem Körper weggezogen und sie lag in seinen Armen. Johanna protestierte lautstark, aber er schmunzelte bloß und trug sie ins Wohnzimmer, wo er sie auf die Couch fallen ließ.

»Ich muss mir was anziehen.« Schon war er verschwunden. Doch sie konnte hören, wie er von Richtung der Treppe rief: »Versuch, dir nichts zu brechen, während ich in meinem Zimmer bin!«

»Pah!«, rief sie gespielt entrüstet zurück.

Die Zimmertür hatte das letzte Wort, indem sie hart ins Schloss fiel. Einen Moment lang lauschte sie, dann stieß sie die Luft mit einem unterdrückten Stöhnen aus.

Ich darf Toni nicht derart an mich ran lassen. Ich leide darunter, dass Adam nicht bei mir ist, ich vermisse ihn jeden Tag, jede Stunde. Da kann ich ihn nicht einfach mit Toni ersetzen!

Johanna ließ ihre Handinnenflächen auf ihr Gesicht fallen und sperrte die Welt aus.

... Tue ich das denn wirklich – ersetze ich ihn?

50

Obwohl ihr Gesicht hinter ihren Händen verborgen war, zog sie nachdenklich die Brauen zusammen.

Mir sind die Unterschiede zwischen den beiden sehr wohl bewusst... Tonis Art unterscheidet sich dermaßen von Adams, dass ich sie bisher nie wirklich verglichen habe. Dazu kommt, dass ich Toni bereits mochte, als ich mit Adam noch glücklich war...

Ein frustrierter, grollender Laut kam aus ihrer Kehle und sie ließ die Hände fallen, starrte stattdessen an die Wohnzimmerdecke. Sie konnte nicht länger leugnen, dass ihr Herz nach dem Unfall letzten Herbst für beide Cadeeshs zu schlagen begonnen hatte. Aber verriet sie nicht ihre Beziehung zu Adam, wenn sie sich Toni hingab?

»Irgendwas riecht hier verbrannt«, bemerkte er in diesem Moment.

Johanna schrak mit einem leisen Schrei der Überraschung hoch und schielte über die Armlehne der Couch. Toni lehnte mit der Schulter am Durchgang zwischen Wohnzimmer und Flur, seine Hände wie gewöhnlich in den Hosentaschen vergraben. Die strahlend blauen Augen waren auf sie gerichtet und sprühten vor Schalk.

»Deine grauen Zellen arbeiten ganz schön Überstunden, Leonessa«, spottete er.

Mit einem Ruck stieß er sich von der Wand ab und ließ sich neben ihr auf die Couch sinken.

»Ich hab nur nachgedacht«, konterte sie lahm und viel zu spät.

Seine Mundwinkel schoben sich belustigt nach oben. »Was du nicht sagst!«

Johanna schnaubte und schlug ihm auf den Oberarm.

»Au!«, meinte er, mehr vorwurfsvoll als unter Schmerzen, und rieb sich abwesend die betroffene Stelle.

»Was ist los?«, fragte er anschließend.

»Nicht so wichtig.«

Johanna schaltete den Fernseher ein, schob die Füße unter die Decke, die neben ihr auf der Couch lag und suchte nach einem Film, der sie interessierte. Leider war die Auswahl in letzter Zeit kontinuierlich schlechter geworden, und sie verbrachte eine geraume Weile damit, die ganzen Bilder und Texte zu studieren.

Irgendwann seufzte Toni entnervt auf, entriss ihr die Fernbedienung und startete nach nicht einmal einer halben Minute einen alten Schinken, den sie noch nicht kannte. Dann legte er die Fernbedienung neben sich und zog spielerisch an ihren Haaren.

»Wenn du weiterleben willst, würde ich das ganz schnell sein lassen«, grummelte Johanna, die sich auf den Film konzentrierte.

Toni lachte lautlos in sich hinein und erwiderte murmelnd: »Leg dich hin. Ich weiß, dass du das magst.«

Ergeben seufzend tat sie wie geheißen. Toni legte seine Hand auf ihrer Hüfte ab und sie starrten in friedlicher Eintracht auf den Bildschirm.

Kurze Zeit darauf konnte sie spüren, wie seine Hand unter ihren Pullover glitt. Sein Daumen zog unendlich langsame Kreise auf ihrer nackten Haut. Ein wohliger Schauer rieselte ihrer Wirbelsäule entlang. Das Herz raste in ihrer Brust, doch sie ignorierte es und starrte stattdessen weiterhin auf die Bildfläche. Wie schon all die Male zuvor hatte sie keine Ahnung, was sie sich hier eigentlich für einen Film anschauten, und es war ihr in diesem Moment auch egal. Das elektrisierende Gefühl, das von Tonis Hand auf ihrer Taille ausging, raubte ihr den letzten Rest Konzentration – und ließ die Schmetterlinge in ihrem Bauch voller Erwartung aufflattern.

Das sanfte Rütteln von Tonis Oberkörper verriet ihr, dass er erneut in sich hineinlachte.

Er genießt das hier! Es gefällt ihm, mich zu ärgern! Oder vielmehr: mich um den Verstand zu bringen.

Missmutig zog Johanna die Augenbrauen zusammen.

Dabei weiß er haargenau, wie sehr ich Adam vermisse und liebe.

Als hätte Toni ihre Gedanken erraten, beugte er sich zu ihr hinab und murmelte: »Willst du, dass ich aufhöre?«

Darauf gibt es nur eine korrekte Antwort, und zwar ja!

»Nein«, hauchte sie, überrascht von sich selbst. »Fass mich ruhig an.«

Was zur Hölle sagst du da, McGibbon!

Sie bekam mit, wie Toni scharf die Luft einsog. Keinen Herzschlag später schickte er seine Finger auf Wanderschaft über ihre nackte Haut.

Johanna konnte nicht anders: Sie schloss die Augen und *fühlte*. Es war unfassbar schön, endlich wieder jemanden zu spüren – etwas anderes zu fühlen als Selbsthass und Herzschmerz, vermischt mit Wut und der darauffolgenden Panik.

Wohlige Schauer tanzten über die Stellen, die Toni streifte.

Und obwohl sie Adam immer noch schmerzlich vermisste, und sich sicher war, dass sie nie aufhören würde, ihn zu lieben, vermochte sie nicht zu leugnen, dass sie Tonis Berührungen genoss. Seine Hand war selbstsicher, warm und fest – da war keinerlei Zögern oder gar Unsicherheit. Er wusste, was er wollte und würde es sich nehmen, wenn sie es ihm erlaubte.

Seine Finger kamen zum Stillstand.

»Was darf ich tun, Leonessa?« Die Frage war nicht lauter als ein Hauch.

Bin ich bereit dafür? Bin ich bereit, zu akzeptieren, dass ich sowohl Adam liebe, als auch Toni mehr mag, als ich sollte?

Johannas tosender Puls und das vorfreudige Kribbeln in ihrem Bauch sprachen dafür.

Vielleicht sollte ich aufhören, immer so viel nachzudenken.

Noch immer lag Tonis Hand warm und fest auf ihrem Körper, zwischen ihren Rippen. Die Stelle schien unter seinen Fingern Feuer zu fangen.

Genau wie bei Adam…

Ihr Herz zog sich schmerzhaft zusammen.

Da sie nichts auf seine Frage erwiderte, zog Toni nach wenigen Sekunden die Hand allmählich zurück. Sobald die Verbindung von Haut auf Haut gekappt worden war, drehte Johanna sich auf den Rücken, um ihren besten Freund anzuschauen. Er musterte sie mit strahlenden Augen, und sie hätte schwören können, dass er wusste, was sie dachte, wie sie fühlte. Dass es sie innerlich zerriss, für ihn Gefühle zu haben, aber gleichzeitig Adam hinterherzutrauern.

Toni senkte die Lider und seufzte. Seine Hand fuhr durch die blonden Haare, die ihm ins Gesicht gerutscht waren, nur um gleich darauf wieder in seine Stirn zu fallen.

»Tut mir leid«, murmelte er.

Johanna rappelte sich auf die Knie hoch und legte ihre linke Hand an seine Wange, damit er sie ansah. Neonblau leuchtete sein Blick ihr entgegen.

»Nein, sag das nicht«, erwiderte sie. »Es ist nur – ich …«

»Ich weiß«, unterbrach Toni. »Du liebst ihn und denkst, du würdest eure Beziehung verraten, wenn du dich mir hingeben würdest.«

Zögernd nickte sie.

Toni griff nach ihrer Hand, hielt sie fest und drehte den Kopf, bis seine Lippen an ihrer Handinnenfläche lagen. Er drückte einen Kuss hinein, während er ihr fest in die Augen sah.

»Weißt du noch, wie Adam und ich uns gestritten haben, bevor du … die Kontrolle verloren hast?«, murmelte er gegen ihre Hand.

Johanna schauderte. Der Kontakt von Lippen auf Haut erregte sie, doch die Erinnerungen an die vergangenen Streitereien waren erdrückend. Ihre Miene umwölkte sich.

Toni bemerkte es. Er ließ seine Lippen weiter gleiten, über ihre Handballen, ihr Handgelenk. Wohlige Schauer durchzuckten Johannas Inneres bei jeder seiner Berührungen, bei jedem Kuss auf ihren Arm. Fasziniert folgte sie seinen Bewegungen mit ihrem Blick, und Tonis Augen schienen sie gefangen zu halten.

»Du kanntest den Grund nicht«, hauchte er auf ihren Unterarm. Der leiseste Wink eines Zögerns folgte seinen Worten. Dann: »Es war, weil Adam um meine Gefühle für dich wusste. Er hatte mir nach deinem Erinnerungsverlust geschworen, mich nicht zu verraten und zu warten, bis ich es dir gesagt habe, bevor er sich dir gegenüber erneut öffnet.«

In Johannas Hals bildete sich ein Kloß, den sie krampfhaft herunterzuschlucken versuchte. Die Worte blieben ihr im Hals stecken.

»Mir ist durchaus klar, dass ich keine Chance gehabt hätte, Leonessa. Deine Gefühle für Adam waren dir jahraus, jahrein ins Gesicht geschrieben. Aber dann…«

Er stockte, senkte die Lider, als wäre auf einmal alles zu viel. Sein Adamsapfel schnellte hinab und hinauf, danach schaute er wieder zu ihr. »Dann hast du plötzlich angefangen, mich zu sehen – *wirklich* zu sehen. Das hat mir Hoffnung gegeben, obwohl ich mich selbst deswegen für verrückt erklärt habe. Du warst mit Adam *zusammen* … und trotzdem hast du dich mir gegenüber geöffnet.«

Unterdessen war er so nahe an Johannas Gesicht herangekommen, dass ihre Nasenspitzen nur Zentimeter voneinander entfernt waren. Johannas Herzschlag flog nur so dahin, seine Nähe ließ sie kurzatmig werden und ihr Blick wechselte zwischen seinem Mund und seinen hellen Iriden hin und her. Ihre

Haut brannte, wo Toni seine Lippen platziert hatte, und alles in ihr flehte sie an, sich ihm endlich hinzugeben.

»Adam hat dir doch damals gesagt, dass ich dir eines Tages etwas beichten werde – nun, das hier ist es.« Erneut zögerte er und sein Adamsapfel hüpfte, bevor er flüsterte: »Ich liebe dich, Johanna. Seit dem ersten Tag, an dem ich dich gesehen habe, bin ich dir hoffnungslos verfallen.«

Wieso ist das keine große Überraschung?

Sie runzelte die Stirn und überlegte. Nach nur einem Wimpernschlag erinnerte sie sich: Adam hatte sie gefragt, ob Toni mit ihr gesprochen hätte, und als sie verneint und neugierig nachgebohrt hatte, hatte er gemeint, das sei nicht seine Baustelle.

Toni wollte es mir sagen, wurde es ihr siedendheiß klar. *Er wollte mir seine Liebe vor über einem halben Jahr gestehen – als ich mit Adam zusammen war. Und Adam wusste davon!*

Eine weitere Erinnerung ploppte in ihrem Gedächtnis auf: Adam, der Johanna im Arm hielt und in spöttischem Ton zu seinem besten Freund sagte: *»Dann wird es Zeit, dass du den Mut findest, es auszusprechen, Bruder. Ich bin überzeugt, dass es uns allen danach bessergehen wird.«*

Wieder schluckte sie, diesmal jedoch aus gänzlich anderen Gründen. »Adam wusste davon«, flüsterte sie.

Toni nickte langsam. »Er wusste es nicht nur«, antwortete er. »Wir waren uns einig, dass, egal wen du wählst, wir uns dir hingeben werden. Und falls du uns beide wählen solltest, wäre auch das zwischen uns kein Problem.«

Wie vom Donner gerührt haspelte sie: »Ihr beide–?«

Doch seine Lippen trafen in diesem Moment auf ihre und lösten die Fragen in ihrem Kopf in nichts auf.

Tonis Lippen waren weich und entschlossen zugleich, ließen sie vergessen und allem voran so viel fühlen. Beinahe wie im Rausch verlor Johanna sich in all den Empfindungen, die auf sie einstürmten, und als seine Zunge sanft ihrer Unterlippe entlangfuhr, dachte sie nicht nach, sie öffnete sich ihm.

Ein gutturaler Laut entrang sich seiner Kehle. Im nächsten Moment lagen seine Hände um ihre Taille, hielten sie an Ort und Stelle.

Johanna versank in einer eisblauen Farbexplosion, gemischt mit strahlendem Rot. Und plötzlich kam Bewegung in ihren Körper. Ihre Finger zuckten, sie langte nach seinem Nacken und vergrub sich in die feinen Haare. Johanna erwiderte seinen Kuss mit einem hemmungslosen Feuer, das sie für erloschen geglaubt hatte.

Toni löste sich nur wenige Sekunden später von ihr und sah sie an, die Iriden so strahlend hell, dass sie die Augen zusammenkneifen musste. Seine Brust hob und senkte sich genauso rasch wie ihre eigene.

»Du siehst also, Leonessa, es gibt keinen Grund, warum du dich zurückhalten solltest«, beendete er verspätet seine Argumentation.

Johanna fixierte seinen Mund, beugte sich ihm entgegen und knabberte an seiner Unterlippe, bevor sie sich endgültig zurückzog und erwiderte: »Trotzdem fühlt es sich seltsam an.«

Toni überraschte sie, indem er ihr den Freiraum gab, den sie benötigte. Er griff nach ihrer Hand und verschränkte ihre Finger, machte ansonsten jedoch keine Anstalten, ihr erneut nahezukommen.

»Ist ja auch nicht gerade konventionell, gleich zwei Typen auf einmal zu haben«, konterte er neckisch und zwinkerte. Mit einer untrüglichen Spur Schalk in der Stimme fügte er hinzu: »Das nennt sich übrigens Polyamorie – nur, falls du das später heimlich googeln willst.«

Widerwillen musste sie grinsen. Natürlich hatte Toni schon längst intensive Recherche betrieben für den Fall, dass sie diese Art von Beziehung in Betracht zog.

Und ich kann es ihm nicht wirklich verübeln…

»Ich glaube, ich muss erst einmal sehen, wo mir der Kopf steht«, wich sie aus.

Er schmunzelte siegessicher, nickte bedächtig und das Funkeln in seinen Augen war mehr als euphorisch. Trotzdem klang er zurückhaltend, als er antwortete: »Sicher. Alles in deinem Tempo, Leonessa.«

Dankbar über seine Diskretion lächelte sie.

Das erste Mal seit Monaten schmerzte es nicht, an Adam zu denken. Im Gegenteil: Eine Art freudige Erregung machte sich in Johanna breit bei dem Gedanken daran, dass sie mit beiden Cadeeshs zusammen sein könnte. Zu ihrer eigenen Verblüffung fühlte es sich einzig richtig an. Die Richtung, die ihre Emotionen einschlugen, verunsicherten Johanna, weshalb sie ihnen den Riegel vorschob.

Später… Wenn Toni weg ist, kann ich mir den Kopf darüber zerbrechen. Er muss nicht mitkriegen, wie sehr mich diese Neuigkeit aufwühlt.

8

Was in allen sieben Höllen habe ich mir bloß dabei gedacht!

Toni hatte sich letztlich verabschiedet, weil er zu seinem Event aufbrechen musste. Natürlich hatte er die Gelegenheit genutzt und Johanna einen weiteren, innigen Kuss gestohlen, der sie vor Verlangen bebend zurückgelassen hatte.

Doch jetzt, eine Stunde später, siegte das schlechte Gewissen über ihr unbedachtes Handeln.

Ja, er hatte ihr versichert, dass diese Art von Beziehung zwischen ihr, Adam und ihm funktionieren würde – doch waren sich die beiden Freunde bewusst, was das bedeutete?

Johanna selbst war sich im Gegensatz zu Toni überhaupt nicht sicher, ob und wie dieses Dreieck harmonieren sollte. Ganz davon abgesehen, dass sie von sich selbst bestürzt war. Sie hätte niemals gedacht, dass sie sich derart schnell jemand anderem hingeben könnte – und dann ausgerechnet dem besten Freund ihres Freundes!

Aber Toni zu küssen … war wie Sonnenbaden am Strand, Eisessen im Sommer oder nach einem harten Tag auf dem Sofa in eine Decke einkuscheln und ein gutes Buch lesen. Es fühlte sich genauso richtig an, wie mit Adam zusammenzusein. Da, wo Adam zärtlich und vielleicht übertrieben rücksichtsvoll war, war Toni das pure Gegenteil: Nach einem Einverständnis nahm er sich, was er kriegen konnte, und bereute nichts davon.

Ich denke eindeutig zu viel nach.

Johanna seufzte schwer. Ihr Smartphone vibrierte und sie schaute nach, wer sich gemeldet hatte.

Toni (15:45): Wehe du schmollst jetzt zuhause, Leonessa.

Johanna grinste ertappt und antwortete:

Ich (15:45): Vielleicht fundierst du das ein wenig mehr?

Toni (15:46): Ich habe gerade mal drei Schritte in diese scheiß Halle gemacht und alles, woran ich denken kann, sind deine Lippen auf meinen. Also wehe, du bereust, was wir getan haben. Sonst bekomme ich hier und jetzt einen Wutanfall – vor all den heißen Schnitten und alten Säcken.

Trotz ihrer gespaltenen Gefühlswelt lachte sie lauthals los. Toni fand immer einen Weg, ihre Sorgen zu glätten.

Ich (16:48): Zu deiner Information: Ich bereue es nicht... Na ja, zumindest nicht zu hundert Prozent. Ich bin bloß besorgt über das, was du gesagt hast. Denkst du wirklich, dass du und Adam damit klarkommt, wenn ich euch beide will?

Toni (16:50): Das Thema ist bereits ein alter Hut für uns. Wir wissen beide seit dem Tag, als wir dich trafen, wie es um den jeweils anderen steht. Wir kommen damit klar. Es ist deine Entscheidung, Liebste.
Toni (16:51): Ich muss dich jetzt leider allein lassen. Madame Serginy verlangt nach meiner Anwesenheit in ihrem Alkoven.

Keine fünf Sekunden später folgte ein Kotz-Smiley.

Mit einem breiten Grinsen legte Johanna das Smartphone beiseite.

Er schreibt ganz so, als ob es sich bei solchen Veranstaltungen um alte Bälle handelt, schnaubte sie belustigt, wurde allerdings gleich darauf wieder ernst.

Wie zäh tropfender Harz dämmerte die Erkenntnis, dass Toni sehr wohl meinte, was er sagte: Er und Adam waren beide in sie verliebt, und beide wollten sie mit ihr zusammen sein – ob gemeinsam oder nicht, war komplett ihr überlassen. Ein plötzlicher, ängstlicher Schauder rieselte Johanna den Rücken hinab. So viel Verantwortung zu tragen, war ihr äußerst unangenehm. Die Entscheidung darüber zu fällen, welcher der beiden Cadeeshs mit ihr glücklich werden durfte und welcher nicht, erschien ihr unmöglich.

Zudem, gestand sie sich ein, *liebe ich sie beide. Zwar auf verschiedene Weise, aber doch sind sie beide in meinem Herzen verankert.*

Heftig den Kopf schüttelnd zwang Johanna sich, an etwas weniger Bedeutsames zu denken, indem sie sich voll und ganz dem Film widmete, den Toni früher ausgesucht hatte. Sie startete ihn nochmals von vorn und war kurz darauf vollständig in die mitreißende Geschichte vertieft. Doch sobald der Streifen an die Stelle gelangte, an der die beiden Protagonisten zusammenkamen, brach Johannas seelische Wunde wieder auf und ihr Herz malträtierte sie auf ein Neues um den Verlust von Adam. Bittere Tränen rannen ihr übers Gesicht, während sie störrisch auf die Bildfläche starrte und den Schauspielenden dabei zusah, wie sie sich in die Arme fielen.

Ihre Sicht verschwamm, und der erste Schluchzer löste sich aus Johannas Kehle. All die unterdrückten Vorwürfe prasselten auf sie ein und ließen sie verzweifelt die Finger beider Hände in die Haare verkrallen.

Hier sitze ich und denke darüber nach, Toni zu meinem zweiten Freund zu machen, während Adam weiterhin spurlos verschwunden ist... Und das, weil ich ihm etwas angetan habe, das ich bis heute nicht verstehe! Was bin ich bloß für ein abscheuliches, krankes Scheusal!

Ein lautstarker Schluchzer löste sich. Als wäre damit ein Damm gebrochen, brach die Verzweiflung, die Johanna stets in sich trug und niederdrückte, über sie herein. Sie presste das

Gesicht gegen ihre Arme, verkrallte die Finger in ihrer Kopfhaut und kauerte sich zu einer Kugel zusammen. Ihr Körper bebte vor Trauer und Reue, während sie all ihren Schmerz in die leere Villa hinausließ. Welle um Welle brachen die düstergrauen Schlieren und Nebel aus ihr hervor, durchdrangen das Mauerwerk und verpufften in den Weiten der Gänge.

Vier Tage später klingelte es abends an der Haustür der Cadeeshs und als Johanna verwundert aufmachte, stand sie einem Postboten gegenüber, der ihr einen dicken Umschlag entgegenstreckte. »Einschreiben für McGibbon.«

Johanna nickte, nahm den Brief entgegen und unterschrieb den Empfang. Sobald die Tür hinter ihr ins Schloss gefallen war und sie sich zur Küche herumdrehte, schritt Toni die Glastreppe in die Eingangshalle hinab, seine Stirn in Falten gelegt.

»Wer war das?«, fragte er.

Sie sah auf. »Ein Postbote. Einschreiben«, erwiderte sie und winkte mit dem dicken Umschlag in seine Richtung.

»Wir bekommen keine Post«, bemerkte er skeptisch und trat neben sie.

»Einmal ist immer das erste Mal«, konterte sie sardonisch und gemeinsam betraten sie die Küche, wo Johanna das Kuvert auf der Kücheninsel ablegte und es nachdenklich betrachtete.

In diesem Moment vibrierte ihr Smartphone. Nach einem kurzen Blick auf das Display meinte sie: »Es ist von Greta.«

Tonis Stirnrunzeln vertiefte sich bei diesen Worten und er verschränkte die Arme vor der Brust. »Das macht es nicht besser, Leonessa.«

Johanna zuckte mit der linken Schulter. »Es sind die Unterlagen für die *Zeremonie der Befreiung*. Zumindest hat sie die schon vor Tagen angekündigt.«

Ohne weiter zu zögern, riss sie den Umschlag auf und zog zwei separate Aktenumschläge daraus hervor. Der untere war dick befüllt mit einzelnen Papieren, weshalb Johanna sich erst dem dünneren der beiden widmete. Sie schlug die Mappe auf und blickte auf eine Faltbroschüre, die die Überschrift zierte: *Zeremonie der Befreiung*. Darunter prangte die aktuelle Jahreszahl und ein Symbol, das einen Kreis darstellte, darin eingefangen zwei Umrisse von Menschen. Der Linke trug ein Schwert, der Rechte einen Stab.

»Also das Logo braucht dringend eine Überarbeitung«, murmelte sie gedankenverloren in Tonis Richtung. Dieser hatte sich in der Zwischenzeit die zweite Mappe geschnappt und blätterte darin herum.

Da er ihr mit einem unbedeutenden »Mhh« antwortete, sah Johanna vom Titelblatt der Broschüre auf und studierte seine Miene. Ihr bester Freund machte einen leicht gehetzten Eindruck, die eisblauen Augen flitzten über die Seiten und sein Kiefer mahlte sichtbar.

»Was haben sie uns noch geschickt?«, frage Johanna bemüht sorglos und trat an Toni heran. Zu ihrer Überraschung ließ er den Umschlag in diesem Augenblick zuschnappen und verbarg ihn hinter seinem Rücken.

Johanna runzelte die Stirn und bemerkte sarkastisch: »Gar nicht verdächtig, Cadeesh.«

»Es sind Überwachungsfotos von Adam und mir«, entgegnete Toni mit stoischem Gesichtsausdruck. »Lass uns hineinsehen, wenn du sitzt. Ihn zu sehen, könnte eine weitere Panikattacke in dir auslösen.«

Weiterhin skeptisch kniff Johanna die Augen zusammen, beließ es allerdings dabei. Stattdessen widmete sie sich erneut dem Flyer. Mit spitzen Fingern blätterte sie ihn um und überflog den Text. Auf der Rückseite wurde sie schließlich fündig: Veranstaltungsort und -tag waren in fetten weißen Lettern ins Zentrum gedruckt worden.

»Nächsten Monat«, presste Toni hervor.

Wieder sah Johanna auf. Er studierte die Broschüre über ihre rechte Schulter hinweg.

»Denkst du, das schaffen wir?«, wollte sie wissen. In ihrer Stimme klang die Unsicherheit darüber mit, die sie ständig verspürte, sobald sie an die *Zeremonie der Befreiung* dachte.

»Natürlich schaffst du das«, erwiderte er entrüstet. »Es ist eher so, dass der Plan, den wir dazumal mit Adam geschmiedet hatten, endlich Form annimmt. Und das *ohne Adam*…«

Aufbrausend entgegnete Johanna: »Sag doch gleich, dass wir aufgeben sollten, weil er nicht hier ist, um unsere Händchen zu halten!«

»So habe ich das doch gar nicht gemeint!« Tonis Stimme klang nun seinerseits echauffiert. »Es ist offensichtlich, dass Adam der technikaffinste von uns dreien ist – ich bin bereits mit den Sicherheitsvorkehrungen in den Anlagen der Organisation überfordert.« Seine freie Hand ballte sich zur Faust. »Wir *brauchen* ihn – so ungern ich das auch zugeben möchte.«

Johanna seufzte. Toni hatte Recht; auch wenn sie ihrem Idol ins Studium der Informatik gefolgt war, und sämtliche Vorlesungen aufgesogen hatte wie ein Schwamm, sie kam nicht ansatzweise an Adams Level heran. Noch dazu befand Johanna sich erst im zweiten Jahr, ihre Semesterarbeit stand kurz bevor und es bedrückte sie, zu wissen, dass danach nicht mehr viel folgen würde außer einer Spezialisierung auf ein bestimmtes Gebiet. Sie wollte mehr wissen, mehr verstehen – viel mehr. Das Studium hatte ihr eine solide Basis geboten, doch fehlte es jedem der Fächer, die sie belegt hatte, an Tiefe. Überall wurde von theoretischem Wissen gesprochen, von Ahnungen und Thesen – die Praxis erschien zweitrangig.

Mit etwas Vorbereitung sollte allerdings auch ich ins Sicherheitssystem der Organisation kommen, sinnierte sie. *Für Adam wäre das ein Klacks*…

»Ich kümmere mich darum«, informierte sie ihren besten Freund schlussendlich entschieden, während sie weiterhin auf die Rückseite des Flyers starrte, ohne ihn wirklich zu sehen.

Toni gab einen schnaubenden Laut von sich. »Leonessa, ich wollte damit nicht sagen, dass du nicht fähig genug bist, uns dort rein zu hacken. Es geht um das Gefühl der allgemeinen Sicherheit, das Adams Wissensstand mir durch die Jahre vermittelt hat. Seit Jahrzehnten haben wir gemeinsam an heiklen Aufträgen gearbeitet. Es fühlt sich verdammt *waghalsig* an, diese Sache ohne ihn durchzuziehen.«

Johanna sah auf und musterte ihn. Sein Gesichtsausdruck war weiterhin verstimmt, und die Hand immer noch zur Faust geballt.

»Willst du aussteigen?«, fragte sie ihn rundheraus.

Die eisblauen Augen suchten ihren Blick und hielten in fest, als er antwortete: »Niemals. Ich lasse dich nicht im Stich.«

Die Worte klangen beinahe nach einer Anschuldigung in Richtung seines abwesenden besten Freundes. Und es stimmte: Im Gegensatz zu diesem stand Toni ihr bei – bei allem, was Johanna in den Sinn kam.

»Gut.« Sie nickte zur Bestätigung, anschließend deutete sie auf die Mappe hinter Tonis Rücken. »Dann lass uns jetzt das da anschauen.«

Sofort verschloss sich seine Miene und wurde undeutbar. Johanna verschränkte demonstrativ die Arme vor der Brust und fügte hinzu: »Anthony Cadeesh, zu deiner Information, ich bin eine erwachsene Frau und auch wenn ich Schutz brauche, weil ich speziell bin, so brauche ich dennoch keine Bevormundung.«

Seine Mundwinkel zuckten. Er ruckte mit dem Kopf in Richtung Wohnzimmer, drehte sich auf dem Absatz herum und steuerte auf das Sofa zu.

Johanna folgte ihm mit einer Mischung aus Triumph und Nervosität. Toni hatte gesagt, es wären Überwachungsfotos von ihm und Adam.

Bin ich stark genug? Werde ich ihn auf diesen Bildern anschauen können, ohne vor Toni in Tränen auszubrechen?

Behutsam ließ sie sich neben Toni ins Polster sinken und beobachtete ihn dabei, wie er die Mappe auf den Couchtisch legte, den Deckel geschlossen. Als läge ein Zauber darauf, schien die Akte ihren Blick magisch anzulocken und sie näher zu ziehen wie in einem Sog. Mit einem kurzen Seitenblick auf Toni, der ihr bloß zunickte und sie seinerseits nicht aus den Augen ließ, klappte sie den Deckel auf.

Direkt zuoberst lag ein Foto von ihr und Toni, sein Arm locker um ihre Schultern gelegt, während er herzlich lachte und sie ihn säuerlich musterte, der Mund zu einer Schnute verzogen.

»Gut getroffen, wenn du mich fragst«, witzelte Toni trocken.

Johannas Kopf ruckte zu ihm und sie bemerkte, dass er grinste und mit einer Schulter zuckte. »Es ist kein Geheimnis, dass wir so durch die Gegend turteln.« Mit einem sanften Kopfnicken deutete er auf den Stapel. »Mach weiter.«

Aus einem ihr unerklärlichen Grund begannen ihre Finger zu zittern.

Ist es Angst? Habe ich Angst davor, zu sehen, in welcher Situation Adam und ich abgelichtet wurden?

Mit einem leisen Seufzer griff sie nach dem ersten Foto und drehte es um. Darunter kam ein Bild zum Vorschein, welches tatsächlich Adam und sie zeigte: Johanna lag in seinen Armen, und er sprintete über die Wiese hinter der Villa.

Sie hörte sich scharf die Luft einziehen, spürte das Vibrieren ihres Körpers wie durch einen distanzierten Nebel – oder

Watte. Alles, was sie fühlte, war der inzwischen altvertraute Schmerz, der heiß und stechend durch ihre Brust wütete.

Das war am selben Tag!, stellte sie schockiert fest. *Das war an dem Tag, an dem ich ihn ... verloren habe.*

Am ganzen Körper bebend streckte sie die Finger aus und fuhr sachte über das Foto. Adams Züge waren deutlich zu erkennen: Er sah über alle Massen besorgt aus. Nichtsdestotrotz lag eine unübersehbare Wut in seinem Gesicht.

Nur wenige Stunden später war dieser Ausdruck einer anderen Emotion gewichen, und Johanna schluckte heftig, um nicht in hysterische Tränen auszubrechen.

Mit einem heftigen Ruck wendete sie das Foto. Unter diesem lag ein bedrucktes Papier, nach welchem sie nun griff und zu lesen begann. Bereits nach wenigen Zeilen begriff sie, was das hier war: ein Vertrag. Die Organisation hatte tatsächlich einen Vertrag aufgesetzt.

Johanna schüttelte den Kopf, um den eben erlittenen emotionalen Schmerz loszuwerden, und konzentrierte sich erneut auf das Papier. Sobald sie den Text durchgelesen hatte, schnaubte sie und stieß den Stoß von sich.

»Abartig«, murmelte sie.

»Wohl eher typisch«, warf Toni besserwisserisch ein.

Er hatte die ganze Zeit über geschwiegen, doch jetzt schien er ihren Kommentar als Zeichen zu nehmen, seine Gedanken mit ihr zu teilen. »Wenn du das da unterschreibst, bist du ihnen mehr verpflichtet als deinem eigenen Körper.«

Johanna erwiderte nichts, ließ stattdessen die Finger ihrer rechten Hand durch den restlichen Inhalt der Mappe gleiten. Allesamt Addendum zum Vertrag. Kein einziges, weiteres Foto.

»Wozu schicken sie mir diese Fotos?«, wollte sie frustriert wissen.

»Machtdemonstration«, mutmaßte ihr bester Freund. Er legte das linke Bein am Knöchel über das rechte Knie und lehnte sich lässig in die Kissen des Sofas zurück.

»Sie zeigen dir damit, dass sie dich jederzeit beobachten und alles sehen, wenn sie wollen. Das baut Druck auf und dient ihnen als Erpressungsmittel.«

Johanna ließ sich in die Polsterung sinken und wandte sich an Toni. »Das brauchten sie doch gar nicht, ich habe bereits zugestimmt, an der Zeremonie teilzunehmen.«

Er zuckte erneut mit der Schulter, rückte näher und zog sie an sich heran. »Vielleicht ist das die Bedingung, damit sie dir helfen: Totale Unterwerfung.«

Sie schnaubte abfällig, schwieg jedoch.

Die Finger seiner linken Hand wanderten gedankenverloren über ihren Oberarm. »Meine Meinung steht weiterhin: Das hier ist scheißgefährlich. Ja, wir wissen zu wenig, und ja, wir brauchen Intel, um handeln zu können. Aber dich mittels eines Vertrags an diese Spinner zu verkaufen wie eine Sklavin ist nicht die Lösung unserer Probleme, Leonessa.«

Johanna konnte nicht umhin, zu denken: *Wo er Recht hat... Es ist wahr, ich will so viele Informationen wie möglich aus dieser ... Partnerschaft mit dem Kreis der Begnadeten ziehen. Aber mich dafür der Organisation als Freiwild anzubieten ist schlicht dumm. Wir müssen einen Weg finden, wie ich diesen Vertrag nicht unterzeichnen muss.*

»Hmm«, machte sie bedächtig und legte den Kopf auf Tonis Schulter ab. »Man könnte fast meinen...«, begann sie.

»Dass die spinnen?«, witzelte er.

Sie grinste, erwiderte allerdings: »Dass sie verzweifelt sind, was meinen Beitritt angeht.«

Tonis Körper versteifte sich für einige Sekunden, dann entspannte er sich und lachte leise in sich hinein. »Du willst sie dazu bringen, dich ohne diesen Wisch aufzunehmen?«

Stumm nickte sie.

»Das könnte sogar funktionieren«, überlegte Toni. »Wenn du an der *Zeremonie der Befreiung* zeigst, was in dir steckt, können sie nicht anders, als dich aufzunehmen – zu deinen Bedingungen.«

Ein weiterer, diesmal gemarterter Seufzer löste sich aus Johannas Kehle. »Dafür müsste ich allerdings mein Training um mindestens zweihundert Prozent steigern.«

Tonis Umarmung wurde inniger und er raunte: »Ich kann dir gerne zur Hand gehen.«

»Ha ha«, entgegnete sie und verdrehte die Augen. »Nicht *das* Training, Blitzmerker. Mein Fähigkeiten-Training.«

»Oh… Nein, danke, ich passe.«

»Weil du mich dabei nicht anfassen kannst oder weil du noch nicht bereit dazu bist, geheilt zu werden?«, gab Johanna keck zurück.

Toni drehte den Kopf in ihre Richtung und senkte den Blick seiner eisblauen Augen, die schalkhaft glitzerten. »Definitiv beides.«

Die schnippische Erwiderung blieb ihr im Halse stecken, denn Toni nutzte die Gelegenheit und versiegelte ihren Mund mit einem Kuss. Die Sorgen und Pläne in ihrem Kopf verpufften.

Im Gegensatz zu ihrem ersten Kuss genoss sie diesen hier ohne schlechtes Gewissen, weshalb ihre Sicht in die Farbenwelt kippte und Tonis Umriss rot aufleuchten ließ. Rosa Schlieren wirbelten um seine Gestalt herum, vermischten sich mit Pink und Burgunderrot, und tanzten um Johannas Arme.

Sein Mund wurde fordernder und Tonis Zungenspitze leckte über ihre Unterlippe. Sie öffnete sich und gewährte ihm Einlass. Toni ließ sich nicht zweimal bitten.

9

In dieser Sekunde klingelte es an der Haustür. Johanna und ihr bester Freund stoben auseinander, seine neonblau schimmernden Iriden waren unverwandt auf sie gerichtet. Das starke Heben und Senken seiner Brust verriet ihr, dass auch er sich vollends in ihrem Kuss verloren hatte.

Wieder klingelte es, und Toni senkte für einen Augenblick die Lider, um Fassung bemüht. Dann erhob er sich und eilte in die Eingangshalle. Johanna blieb auf dem Sofa zurück, um ihre Atmung unter Kontrolle zu kriegen.

»Hey Toni!«

Verblüfft drehte Johanna den Kopf gen Tür. Niemand anderes als Melanie Borthertorn stand dort, ihr wohl geformter Körper in ein golden glitzerndes Kleid gehüllt, dessen Saum an den Knien endete. Die blonden Wellen waren auf einer Seite ihres Kopfes mithilfe einer ebenfalls goldenen Spange zurückgestylt. Da erst bemerkte Johanna Melanies Make-up: Passend zu ihren hellgrünen Augen war ein grün-goldener Schimmer auf ihre Lider aufgetragen worden, der ihr ein feenhaftes Aussehen verlieh.

»Melanie?«, fragte Toni. Seine Stimme spiegelte Johannas Verblüffung wider. »Was ist der Anlass für diese … Aufmachung?«, fügte er hastig hinzu.

Mit einem gezielten Schritt zur Seite verbarg er Johanna hinter seinem breiten Rücken. Doch so konnte sie selbst das Biest nicht länger sehen.

»Die Frage lautet eher: Warum bist du noch nicht angezogen?«, antwortete Melanie in diesem Moment. »Du hast es doch nicht etwa vergessen?«

»Was vergessen?«, erwiderte Toni perplex.

Ein Schnauben war zu hören und Johanna unterdrückte ein Grinsen.

»Ich habe dich doch vor vier Tagen eingeladen, mein plus eins zu sein, Tonischätzchen«, gurrte das Biest. »Für die Veranstaltung meiner Eltern.«

Wie bitte? Er flirtet seit Wochen mit mir herum, als gäbe es kein Morgen mehr, lässt sich aber gleichzeitig auf ein Event einladen? Und das ausgerechnet von ihr!

Ein wütender Laut entwich Johanna, und sie verschränkte die Arme vor der Brust, indes sie den Rücken ihres besten Freundes mit finsteren Blicken durchbohrte.

»Oh…« Tonis rechte Hand wanderte in seinen Nacken, um ihn peinlich berührt zu reiben. Offensichtlich spürte er Johannas Unmut überdeutlich. Deshalb fragte er ziemlich kleinlaut: »Das war heute?«

»Ja.« Melanie klang mittlerweile eindeutig pikiert. »In zwei Stunden, um genauer zu sein.«

Damit befeuerte sie die unbändige Freude, die sich in Johannas Magen ausbreitete. Nur mit großer Mühe konnte sie ein Kichern unterdrücken. Sie ballte ihre Hände zu Fäusten und biss sich auf die Finger, um nicht laut loszulachen.

Im nächsten Moment jedoch verging ihr das Lachen, als Toni entschlossen sagte: »Nun, verzeih mir diesen Fauxpas, Melanie. Aber ich habe gerade Besuch –«

»Besuch?«, echote Melanie und versuchte auf der Stelle, an ihm vorbei in die Villa zu linsen.

Ohne Umschweife tauchte Johanna ab und kroch über den Teppichboden hinter das Sofa, um sich vor den Blicken des Biests in Sicherheit zu bringen.

»Frauenbesuch«, spezifizierte Toni in eisernem Unterton. Er bewegte sich keinen Millimeter und ignorierte Melanies Bemühungen, an ihm vorbeizukommen.

Sie mutierte zu einer wahren Furie, die Gold lackierten Nägel ihrer langgliedrigen Finger gruben sich in seinen Arm, doch Toni gab nicht nach. Stattdessen räusperte er sich lautstark. »Das tut weh.«

Melanie gab auf, zog ihre Krallen ein und änderte ihre Taktik. Johanna vernahm, wie sie Toni fragte: »Du verarschst mich doch?« Ihre Stimme klang hoffnungsvoll, beinahe verzweifelt.

Bitte sag ja, bitte sag ja...

»Nein.«

Johannas Handfläche schlug klatschend gegen ihre Stirn.

»Ich muss ehrlich zu dir sein, Melanie«, fuhr Toni fort. »Ich möchte nicht, dass du falsche Hoffnungen hegst.«

»Aber du bist zu mir zurückgekommen«, warf Melanie halb trotzig, halb ungläubig ein.

»Nein«, gab er zurück. »Ich habe gesagt, ich schreibe wieder mit dir. Das ist ein himmelweiter Unterschied.«

»Wieso wolltest du dann mit mir zu der Veranstaltung gehen?«

Ein unterdrücktes Stöhnen kam aus Tonis Richtung, dann meinte er: »Du schienst niemanden gefunden zu haben und in Not zu sein.«

Für wenige Sekunden blieb es still.

»Mitleid?« Melanies Stimme bebte vor Zorn. »Du wolltest aus *Mitleid* mitgehen?«

Toni antwortete nicht. Ein klatschendes Geräusch ertönte.

Oh mein Gott! Hat Melanie Toni gerade eine Ohrfeige verpasst?

Johannas Belustigung schwand, und Zorn kochte an ihrer Stelle in ihr hoch.

Was erlaubt die sich! Toni war superehrlich und freundlich zu ihr! Diese miese Schlange! Ich werde –

»Bleib mir in der Zukunft vom Leib, Toni Cadeesh. Dein Mund speit Gift, sobald er nicht zum Küssen benutzt wird! Du und dein Bruder könnt bleiben, wo der Pfeffer wächst!« Melanies Stimme war nicht mehr als ein Zischen.

Johanna sah gerade noch rechtzeitig über die Lehne des Sofas, um mitzubekommen, wie das Biest theatralisch auf der Stelle herumwirbelte und mit wehendem Haar und Kleid einen dramatischen Abgang hinlegte.

Einen Moment später ließ Toni die Tür ins Schloss fallen und wandte sich zu ihr um.

»Was machst du da hinten?«, fragte er mit einem irritierten Stirnrunzeln.

Sofort erhob sich Johanna aus ihrem Versteck und setzte sich auf die Sitzfläche.

Ein wissendes Grinsen breitete sich auf seinem Gesicht aus, während er auf sie zusteuerte. »Hattest du etwa Angst, dass sie dich entdecken könnte?«, schob er hinterher.

»Pfff«, machte sie ablehnend. »Erkläre mir lieber, wie du das bei mir wieder gutmachen willst.«

Verständnislos blieb er stehen. »Was meinst du?«

Johannas Kinn nickte in Richtung der Tür. »Du flirtest seit Wochen mit mir, küsst mich und fummelst an mir rum. Trotzdem wolltest du mit der Schlange zu einem Event, als ihr *plus eins*!«

Toni eilte auf sie zu und ließ sich auf die Armlehne sinken, bevor er nach ihren Händen griff und sie in seine nahm.

»Das war bloß aus Mitleid, ich schwöre es!«

Belustigt funkelte sie zu ihm auf. »Hättest du das auch nach euren Knutschereien noch behauptet?«

Augenblicklich leuchteten seine Iriden neonblau auf. »Es hätte keine gegeben, Leonessa«, beteuerte er.

»Wie könnte ich dir das glauben?«, antwortete sie neckend. »Du warst auch nicht ehrlich, was diese Flirts —«

Doch Toni küsste sie und ließ ihren Protest augenblicklich verstummen.

10

Es war, als hätte der Anblick des Datums für die *Zeremonie der Befreiung* einen Schalter in Johannas Bewusstsein umgelegt. Zwar schlief sie weiterhin schlecht und der Schmerz über den Verlust von Adam brannte nach wie vor in ihrer Brust, doch in ihr erblühte die verbissene Entschlossenheit, den ursprünglichen Plan umzusetzen – mit oder ohne ihn.

Sie verdoppelte ihre Trainingsstunden im Keller. Alles, was sie tat, war, dort zu stehen oder zu sitzen, und zwischen ihren Farbenwelten zu wechseln. Sie übte sich in Konzentration und wechselte wann immer möglich in die Farbensicht, während sie mit Toni im Kampftraining war. Überrascht stellte sie fest, dass die Schlieren sich graurot verfärbten und hektischer ausschlugen, sobald Toni eine Entscheidung getroffen hatte und zum Hieb oder Tritt ausholte.

Bereits nach wenigen Tagen konnte Johanna ihrem besten Freund mühelos das Wasser reichen. Inzwischen war er es, der sich anstrengen musste, um einen Treffer zu landen, indem er nicht bewusst an eine Reaktion dachte, sondern instinktiv reagierte.

Die zweite große Veränderung bestand darin, dass Johanna sich selbstständig weiterbildete, nachdem sie sich für das endgültige Thema ihrer Semesterarbeit entschieden hatte. Innerhalb einer Woche hatte sie einen Plan ausgearbeitet, der sie wissenstechnisch für die nächsten sechs Monate beschäftigen konnte. Da sie ausschließlich für die Organisation arbeiten würde, war Abwechslung in Form von Weiterbildung aus ihrer Sicht nicht schlecht – zumal Johanna nicht plante, für immer im *Kreis der Begnadeten* zu bleiben. Sie wollte die Informationen, die sie brauchte, um herauszufinden, was der CEO vorhatte. Und wer ihre Eltern ermordet hatte. Der Rest des Kreises konnte ihr gestohlen bleiben – allen voran ihre Ziehmutter Greta.

Toni suchte unterdessen weiterhin nach seinem besten Freund und verschwand ab und an für ein paar Tage, um einer Spur nachzugehen. Mal um Mal kehrte er mit leeren Händen zurück und tröstete Johanna, die bei jedem Aufbruch seitens Toni die verzweifelte Hoffnung gehegt hatte, dass Adam zurückkehrte.

Auf diese Weise waren die verbliebenen drei Wochen bis zur *Zeremonie der Befreiung* wie im Flug vergangen. Nun stand Johanna gemeinsam mit ihrem besten Freund im Eingangsbereich vor dem Wohnzimmer, ihr Herz raste vor Aufregung – und Angst.

»Bist du bereit?«, murmelte Toni nah an ihrem Ohr. Seine Arme waren um ihre Mitte gelegt, ihr Rücken lehnte an seiner Front.

Sie schluckte ein paar Mal, um den dicken Kloß im Hals loszuwerden, der ihr Übelkeit bereitete. »Nein. Aber ich werde trotzdem hingehen«, antwortete sie flüsternd. Ihre Hände klammerten sich an seine Arme. Sie wünschte sich so sehr, dass Toni mit ihr gehen und ihr genau wie jetzt Halt und Trost spenden könnte. Doch sie würde allein gehen müssen.

Greta hatte den Wagen für acht Uhr angekündigt. Johanna warf einen kurzen Blick auf ihr Smartphone. Fünf Minuten. Sie hatten noch fünf Minuten.

Was sagt man, wenn man nicht weiß, was nach einem bedeutsamen Ereignis passieren wird? Werde ich ihn je wiedersehen? Werden wir die Chance bekommen, den Kreis zu infilt-

rieren, oder werde ich in eine Zelle gesteckt und für Experimente missbraucht, ganz so, wie Toni es des Öfteren beschreibt? Oder sterbe ich vielleicht sogar?

»Toni…«, begann Johanna stockend, wurde allerdings von seinem Kopfschütteln unterbrochen.

»Nein, Leonessa. Keine Abschiedsworte. Wir sehen uns nach der Zeremonie, versprochen.«

Seine Hände nestelten an der Goldzierde ihres neuen Kleides, welches sie ausschließlich für diesen Anlass gekauft hatte.

Die Broschüre hatte einen Dresscode vorgeschrieben, dem sie sich zähneknirschend hatte beugen müssen: Reinweißes Kleid bis zu den Knöcheln, Goldzierde unter der Brust, dazu goldfarbene Sandalen. Keine Jeans, keine T-Shirts und keine Pullis erlaubt. Die männlichen Teilnehmer mussten einen entsprechend weißen Anzug tragen, dessen Aufschläge und Ärmel mit Gold verziert sein durften. Die Schuhe waren ebenfalls in Weiß oder Gold zu tragen.

Johanna schüttelte sacht den Kopf über diese unsinnige Vorschrift und drückte ihre nackten Schultern noch ein wenig fester gegen ihren besten Freund, um seine Wärme in sich aufzunehmen.

Die Finger von Tonis rechter Hand umschlangen in diesem Moment ihre Mitte und brachten sie zurück ins Hier und Jetzt. Mit dunkler Stimme raunte er: »Jeder von uns braucht jetzt den nötigen Mut und die Kraft, diesen Tag allein durchzustehen. Küss mich, damit ich es schaffe, Leonessa. *Bitte.*«

Johanna reckte ihm ihr Gesicht entgegen und traf auf seinen Mund. Sein Kuss war unendlich sanft, und doch verlor sie sich darin und vergaß für den Rest der verbliebenen Zeit, was auf sie zukam.

Es klingelte schrill an der Haustür.

Toni löste die Umarmung und trat einen Schritt zurück in Richtung Wohnzimmer. Seine wunderschönen Augen strahlten in einem wilden, neonblauen Sturm und das Lächeln, das auf seinen Lippen lag, war bitter. Mit einer fahrigen Bewegung fuhr er sich mit den Fingern der rechten Hand durchs blonde Haar, bevor er die Hände in die Hosentaschen steckte und in gen Tür nickte.

»Geh. Ich warte hier auf dich.«

Johanna schluckte erneut. Diesmal schien der Klumpen hartnäckig in ihrem Hals festzusitzen, denn sie musste sich räuspern, um ihn loszuwerden.

»Ich schreibe dir«, versicherte sie ihm, griff nach ihrer Jacke und sog seinen Anblick ein letztes Mal in sich auf, bevor sie sich hastig umdrehte und zur Tür eilte.

»Und vergiss nicht, die Taste zu drücken«, wehte Tonis Stimme ihr hinterher.

Sobald sie die Haustür aufzog, entdeckte sie die riesige schwarze Limousine, die am Straßenrand geparkt war. Der Fahrer – ein Mann in schwarzem Anzug und mit schwarzer Sonnenbrille auf der Nase – stand auf dem Gehweg, der zur Villa der Cadeeshs führte und hatte die Hände vor dem Körper verschränkt. Doch sobald er Johanna bemerkte, löste er seine Haltung auf und ging voraus, um ihr eine der hinteren Türen des Fahrzeugs aufzuhalten.

Ihre Aufregung schien sich zu verdoppeln, als Johanna der stummen Aufforderung folgte und sich ins Innere des Wagens setzte. Mit geweiteten Augen sah sie sich um. Die Sitzpolster waren aus braunem Leder gefertigt, und die Armstützen zierte eine künstlich glänzende Holzmaserung, die mit golden schimmernden Nieten abgeschlossen wurde. Eine Minibar erstreckte sich längs der Sitzreihen, und Sekt- und Whiskeygläser wurden in einem Schränkchen mittels goldener Kordeln an Ort und Stelle gehalten.

Alles in allem strotzte der Innenraum vor Luxus und Johanna zog leicht angewidert die Nase kraus.

Das startet ja ausgezeichnet, dachte sie sarkastisch.

Der Wagen setzte sich beinahe lautlos in Bewegung. Durch die getönten Scheiben konnte sie gerade noch erkennen, wie sie aus der Straße nach links abbogen – der direkte Weg aus der Stadt. Die Villa der Cadeeshs verschwand außer Sicht, und Johannas Magen verkrampfte sich einen Augenblick lang voller Angst. Ohne einen der beiden Cadeeshs an ihrer Seite versprach dieser Tag ein Gefühlskarussell zu werden, weshalb sie ein paar Mal tief durchatmete. Rasch fokussierte sie sich auf etwas anderes als den Fakt, dass sie ab jetzt auf sich allein gestellt war.

Toni und sie hatten den Ort gegoogelt, der für die *Zeremonie der Befreiung* gewählt worden war: Ein abgelegenes Stück Land außerhalb der Stadt, das sich im Besitz der Borthertorns befand. Es bestand laut Satellitenbild aus einer groß-flächigen Wiese und einem heruntergekommenen Schuppen.

Toni hatte die entsprechenden Unterlagen kurz darauf im Archiv des Kellers gefunden und sie ihr gezeigt. Den Akten hatten sie entnommen, dass die Zeremonie seit jeher auf diesem Gelände stattfand, und die Borthertorns hatten es zur damaligen Zeit zur Verfügung gestellt, weil sie dafür fürstlich entlohnt worden waren. Zu irgendeinem Zeitpunkt war aus dem Geschäft eine Partnerschaft geworden – doch das interessierte Johanna im Moment wenig. Die Historie der Borthertorns interessierte sie nicht die Bohne. Sie musste sich auf die wichtigen Dinge konzentrieren: Infiltration und Informationsbeschaffung; für Toni, Adam und sich selbst.

Die Limousine legte an Tempo zu und Johanna sah aus der Fensterfront zu ihrer Rechten: Sie befanden sich bereits auf der Autobahn. Wenn das so weiterging, wären sie bereits in zwanzig Minuten vor Ort. Unwillkürlich beschleunigte sich ihr Puls und sie nahm einen weiteren, tiefen Atemzug, um nicht hier und jetzt eine Panikattacke zu bekommen.

Die Zeremonie der Befreiung beginnt um elf Uhr. Danach werden wir geprüft und schubladisiert – ich denke nicht, dass sich an diesem Vorgehen etwas verändert hat. Aber was kommt dann? Es ist unglaublich frustrierend, nicht zu wissen, was auf mich zukommt!

Da sie momentan nichts an der Lage zu ändern vermochte, beließ Johanna es dabei und stellte ihre Grübeleien ein, so gut es ihr möglich war. Den Rest der Fahrt sinnierte sie stattdessen wieder einmal über Adams möglichen Aufenthaltsort. Das Foto des anonymen Absenders auf ihrem Smartphone hatte sie sich längst eingeprägt – trotzdem öffnete sie es und studierte jedes winzige Detail auf ein Neues.

Erst gestern war Toni von einer weiteren, zweitägigen Tour zurückgekehrt.

Und wieder ohne Erfolg.

Sie seufzte betrübt.

Werden wir ihn jemals finden? Was, wenn er nicht gefunden werden will? Zögernd spielte sie den Gedanken weiter. *Oder wenn Toni ihn nicht finden will?* Sofort schüttelte sie den Kopf und schalt sich selbst eine Närrin. *Toni ist genauso verzweifelt, Adam zu finden, wie ich. Er hat keinen Grund, mich zu belügen, was die Suche nach ihm angeht.*

Ein rasches, dreimaliges Klopfen an der Scheibe ließ Johanna zusammenfahren. In einer einzigen Bewegung wischte sie das Bild weg, öffnete stattdessen eine andere App und drückte auf *»Start«*. Danach steckte sie das Smartphone wieder in die Innentasche ihres Kleides und sah prüfend aus der Fensterfront. Die Limousine parkte auf einer grünen Wiese, auf beiden Seiten flankiert von weiteren, protzigen Luxusschlitten. Weit und breit nichts als Bäume und Wiesen – und die nicht ins Bild passenden Limousinen.

Der Fahrer klopfte erneut ans Glas, diesmal herrischer. Johanna wandte sich um und erkannte, dass er einige Schritte neben der Karosserie verharrte, Hände vor seinem Körper überschlagen und den Blick starr geradeaus gerichtet. Die Person, die geklopft hatte, war niemand anders als Greta.

In der Regel wurden Beschützer einer oder einem *Berührenden* nach dem Beitreten in den *Kreis der Begnadeten* zugewiesen. Sie bewachten ihre Schützlinge, verteidigten sie gegen ihre Erzfeinde, die so genannten Jäger, und blieben eng verbunden bis zum Tod.

Bei Johanna allerdings lag der Fall anders: Ihre Eltern wurden nach Johannas Geburt ermordet. Deren Beschützer Greta und Gelleroy hatten Johanna aufgenommen – und sich fortan als ihre Eltern ausgegeben. Das alles hatte sie erst vor einem halben Jahr durch ihre versiegelten Erinnerungen erfahren, die sie dank Adams Unterstützung aufgebrochen und zurückerhalten hatte.

»Johanna, mach es nicht spannender, als es bereits ist«, erklang das durch die Fensterscheibe gedämpfte Nörgeln ihrer Beschützerin.

Johanna schrak aus ihren Überlegungen auf und beeilte sich, die Tür zu öffnen und sich aus dem weichen Polster zu hieven. Das reinweiße Kleid floss an ihrem Körper hinab und eine warme, sanfte Brise umspielte ihre nackten Knöchel und Zehen.

»Da bist du ja, mein Schatz!«

Gelleroy trat neben seine Gefährtin und schloss Johanna in eine herzliche Umarmung. Überrumpelt ließ sie zu, dass ihr Beschützer sie an sich drückte und gestand sich ein, dass auch sie ihn über die letzten Wochen und Monate schmerzlich vermisst hatte. Gelleroy war ihr mehr Vater, als Greta jemals eine Mutterfigur für Johanna sein würde, und sie sprach so oft am Telefon mit ihm, wie sie konnte. Da die beiden Beschützer jedoch neue Pflichten erhalten hatten, die sie komplett einspannten und von ihrem gemeinsamen Zuhause fernhielten, waren die Gelegenheiten, miteinander zu reden, stetig spärlicher geworden.

»Paps«, hauchte Johanna und erwiderte die Umarmung. »Du bist hier!«

Ein sanftes Lachen erreichte ihre Ohren. Schließlich trat Gelleroy einen Schritt zurück und betrachtete sie mit strahlendem Lächeln. »Natürlich bin ich das. Wir sind doch deine Familie.«

Enttäuschung versetzte ihrem Herzen einen bitteren Stich.

Es ist unfassbar schwierig, ihnen nicht zu sagen, dass ich die Wahrheit kenne...

Johanna quälte ein Lächeln auf ihr Gesicht und schüttelte diesen Gedanken vehement ab. Die Zeit für die Wahrheit würde kommen; aber nicht jetzt.

»Danke, dass ihr an meiner Seite steht«, sagte sie und drückte die Hand ihres Ziehvaters. Er strahlte sie an, hakte ihren Arm bei sich unter und sie schritten nebeneinander über die Wiese. Greta nahm Johannas andere Seite in Beschlag, doch ihre Augen huschten permanent von einer Seite zur anderen, als ob sie jeden Moment mit einem Anschlag auf das Leben ihres Schützlings erwartete.

Bestimmt würden die Jäger es nicht wagen, hierher *zu kommen, um potenzielle Berührende zu stehlen?*

Johanna ließ ihrerseits den Blick leicht skeptisch über die Umgebung schweifen.

Hier ist nichts außer Feldern und ein paar spärlichen Bäumen – Angreifer hätten keine Chance auf einen gesicherten Rückzug. So leichtsinnig werden sie nicht sein ... oder?

Kurzentschlossen wandte sie das Gesicht von ihrer Mutter ab, um nicht von deren Anspannung zusätzlich angesteckt zu werden – sie war bereits bis zum Anschlag überreizt, wenn sie auch nur an die bevorstehenden Stunden dachte; da brauchte sie nicht auch noch die potenziellen Horrorszenarien eines überdrehten Verstandes.

Sobald sie die Bäume passierten, auf die sie zugehalten hatten, stutzte Johanna. Eine weit ausgreifende Holzbühne erhob sich inmitten des Grüns, und mehrere Stuhlreihen waren davor drapiert worden, auf denen bereits das ein oder andere Familienmitglied Platz genommen hatte.

Die Rückseite der Bühne bestand aus einer schwarzen Plane, die über die gesamte Länge gespannt worden war und einen seltsamen Kontrast zu den grellen Farben darstellte, die die Umgebung und Kleidung der Menschen boten.

Hinter der Bühne erhob sich ein altes, vorwiegend aus Stein erbautes Haus, das von massiven, ebenfalls aus Stein bestehenden Mauern umgeben wurde.

Nein, kein Haus, korrigierte sie sich rasch. *Eine Burg!*

Ein etwas schief gelagerter Turm zierte die Front der Anlage, welche über ein gigantisches Eingangstor aus Holz und Metall verfügte. Das Tor stand offen, und Johanna identifizierte einen Hof aus festgetretener Erde dahinter, auf dem mehrere Personen eine Art Labyrinth aus Absperrband aufbauten.

Keines der Satellitenbilder hat uns diese Einrichtung aufgezeigt, als Toni und ich den Ort eingehender studiert haben!

Johanna blinzelte und versuchte mit allen Mitteln, das wachsende Unbehagen nicht nach außen hin zu zeigen. Eilig ließ sie vom Anblick der Burg ab und konzentrierte sich auf den nahegelegenen Aufbau. Links von der Bühne bildete sich ein Pulk an Jugendlichen und jungen Erwachsenen, der exakt in diesem Augenblick Zuwachs durch einen Jungen und eine bereits erwachsen aussehende Frau erhielt. Ein befehlshaberisch auftretender Mann mit einem Klemmbrett in der linken Hand wandte sich an die beiden und suchte offensichtlich auf einer Liste nach ihren Namen, die er schlussendlich abhakte und ihnen anschließend etwas erklärte, denn seine Hände gestikulierten dann und wann in Richtung der Bühne.

Ein mächtiger Knoten bildete sich in Johannas Magengegend, und je länger sie dem Fremden zusah, desto nervöser wurde sie. Die Ungewissheit darüber, was in den nächsten Stunden mit ihr geschehen würde, hatte sie fest im Griff, und sie fasste sich unbewusst an die Kehle, um die aufsteigende Galle zurückzuhalten, die hochzukommen drohte.

Gelleroy räusperte sich und Johanna sah zu ihm auf. Der unverhohlene Stolz, der in seinen Augen stand, jagte einen schmerzhaften Stich durch ihr Herz und verdichtete den fieberhaft pulsierenden Klumpen in ihrem Bauch.

»Du musst dort hinüber, zu den anderen Anwärtern.« Er deutete mit dem Zeigefinger der freien Hand auf den Pulk, den sie bis gerade eben beobachtet hatte.

»Wir werden uns Plätze weit vorne ergattern«, fügte er in beruhigendem Ton hinzu und drückte ihren Arm. »Damit du uns sehen kannst.«

Johanna nickte mechanisch und wollte sich bereits von ihm lösen, als er sich rasch vorbeugte und sie in eine weitere Umarmung schloss.

»Keine Sorge, Schätzchen«, flüsterte er an ihrem Ohr. »Ich bin an deiner Seite. Und ich weiß, dass du mit Bravour bestehen wirst.«

Er löste sich von ihr und drückte einen Schmatzer auf ihre Stirn. Diesmal machte die Geste Johanna nichts aus. Nein, sie bestärkte sie und gab ihr Mut – genau wie Tonis Abschiedskuss, der bereits eine gefühlte Ewigkeit her zu sein schien.

»Aber was, wenn ich … sterbe?«, hauchte sie.

Gelleroys Augen sprühten zornige Funken und sein Griff um ihre Arme verstärkte sich. »Wer hat dir denn diesen Bären aufgebunden?«, wollte er in strengem Ton wissen.

»Es stand in einem Buch, das ich gelesen habe«, flunkerte Johanna. Niemals im Leben würde sie ihren Beschützern erzählen, dass einer ihrer Vorfahren in ihrem Kopf mit ihr sprechen konnte.

Ihr Ziehvater schüttelte sie leicht. Seine Stimme wurde schroff und schneidend, als er durch zusammengepresste Zähne flüsterte: »Krümelchen, seit über hundert Jahren ist niemand mehr bei der Zeremonie gestorben.«

Und warum regt dich diese Frage dann so auf?

Gelleroy ließ von ihr ab. Sein Kopfschütteln unterstrich die Sorge in seinem Blick. »Darüber hast du dir hoffentlich nicht allzu viele Gedanken gemacht?«

Mit einem Schulterzucken antwortete sie: »Na ja, schon…«

Er seufzte, nahm die Brille ab und massierte sich die Nasenwurzel. »Die Sicherheit der Anwärter bei der *Zeremonie der Befreiung* steht an oberster Stelle für die Organisation. Früher, als die Technologie noch nicht derart fortgeschritten war, war mit Verlusten zu rechnen.« Er schluckte hart. »Aber wie ich schon sagte: Seit über hundert Jahren haben wir keinen derartigen Vorfall mehr gehabt.«

Seine rechte Hand landete auf Johannas Scheitel und er lächelte aufmunternd. »Mach dir keine Sorgen, Krümelchen. Du wirst putzmunter zu Toni zurückkehren.«

Ein Stein fiel ihr vom Herzen.

Eine Angst weniger, munterte sie sich selbst auf. *Ich hoffe, Toni hat das gehört.*

In der offiziellen Einladung, die in den Briefkasten der Cadeesh-Villa geflattert war, war darauf hingewiesen worden, dass die Mitnahme eines Smartphones ausdrücklich verboten war. Was Johanna nicht daran gehindert hatte, den Plan auszuhecken, die gesamte Zeremonie live in den Serverraum der Villa und somit an Toni zu übertragen und die Aufnahme später wieder und wieder anzuhören, um verpasste Details abzuklopfen und Hinweise zu finden, die eventuell hilfreich für ihre Sache waren.

Mit ihren Gedanken bei Toni und einem tiefen Luftholen lächelte sie Gelleroy zittrig zu, nickte in die Richtung Gretas und machte den ersten Schritt auf die Gruppe zu – in ihr neues Leben.

11

Mit schlotterigen Knien erreichte Johnna die Gruppe junger Menschen. Eine Wolke schob sich vor die Sonne und sandte unwillkürlich eine Gänsehaut über ihre Arme und Beine.

Gefasst tippte Johanna dem Mann auf die Schulter, der vorhin die beiden Neuankömmlinge auf seiner Liste abgehakt hatte. Er drehte sich um und sie schaute in graue Augen, die sich distanziert auf sie richteten.

»Ja?«, fragte er. Da waren keinerlei Emotionen in dieser Aussage.

Hastig räusperte sie sich und antwortete mit einer Geste auf sein Clipboard: »Anwärterin Johanna McGibbon.«

Der Mann folgte ihrer Geste und reagierte verspätet mit einem »Ah.«

Über seine Schulter hinweg entdeckte sie die junge Frau, die sie vorhin bei der Instruktion beobachtet hatte. Diese erwiderte Johannas Blick für einige Sekunden, bevor sie sich auf ein Neues ihrem Gesprächspartner – einem hochgewachsenen Jungen mit blonden Haaren und braunen Augen – zuwandte.

»Okay – Johanna, richtig?« Der Mann vor ihr startete seinen Monolog. »Also, sobald du aufgerufen wirst, gehst du auf die Bühne und stellst dich dort hin…«, er deutete mit dem Finger auf ein X aus Klebeband. »Dann konzentrierst du dich und lässt das, was in dir ist, hinaus fließen. Den Rest erledigt die Plane.«

Johannas Blick wanderte zuerst zu der schwarzen Plane, danach zu der Markierung. Sie runzelte die Stirn und innerhalb eines Herzschlages wechselte sie in ihre Farbensicht. Tatsächlich: Der schwarze Stoff – den sie ursprünglich als einfache Plane abgetan hatte – war nichts dergleichen. Eine außergewöhnlich pulsierende Kraft aus dunklen Farbtönen ließ die Struktur in regelmäßigen Abständen erbeben.

Hmm ... vielleicht...

Sie wechselte in die Farbenwelt aus Grau- und Grüntönen. Augenblicklich schien die Plane in grellgrünen Flammen zu stehen. Johannas Handflächen begannen zu schwitzen. Ihr Puls beschleunigte sich und ihre Gedanken rasten.

Das verheißt nichts Gutes. Was auch immer ich mit dieser Sicht erkennen kann, es ist stets negativ.

Wie zur Bestätigung loderten neue, diesmal dunkelgrüne Flammen auf, die die Oberfläche der Plane erzittern ließen.

Nur mit großer Anstrengung konnte sie sich vom Anblick des Stoffs lösen. Sie richtete ihre Aufmerksamkeit erneut auf den Mann vor ihr und fragte: »Die Plane – ist sie magisch?«

Sein kleiner Finger am Klemmbrett zuckte. Das war das einzige Anzeichen darauf, dass er etwas verbarg und überrascht war, dass sie es erkannt hatte.

Mist! Ich sollte doch unauffällig bleiben. Wenn er jemandem erzählt, dass ich die Farben gesehen habe, dann –

»Natürlich nicht«, antwortete er mit barscher Stimme.

Johanna nutzte die Gelegenheit und stellte sich dumm. Sie schlug die Augen nieder, als hätte er sie gescholten und zog einen Schmollmund. »Wie soll sie dann den Rest erledigen, wenn ich meine Kräfte zeige?«

Der Mann stutzte, starrte sie einen Moment lang ungläubig an und verdrehte hinterher entnervt die Augen. Seine Hand legte sich um ihren Oberarm. Die Geste hätte wohl beruhigend sein sollen, doch Johanna überkam neuerliche Gänsehaut.

»Mach dir keine Gedanken«, erwiderte er. »Da ist keine Magie im Spiel – es kommt von dir selbst.«

Ah ja… Eine weitere Lüge. Und als Tipp nicht gerade hilfreich.

Mit einem Nicken symbolisierte sie ihren Gehorsam und der Mann löste seine Hand von ihrem Arm, um im nächsten Augenblick mit Nachdruck von ihr wegzutreten. Es waren weitere Anwärter eingetroffen, die er instruieren musste.

»Die Kandidaten laden die Plane mit ihren Kräften auf«, murmelte eine Stimme neben ihr verschwörerisch.

Johannas Kopf ruckte herum. Bloß drei Schritte entfernt stand die junge Frau, die ihrem Blick so eisern standgehalten hatte. Sie lächelte und streckte ihr eine Plastikflasche mit Wasser entgegen. Als Johanna nicht reagierte, wurde das Lächeln auf ihrem Gesicht breiter und sie nickte in Richtung der Flasche. »Nimm ruhig, ist nicht vergiftet oder so.«

Mit gerunzelter Stirn nahm Johanna das Wasser und trank einen Schluck davon. Die Frau tat es ihr gleich und meinte daraufhin ohne Aufforderung: »Du hast es auch bemerkt oder?«

»Was meinst du?«

»Dieser Stoff aus dem die Plane gemacht ist… Er ist nicht *normal*«, kommentierte sie.

Johanna zuckte gleichgültig mit der rechten Schulter. »Und wenn schon.«

Das Grinsen kehrte in die Miene der Fremden zurück. »Ich heiße Taima.«

Sie streckte ihr die Hand hin und Johanna ergriff sie. »Johanna.«

»Ich weiß«, konterte Taima. »Hab dich vorhin gehört, als du mit ihm da gesprochen hast.«

Sie sah in die Richtung, in die der Typ mit dem Clipboard verschwunden war. Dabei verengten sich ihre Augen und sie murmelte: »Als ob wir tatsächlich so dumm wären und nicht bemerken würden, dass hier etwas anderes läuft als eine simple Zeremonie.«

Zu Johannas Überraschung mochte sie Taima auf Anhieb. Und sie wunderte sich, dass diese eine solche Aussage tätigte, weshalb sie fragte: »Wurde dir nichts über dieses Event erzählt?«

Taima schüttelte den Kopf und stieß einen frustrierten Seufzer aus, während sie den Blick auf die Familien richtete, die sich auf die Stühle niederließen.

»Meine Ma und ich wussten nicht, was ich bin«, erzählte sie. »Erst als ein Typ bei uns aufgetaucht ist und uns erklärt hatte, dass ich einer besonderen Gattung angehöre und an der *Zeremonie der Befreiung* teilnehmen müsse, haben wir ein wenig was erfahren.«

Jetzt studierte Johanna ihre Gesprächspartnerin eingehender. Sie hatte langes, schwarzes Haar, welches sie zu einem dicken Pferdeschwanz gebunden hatte. Ihre Haut war extrem braun gebrannt und hatte einen leichten Rotstich. Und die Farbe ihrer Augen hätte Johanna als ebenso schwarz wie ihre Haare eingestuft – solch eine Kombination hatte sie noch nie zuvor gesehen.

Taima musste ihren Blick bemerkt haben, denn sie schmunzelte, warf ihr einen Seitenblick zu und meinte mit hochgezogenen Brauen: »Noch nie eine Amerindian gesehen?«

Johanna schüttelte den Kopf. »Ehrlich gesagt: Nein. Was ist eine Amerindian?«

Taima schnaubte amüsiert auf. »Ihr kennt uns als Indianer. Aber diese uralte Bezeichnung basiert auf Annahmen, die niemals berichtigt worden sind. Es wurde ein anderer Ort namens Indien entdeckt – und trotzdem rief man uns weiterhin Indianer. Deswegen sind einige von uns dazu übergegangen, uns als

Amerindian zu bezeichnen, um Klarheit zu schaffen, wo unsere Wurzeln liegen.«

Sie spürte, wie sie die Fremde immer mehr ins Herz schloss. Wahrheitsgemäß erwiderte sie: »Ich finde die Kombi deiner Augen mit deiner Haut faszinierend.«

Die Aussage schien Taima die Luft aus den Segeln zu nehmen, denn sie errötete sichtlich und widmete sich wieder der rasch wachsenden Menge.

»Ich glaube, dass sie uns irgendwie einordnen«, wechselte sie nach wenigen Herzschlägen das Thema. »Diese Organisation wird uns vielleicht nicht brandmarken können wie eine Herde Büffel …«

Endlich wandte sie sich vollends an Johanna, indem sie den Körper zu ihr drehte und sie nachdenklich ansah. »Aber sie werden eine Art und Weise haben, um uns zu markieren. Und ich kann nicht sagen, dass mir das sonderlich gefällt …«

»Ja«, meinte Johanna mit einem lauten Seufzen. »Da stimme ich dir zu. Nur bleibt mir im Gegensatz zu anderen keine Wahl – ich muss beitreten.«

Hastig biss sie sich auf die Zunge und schwieg.

Ich habe bereits zu viel gesagt, ermahnte sie sich. *Unser Ziel darf nicht durch eingebildete Freundschaftsbande gefährdet werden. Wer weiß, vielleicht ist sie ein Spion, herbestellt, um mir Informationen zu entlocken, bevor ich ihnen schädlich werden kann?*

Taima neigte den Kopf ein winziges Stück zur Seite und studierte Johannas Züge eingehend. Nervös ballte diese ihre Hände zu Fäusten und entspannte sie umgehend wieder.

Dann lachte Taima leise und sagte: »Du gefällst mir, Rotschopf. Ich glaube, wir beide werden ganz tolle Freundinnen.«

Eine Antwort blieb Johanna ihr schuldig, denn in diesem Moment ertönte rechts von der Bühne ein dreifaches Pochen auf ein Mikrofon. Suchend sah sie sich um, konnte allerdings niemanden erkennen. Sämtliche Köpfe wandten sich in dieselbe Richtung, und Johanna nutzte die Gelegenheit, um ihr Smartphone halb verdeckt aus ihrem Kleid zu ziehen und Toni eine Nachricht zu schicken, dass sie ihn vermisste.

Sie wartete nicht auf eine Antwort, sondern steckte das Gerät sofort wieder weg. Erst danach richtete auch sie den Blick fest auf die Bühne, wo soeben ein Mann im grauen Anzug erschienen war. Seine strohblonden Haare waren kurz geschnitten und die grünen Augen erinnerten Johanna an jemanden, doch sie konnte nicht genau sagen, an wen.

»Meine Damen und Herren, ich begrüße Sie alle herzlich zur diesjährigen *Zeremonie der Befreiung*«, leitete er ein.

Seine Stimme war wie Honig: klebrig, süß … eine verbale Attacke der Sinne, wo keine sein dürfte. Höchst irritiert wechselte sie einen Blick mit Taima, die ebenfalls vor den Kopf gestoßen schien.

Der gut aussehende Mann fuhr fort: »Für alle, die mich noch nicht kennen: Ich bin Thorn Borthertorn, der Leiter des *Kreises der Begnadeten* – oder ganz einfach der CEO der Firma.« Sein Tonfall war ins Scherzhafte abgerutscht und nicht wenige der Familienangehörigen lachten leise.

Johanna versteifte sich.

Das ist Melanies Vater!

Die Ähnlichkeit zwischen Vater und Tochter erschien ihr jetzt, da sie wusste, wer er war, geradezu offensichtlich. Dasselbe blonde Haar, die gleichen, stechend grünen Augen.

Der Flyer hat nicht verraten, dass der CEO höchstpersönlich der Zeremonie beiwohnt.

Unruhig und über alle Massen verstimmt verlagerte sie ihr Gewicht von einem aufs andere Bein und taxierte Thorn Borthertorn mit konzentriertem Blick.

Ab jetzt heißt es keine Fehltritte mehr. Dieser Mann darf nicht erfahren, dass ich die Organisation ausspionieren will.

»Meine Vorfahren haben den Kreis seit Anbeginn begleitet und im Laufe der Jahrhunderte die Leitung übernommen. Umso mehr ist es mir eine Ehre, an dieser Position zu stehen und unsere Anwärterinnen und Anwärter begrüßen zu dürfen.«

Mit einer lässigen Geste drehte er sich den Jugendlichen zu und lächelte der Gruppe entgegen.

Johanna hätte schwören können, dass sein Blick an ihr hängenblieb. Doch dann machte er weiter und sagte, an die Eltern gewandt: »Sie vertrauen uns Ihre größten Schätze an – Ihre Kinder. Und ich danke Ihnen für das entgegengebrachte Vertrauen im Kontext dieses Anlasses. Ich selbst habe eine Tochter, und wüsste ich nichts von unserer Organisation, nichts läge mir ferner, als sie mir nichts dir nichts jemandem in die Hände zu geben, der sie *auf Zauberkräfte prüfen* will.«

Die Menge schaute zu ihm auf. Einige lachten, andere schienen ernst zu bleiben und sogar die Stirn zu runzeln bei diesen Worten.

Herr Borthertorn steckte die freie Hand in die Anzughosentasche und schloss mit den Worten: »Deshalb haben wir Sie alle hierher eingeladen, meine Damen und Herren. Damit Sie, allen anderen voran, entdecken können, was in Ihren Kindern steckt. Und wie der *Kreis der Begnadeten* ihnen fortan helfen kann.«

Johanna schnaubte verächtlich und verschränkte die Arme vor der Brust.

»Schwachsinn, wenn du mich fragst«, wisperte Taima neben ihr gehässig. »Dieser Typ hat den Honig mit Löffeln gefressen und spuckt ihn jetzt vor uns wieder aus, damit uns die Sorge genommen wird. Das Süßholzgeraspel lullt die Leute doch nur ein, um von etwas abzulenken.«

Treffender hätte sie es nicht ausdrücken können, da musste Johanna ihr Recht geben. Nichtsdestotrotz blieb sie stumm und beobachtete weiter den Mummenschanz. Ein anderer Mann erklomm in diesem Moment die Bühne und trat neben Borthertorn. Dieser reichte ihm das Mikrofon, winkte einmal siegessicher in die Menge, als wäre er ein Rockstar, sprang anschließend elegant auf der anderen Seite von der Erhöhung und verschwand hinter der Plane.

»Meine Damen und Herren, ich bin der diesjährige Zeremonialmeister Thomas Kon.« Er deutete eine leichte Verbeugung an. Seine Seriosität in Kombination mit dem grauen Anzug verliehen ihm ein distanziert professionelles Auftreten.

»Wir beginnen nun mit der *Zeremonie der Befreiung*. Ziel dieser Zeremonie ist es, dass jedes Kind die in ihm steckenden Kräfte freilässt und wir als Organisation einen Anhaltspunkt über dessen Ausprägung erhalten. Exklusiv für Sie wird dieses Phänomen auf der Plane hinter mir ersichtlich gemacht. Im Anschluss an die Zeremonie wird im Labor unter dem Burghof eine elektronische Messung vorgenommen, die diese Ausprägung festhält und sowohl uns, als auch Ihnen, eine klare Übersicht über die Kräfte jedes Kindes ermöglicht.«

»Er erzählt das als wären wir bloß Ware«, murmelte Taima kaum hörbar.

Johanna nickte ernst. »Oder eine Ressource«, fügte sie selbst hinzu.

Thomas Kon fuhr fort: »Bevor wir beginnen, möchte ich noch einige Worte an unsere Anwärterinnen und Anwärter richten.«

Er trat näher an die Gruppe heran und betrachtete sie von oben herab. »Es kommt immer wieder vor, dass die in euch ruhende Kraft sich noch nicht dazu bereit fühlt, sich zu zeigen. Das ist überhaupt nicht schlimm – wir sind jedes Jahr hier, und ihr dürft wieder und wieder hier auf die Bühne kommen und es versuchen. Manchmal braucht ein Körper oder ein Geist etwas länger, um sich zu entwickeln.« Theatralisch holte er Luft und seufzte. »Seid euch jedoch bewusst, dass ihr nur bis zum zweiundzwanzigsten Lebensjahr Zeit habt, um euch hier bei uns prüfen zu lassen. Nach dieser Frist können wir unsere Hilfe nicht länger anbieten.«

Warum eigentlich nicht? Wieso müssen wir alle bis zu diesem Punkt aufgenommen worden sein? Es kommt doch sicherlich vor, dass jemand die eigenen Kräfte später entdeckt, oder?

»Gut, damit ist dann alles geklärt. Wir bitten euch nun einen nach dem anderen hier nach oben. Konzentriert euch und lasst den Kräften in euch freien Lauf. Den Rest macht die Plane, die hinter euch gespannt ist. Und an die Eltern da draußen: Genießen Sie die Show!«

Johannas Stirnrunzeln vertiefte sich. Eine düstere Vorahnung begann sich in ihr zu bilden.

»Die *Show*?« Taimas verhaltene Stimme triefte vor Sarkasmus. »Dann ist das alles hier tatsächlich bloß für die Eltern und Verwandten, um sie ruhig zu halten? Und der eigentliche Test findet da drin statt – ohne sie?« Sie ruckte mit dem Kopf in Richtung Burg.

»Scheint ganz so«, gab Johanna grimmig zurück.

Taima stieß einen unzufriedenen Laut aus.

Der erste Name wurde aufgerufen. Ein kleiner Junge nutzte die Holztreppe, die auf die Bühne führte. Sein ganzer Körper zitterte wie Espenlaub und seine Augen waren dermaßen geweitet, dass Johanna befürchtete, dass er gleich in Ohnmacht fallen würde. Doch stattdessen legte er einen Spurt hin bis zum Klebeband, suchte seine Eltern in der Zuschauermenge und winkte ihnen übermütig zu.

Thomas Kons Stimme erklang auf ein Neues durch das Mikrofon. Er selbst stand neben der Bühne. »Okay George, bist du so weit? Ich weiß, du bist furchtbar nervös – das sind wir alle! Nimm dir einen Moment Zeit und fokussiere dich auf deine Kräfte. Lass sie aus dir herausfließen.«

Er machte ein Handzeichen, von dem Johanna annahm, dass es für jemanden hinter der Bühne gedacht war, und taxierte den Jungen. Dieser wippte einen Augenblick lang auf seinen Fußballen auf und ab, dann schloss er die Lider und ballte die Hände zu Fäusten. Einen Moment später stieß er sie in großer Karate-Manier von sich. Begleitet wurde die Geste von einem gellenden »HAA!«, bei dem Johanna erschrocken zusammenzuckte.

Die Plane erwachte zum Leben.

Dem Jungen war überhaupt nichts anzumerken, doch der schwarze Stoff leuchteten urplötzlich auf. Blaue und rote kreisrunde Wellen drifteten von einem detailgetreuen, schwarzen Umriss des Jungen davon.

Johannas Kiefer sackte halb schockiert, halb fasziniert, herab.

Ist das ... seine Version der Farbenwelt?

Begeisterung brandete über die Zuschauer hinweg und die Eltern des kleinen Jungen erhoben sich, wild klatschend. Johannas Blick wanderte von ihnen zurück zu dem Kind, dann zu der Plane. Ein grausiger Gedanke drängte sich ihr auf: Was, diese ihre *beiden* Farbenwelten zeigte? Niemand wusste davon außer Toni und Adam. Ihre Beschützer hatten bloß den Hauch einer Ahnung, da sie vorher ihren Eltern gedient hatten.

Der Kloß, der während all der Zeit in ihrer Magengegend gewachsen war, verknotete sich um ein weiteres Stück. Mit einem Mal bereute Johanna die Entscheidung, hierhergekommen zu sein.

Ich hätte doch lieber zuhause bleiben und den unbeschwerten Weg einschlagen sollen. Die werden mich als Versuchskaninchen benutzen!

Am Rande registrierte Johanna, wie ein Mädchen die Bühne betrat. Die Geräusche um sie herum veränderten sich, wurden leiser, wie durch Watte, dann wieder gestochen scharf. Sie war sich sicher, dass ihr Herz im nächsten Augenblick aus ihrer Brust springen würde, wenn es das Stakkato fortführte.

Panik. Reine, giftige Panik durchlief ihren Körper. Vergessen waren all die mühseligen Stunden mit Toni, in denen er ihr verschiedenste Techniken beigebracht hatte, eine Attacke zu überwinden.

Johannas Hand zitterte, als sie sie in ihrem Kleid verkrallte, um das Smartphone hervorzufriemeln. Da erst fiel ihr ein, dass Toni jedes Wort mithörte. Er war da, selbst wenn sie ihn nicht sehen oder spüren konnte. Dieser Fakt reichte aus, um ihren Verstand auf Toni selbst zu konzentrieren – und die Erinnerungen kamen zurück. Hastig zog sie kontrolliert die Luft durch die Nase ein und stieß sie durch den Mund wieder aus.

Der Geräuschpegel normalisierte sich und die Welt stürzte auf sie ein, wie sie es normalerweise tat.

»Als Nächstes bitte ich Taima Mohave auf die Bühne«, ertönte es durch das Mikrofon. Taima versteifte sich, dann ging ein Ruck durch ihren Körper und sie setzte bedächtig einen Fuß vor den anderen. Nachdem sie auf der Markierung angekommen war, reckte sie das Kinn – aus Stolz oder Trotz, genau vermochte Johanna es nicht zu deuten – und schloss einen Moment später die Augen.

Wieder gab Thomas Kon das Zeichen und die Plane umriss Taimas Körper, gefolgt von weißen Flocken, die um sie herum zu Boden fielen.

Johanna trat näher an die Bühne heran.

Sind das Magieflocken?

Sie selbst hatte diese seit ihrer Kindheit erkennen können. Doch dass jemand anders sie wahrnahm, erschien ihr … seltsam. Und extrem gefährlich. Toni und Adam hegten die Vermutung, dass Johannas Mutter getötet worden war, weil sie kurz vor ihrem Tod bekannt gemacht hatte, dass sie ebenfalls Magie sehen konnte.

Die Zuschauer klatschten höflich. Taima stieg von der Bühne und steuerte direkt auf Johanna zu. Als sie neben ihr ankam, verkündete sie flüsternd: »Zeig ihnen nur so viel, wie du zeigen willst.«

Irritiert starrte sie die Frau an. »Was?«

»Ich habe mehr in petto als das Bisschen Magieerkennung. Aber ich wollte sehen, ob diese seltsame Plane lediglich das wiedergibt, was ich als Zündstoff hineingebe oder ob sie alles erfassen kann.« Ein triumphierendes Lächeln umspielte ihren Mund. »Es zeigt ausschließlich das, worauf du dich konzentrierst. Praktisch oder?«

Oh, du hast ja keine Ahnung…

»Und nun: Johanna McGibbon, bitte!«

Das Blut in ihren Adern schien zu einem tosenden Sturm anzuschwellen, der ihre Ohren verstopfte. Taima lächelte ihr ermutigend zu, während Johanna die Stufen zur Bühne erklomm. Mit wackeligen Knien stellte sie sich auf die Markierung. Entgegen ihren Vorläufern wandte sie sich nicht an die Zuschauer und suchte ebenso wenig nach Gelleroy oder Greta. Ihre wahren Eltern waren nicht hier. Sie drehte sich zur Plane um, mit dem Rücken zur Menge.

Tonis Worte von heute Morgen fielen ihr wieder ein: »*Jeder von uns braucht jetzt den nötigen Mut und die Kraft, diesen Tag allein durchzustehen. Küss mich, damit ich es schaffe, Leonessa.*«

Johanna klammerte sich an seine Worte, an die Erinnerung seines Kusses und atmete tief durch, um nicht sofort in Panik zu verfallen und wegzulaufen.

Einen Augenblick lang stellte sie sich vor, was Adam ihr wohl zum Abschied gesagt hätte. Seine Stimme füllte ihr Bewusstsein. »*Wenn eine es schaffen kann, dann du, Kätzchen. Ich liebe dich.*«

»Konzentriere dich auf deine Kraft und lass sie frei«, drängte die Stimme des Zeremonialmeisters in ihre Gedanken. Sie senkte die Lider und schloss die Außenwelt für einen winzigen Augenblick aus, um sich zu konzentrieren.

Johanna trug keine rosarote Brille, was den späteren Test im Burghof anging – die Organisation würde erfahren, wie ihre Fähigkeiten aussahen, ob sie wollte oder nicht. Und vielleicht könnten sie ihr tatsächlich helfen, ihr eine Antwort darauf liefern, was es mit dieser zweiten Sicht auf sich hatte und warum diese Schattenwolke aus ihr hervorgestoßen war, als sie Adam wehgetan hatte.

Zeig ihnen nur so viel, wie du zeigen willst.

Und Johanna ließ los.

Es war unfassbar leicht, denn ihre Kräfte waren innerhalb der letzten Monate zu einem Teil von ihr geworden, den sie nicht länger wegdenken konnte.

Das Gemurmel der Menschen hinter ihr trieb sie dazu an, die Augen zu öffnen und die Plane zu betrachten.

Ihr Umriss war doppelt darauf zu sehen, als würde sie selbst noch einmal schräg hinter sich stehen. Die Farbenwelt, wie Johanna sie sah, umspielte den vorderen, schwarzen Umriss – die Schlieren, die sich wie Tücher oder Bänder entlang einer unsichtbaren Linie wanden und auf Gold und Silber zuhielten.

Der zweite, weiße Umriss waberte bedrohlich, die giftigen Grüntöne und das trübe Grau und Schwarz umspielten ihn wie die Ranken einer Efeupflanze.

Das Bild verschwand. Um sie herum herrschte einen Moment lang Stille, dann brachen alle in Beifall aus und Johanna drehte sich zur Masse herum, um ihnen ein nervöses Lächeln zu schenken, bevor sie wieder zu Taima und den anderen stieß.

»Das war unglaublich!«, begrüßte sie Taima aufgekratzt. »Hast du eine gespaltene Persönlichkeit oder warum waren da zwei Schemen?«

Johanna zuckte mit den Schultern. Sie durfte nicht offen zugeben, was sie bereits alles selbst bewerkstelligen konnte – die Organisation musste glauben, dass sie genauso ein hilfloses Küken war wie alle anderen hier.

»Keine Ahnung«, fügte sie gespielt überfragt hinzu. »Ich sehe bloß die erste Sicht, wenn ich mich konzentriere.«

»Krass!« Taima stieß einen Pfiff aus und stemmte die Hände in die Hüften. »Ich wusste, du wirst mir gefallen, Rotschopf!«

Johanna entspannte sich. Taima hatte keinerlei Verdacht geschöpft. So verfolgten die beiden den Rest der Zeremonie und diskutierten flüsternd die verschiedenen Bilder, die die Plane ihnen zeigte. Keine davon zeigten zwei Umrisse.

12

»Und nun, meine Damen und Herren – liebe Anwärterinnen und Anwärter …«

Der Zeremonialmeister war erneut auf die Bühne getreten. Er hob eine Hand in dramatischer Geste und gab ein Zeichen, woraufhin sich die Plane von den oberen beiden Halterungen löste und zu Boden flatterte. Dahinter kam die Burg zum Vorschein, mit ihren geöffneten Toren und dem Burghof, der mittlerweile in verschiedene Abschnitte abgesteckt worden war.

Taima atmete hörbar ein und aus, bevor sie meinte: »Wie die Schweine werden wir in die Pferche gesteckt.«

Ihre sarkastischen Bemerkungen halfen Johannas Gemüt, gelassen zu bleiben. Ohne diese hätte sie wahrscheinlich bereits mehrere Panikattacken verarbeiten müssen, und sie war dankbar für die Anwesenheit der jungen Frau.

»Wir bitten nun die Familien, sich im Burghof einzufinden. Die Anwärter bleiben zurück – wir gehen einen anderen Weg.«

Der zweite, eigentliche Test stand ihnen allen noch bevor, erinnerte Johanna sich streng. Das alles hier war bloß eine Farce – eine Show für die Familien, um ihnen die Sorgen und Ängste vor dem Unbekannten zu nehmen. Was würde die Organisation ihnen sagen, wenn sie ein Gruppenmitglied behalten wollten? Welche Lügen würden sie dessen Verwandten auftischen?

Für sich selbst hatte Johanna wenig Hoffnung – aber für die Dauer einer Sekunde wünschte sie sich inständig, dass alle anderen unbehelligt wieder nachhause gehen durften, sofern sie nicht hierbleiben wollten.

Mit gemischten Gefühlen schaute sie dabei zu, wie die Erwachsenen einer Horde Schafe gleich in den Burghof geleitet wurden und sich dort in Reih und Glied aufstellten, um anschließend erneut Platz zu nehmen.

Johanna konnte nicht erkennen, was drinnen aufgebaut worden war. Die Tore schlossen sich und die Stimme des CEO dröhnte, durch Lautstärker verstärkt, zu ihnen herüber.

Doch der Zeremonialmeister lenkte sie davon ab, zuzuhören. Er war zu ihnen gekommen und verkündete mit erhobener Stimme: »Meine Lieben, wir gehen jetzt gemeinsam ins Testzentrum. Dort werdet ihr für einen Augenblick mit einer Maschine verbunden, die euer Blut analysiert. Die Resultate werden später bekannt gegeben, wenn ihr zurück bei euren Verwandten seid.«

Er wandte sich halb ab und deutete auf eine Seitentür in der Steinmauer. »Dort entlang!«

Im Gänsemarsch folgten ihm die Anwärterinnen und Anwärter, als ob es das normalste auf der Welt wäre, sich in einem Testzentrum analysieren zu lassen.

Taima zog zweimal rasch an Johannas Kleid und bedeutete ihr stumm, mit ihr zurückzubleiben und als letzte zu gehen.

»Okay, was genau soll diese Sache mit dem Blut?«, fragte sie Johanna flüsternd, sobald sie sich in Bewegung gesetzt hatten.

Wahrheitsgemäß antwortete Johanna: »Ich habe keinen blassen Schimmer.«

»Ist unser Blut etwa anders? Speziell?«

Johanna stutzte. War Taimas Blut etwa *nicht* anders? Hatte sie nie Probleme gehabt in der Schule, weil ihr kein Blut abgenommen werden durfte?

Stirnrunzelnd musterte sie Taima. »Hattest du nie einen Vorfall, bei dem eine beteiligte Drittperson meinte, dass dein Blut *seltsam* sei?«

Sie machte eine hilflose Geste mit den Armen und erwiderte: »Ich bin in einem Reservat aufgewachsen, Rotschopf. Die Farbe des Blutes ist dort irrelevant.«

Dann wirst du heute entweder eine Überraschung erleben – oder eben nicht.

Laut sprach sie aus: »Mein Blut schimmert goldfarben, weshalb ich mein Leben lang darauf achten muss, dass niemand außerhalb des Kreises mir Blut abnimmt.«

Taima sah skeptisch auf sie herab und zog dabei die Augenbrauen hoch. »Goldenes Blut sagst du«, erwiderte sie langsam. »Hmm.«

Damit schwiegen sie, bis die Gruppe die Tür erreicht hatte. Thomas Kon hielt inne und wandte sich mit einem Lächeln den jungen Gesichtern zu.

»Ihr werdet einer nach dem anderen aufgerufen, was heißt, dass der Rest hier draußen bleiben wird. Ich gehe zuerst rein.«

Mit diesen Worten schnippte er herrisch und deutete auf die Gruppe, während er in die Ferne sah. Johannas Augen folgten seinem Blick und sie machte mehrere Gestalten aus, die sich auf die kleine Gruppe zubewegten. Nachdem sie näher gekommen waren, erkannte sie fünf grobschlächtige Personen, die in einiger Entfernung Aufstellung um sie herum bezogen. Ihre Posen vermittelten den Eindruck, als würden sie sichergehen wollen, dass kein Anwärter entkommen konnte.

Anschließend verschwand der Zeremonialmeister wortlos durch die Tür vor ihnen.

Johannas Nerven lagen blank. Nun war offensichtlich der Zeitpunkt gekommen, an dem die Farce beendet war – und der eigentliche Test begann. Dass sie allesamt durch die stummen Wächter bewacht wurden, machte diesen Fakt überdeutlich.

Als Erstes wurde ein Mädchen aufgerufen, das bei der Zeremonie keinerlei Reaktion auf der Plane hervorgerufen hatte. Sie zitterte wie Espenlaub, als sie durch die massive Holztür stolperte, und ihr goldblondes Haar blitzte rebellisch im Sonnenlicht auf.

Der Kloß aus Nervosität und Panik, der sich in Johannas Bauch festgesetzt hatte, begann erneut zu rumoren.

Mehrere Minuten vergingen, bis die Tür erneut aufgestoßen wurde und der nächste Anwärter hineingerufen wurde. Diesmal ein stattlicher Bursche, der wilde, braune Locken trug und dessen grüngraue Augen vor Selbstbewusstsein strotzten. Er grinste frech in die Runde, bückte sich unter der niedrigen Decke hindurch und verschwand.

Wieder warteten sie. Nach rund zehn Minuten fragte Johanna Taima flüsternd: »Was sie wohl mit den Kindern machen, nachdem der Test gemacht wurde?«

Taima warf ihr einen fragenden Seitenblick zu und entgegnete: »Sie gehen zu ihren Eltern zurück – das hat dieser Kon doch gesagt.«

Johanna legte leicht den Kopf schief und horchte. Von den Rängen der Zuschauer drang kein Mucks zu ihnen durch. Mit leicht zusammengekniffenen Augen beobachtete Taima sie, und als sie realisierte, was Johanna tat, weiteten sich ihre Augen.

»Du meinst…«, führte sie an, doch Johanna legte einen Finger auf die Lippen und schüttelte kaum merklich den Kopf.

Wenn die Anwärter tatsächlich zurück zu ihren Familien gebracht werden, wäre wenigstens Beifall zu hören. Doch die Menge schweigt, seitdem sie sich hingesetzt hat.

Aufgewühlt versuchte sie sich selbst davon zu überzeugen, dass es einen Grund dafür geben musste, wieso die Zuschauer derart lange schwiegen.

»Das kann nicht alles sein«, raunte sie deshalb kaum hörbar. »Es muss weitere Tests geben, die länger dauern.«

Taima musterte sie interessiert. In diesem Augenblick öffnete sich die Tür auf ein Neues und schluckte keine Minute später einen weiteren Anwärter.

Johanna wurde zusehends nervöser, und als Taima schließlich hinter der Tür verschwand, brach ihr der Schweiß aus. Ihre Gedanken überschlugen sich, einer düsterer als der andere.

Was, wenn sie sie sofort in Käfige stecken und Experimente an ihnen durchführen? Oder wenn die, die nicht für die Organisation geeignet sind ... weggebracht werden? Auf Nimmerwiedersehen?

»Johanna McGibbon!«, dröhnte die Stimme Thomas Kons durch den Lautsprecher.

Johanna schrak zusammen und richtete den Blick auf die geöffnete Pforte vor ihr. Dahinter war nichts zu erkennen, es herrschte vollkommene Dunkelheit.

Mit wackeligen Schritten und mit vor Anspannung geblähten Backen, die sie zwangen, die Luft anzuhalten, trat sie schließlich ein. Umgehend schloss sich die Holztür hinter ihr und Johannas Kopf ruckte herum. Einen Wimpernschlag später öffnete sich eine Schiebetür direkt vor ihrer Nase und gab den Blick auf eine laborartige Einrichtung frei.

Mit großen Augen betrat Johanna den nackten Flur, der von Glasscheiben auf Hüfthöhe links und rechts flankiert wurde. Durch die Scheiben stellte sie fest, dass einzelne Räume vom Hauptflur abgingen. In jedem davon stand ein massiver Patientenstuhl – und darauf lagen die anderen Anwärterinnen und Anwärter. Sie alle hatten die Augen geschlossen und schienen entspannt zu schlafen.

Schlafen ... oder sie wurden betäubt. Was geschieht hier?

Hektisch sah Johanna sich um, doch sie konnte keine Fluchtmöglichkeit entdecken, denn die Schiebetür hatte sich ebenso lautlos hinter ihr geschlossen, wie sie aufgegangen war.

»Johanna McGibbon, Raum dreizehn bitte!«

Erschrocken drehte sie sich um die eigene Achse. Ihre Augen wanderten über die sterilen Wände. Da, an der Decke verankert, war ein Lautsprecher. Dort musste die Stimme des Zeremonialmeisters herkommen.

Ich darf jetzt nicht komplett die Nerven verlieren, mahnte sie sich gleichzeitig. *Endlich bin ich hier – nun brauche ich so viele Informationen wie möglich.*

Die Erinnerung daran, dass Toni zuhörte, beruhigte sie, und mit unsicheren Schritten machte Johanna sich auf den Weg den Flur entlang. Die einzelnen Räume waren mit dicken, weißen Lettern nummeriert worden, und vor der Dreizehn blieb sie schließlich stehen.

Thomas Kon und eine jung aussehende Frau standen bereits im Zimmer und hatten die Köpfe über ein Tablet gebeugt, während sie miteinander diskutierten. Johanna vermochte keins der gesprochenen Worte zu verstehen, also trat sie mit lauten Schritten durch die Schiebetür. Die beiden verstummten augenblicklich, und der Zeremonialmeister lächelte ihr mit undurchdringlicher Miene entgegen.

»Ah, Johanna, da bist du ja«, begrüßte er sie und streckte einladend den rechten Arm aus.

Sie stellte sich neben ihn und nahm den Patientenstuhl in Augenschein, indes er seine Hand auf ihre Schulter sinken ließ. Ein nervöses Schlingern in ihrem Magen verursachte ihr Übelkeit.

Die unbekannte Frau tippte geschäftig auf einem Monitor herum, der neben dem Stuhl an einem Metallarm befestigt worden war, und nickte kurz darauf. »Es ist alles bereit«, verkündete sie mit distanziertem Blick auf Johanna.

»Ausgezeichnet«, erwiderte Thomas Kon und drückte ihre Schulter. Sie sah zu ihm auf und bemerkte, dass er lächelte. Die Regung ließ sein Gesicht seltsam verzerrt und abschreckend aussehen – als wäre er nicht dafür geschaffen zu lächeln.

Johannas Übelkeit verstärkte sich um ein Vielfaches.

»Also Johanna, ich erkläre dir jetzt, was es hiermit auf sich hat«, erklärte der Zeremonialmeister und machte eine Geste, die den gesamten Raum umfasste. »Hier wird dir unter anderem Blut abgenommen, um festzustellen, wie stark ausgeprägt deine Fähigkeiten in der Zeit seit deiner Geburt geworden sind.« Ein neuerliches, verzerrtes Lächeln in ihre Richtung. »Du magst dich vielleicht daran erinnern, dass die Organisation bei der Geburt ebenfalls dein Blut getestet hat, um festzustellen, ob du eine *Berührende* sein könntest.«

Johanna nickte. Ihre Ohren klingelten und die Stimme des Zeremonialmeisters verschwamm teilweise zu einem Brummen im Hintergrund. Krampfhaft versuchte sie, sich auf das Hier und Jetzt zu konzentrieren. Dass ihre Augen ihre Sicht verschwimmen und anschließend wieder scharf werden ließen, half dabei überhaupt nicht.

Thomas Kon schien ihre gegenwärtige Gefühlslage nicht zu bemerken, denn er fuhr seelenruhig fort: »Natürlich kann durch einen Bluttest allein nicht jede offene Frage beantwortet werden. Deshalb werden wir dir gleich eine Lösung injizieren, die dich für wenige Augenblicke schlafen lässt.«

Als Johanna bei diesen Worten erschrocken zusammenzuckte, hob er beruhigend die Hände und warf beschwichtigend ein: »Keine Sorge, das gehört zum Prozedere dazu. Die Injektion dient nämlich dazu, herauszufinden, was deine Fähigkeiten genau sind.«

Ihre Lippen teilten sich, und Johanna merkte mit Bedauern, dass sie trocken und rissig geworden waren vor Aufregung.

Hastig leckte sie sich darüber und fragte: »Wie stellen Sie das an?«

Anerkennung huschte über sein Gesicht. »Die Lösung verursacht einen traumartigen Zustand, in welchem du zu einer Handlung gezwungen wirst. *Wie* du allerdings handelst, ist komplett deiner Intuition überlassen.«

Vor Überraschung schob Johanna die Augenbrauen nach oben. »Das heißt, ich könnte auch nichts tun?«, hakte sie nach.

Thomas Kon nickte mit Bedacht. »Diese Reaktion erhalten wir vorwiegend von Anwärtern, deren Zeitpunkt entweder noch nicht gekommen ist oder eine Zukunft ohne uns wünschen.«

Ein verräterisches Glitzern lag in seinem Blick, und er beobachtete Johannas Gesicht ganz genau.

Es kann nicht so einfach sein. Es wird einen Haken an der Sache geben, den ich im Moment nicht durchschaue.

»Du siehst also«, schloss der Zeremonialmeister seine Erklärungen, »dir droht keinerlei Gefahr.«

Mit einer eleganten Handbewegung deutete er auf den Stuhl und sah auf Johanna herab. Sein Lächeln blieb freundlich und offen, doch seine Augen nahmen einen Glanz an, den sie sich nicht erklären konnte – beinahe gierig.

Schlagartig begriff sie, dass dies hier der Zeitpunkt war: Jetzt hieß es alles oder nichts. Für den Bruchteil einer Sekunde spielte Johanna mit dem Gedanken, sich einfach umzudrehen und wegzulaufen. Aber dann sah sie erst Tonis Gesicht vor sich, gefolgt von Adams. Ihre wahre Familie, ihre einzige Zuflucht. Sie konnte die beiden nicht im Stich lassen, indem sie feige den Schwanz einzog. Sie musste zu sich selbst stehen, und herausfinden, wie sie den Cadeeshs am besten helfen konnte.

Einen letzten tiefen Atemzug nehmend trat Johanna auf den Stuhl zu und ließ sich anschließend darauf nieder. Die Frau begann umgehend damit, runde Silikonkleber an ihren freien Oberarmen zu befestigen. Daraufhin folgten zwei auf Johannas Brust und einer am Hals. Ohne zu zögern, griff sie nach einer metallenen Pistole auf der Anrichte neben sich und legte eine grünliche Flüssigkeit in einer Glasampulle in den Lauf. Die Front der Pistole zierte eine lange Nadel.

Ich komme mir je länger je mehr vor wie in einem schrägen Science-Fiction-Film.

»Bereit?«, fragte die Frau knapp.

Johanna nickte. Die Nadel durchstieß die Haut an ihrem linken Oberarm und die Frau drückte den Abzug. Mit einem leisen Zischen entleerte sich die grüne Ampulle und Johannas rasendes Herz überschlug sich. Sie senkte für einen Atemzug die Lider.

Als sie die Augen aufschlug, befand sie sich in einem düsteren Raum. Begleitet wurde sie von einem rasenden Gefühl des Terrors. Der Atem in ihrer Kehle stockte und sie holte japsend Luft, während ihre Augen die schattenhaften Winkel der Kammer durchforsteten. Sie konnte keine Fenster oder Türen ausmachen.

Ein winziger Teil ihres Gehirns versuchte ihr klarzumachen, dass das hier der Test sein musste – bloß ein Hirngespinst. In ihrer Panik jedoch versickerte dieser Gedanke, ohne Wirkung zu zeigen.

Ein Wimmern entrang sich ihrer Kehle. Gefolgt von einem Knurren aus der Finsternis. Johannas Kopf fuhr herum und sie drehte sich reflexartig, den Körper schützend seitlich gestellt, die Fäuste geballt und bereit zur Verteidigung.

Mit schockgeweiteten Augen musterte sie die Gestalt, die wenige Zentimeter vor ihr stand. Johanna zog scharf die Luft ein. Leblose, unnatürlich helle Augäpfel, strahlend weiße Haut und keinerlei Kopfhaar strotzten ihr entgegen. Die Haut spannte sich dermaßen über den Gesichtszügen, dass das Skelett darunter deutlich erkennbar wurde.

In diesem Moment hob die Gestalt einen dürren Arm mit den skelettartigen Fingern in Johannas Richtung. »Üllf!«, knurrte es.

Intuitiv zuckte sie einen Schritt zurück.

»Üllf!«, schrie das Wesen, mit einem Mal außer sich. Es machte Anstalten, die Distanz zwischen ihnen zu überwinden und sie am Arm zu packen. Johanna stolperte rückwärts.

Bloß weg von diesem Ding!

Gleich darauf prallte sie allerdings mit dem Rücken gegen eiskalte Metallstäbe.

Ich bin hier eingesperrt!

Wo auch immer *hier* sein mochte. Ihr Blick zuckte über den Boden und sie betrachtete die Verankerungen der Metallstäbe. Ihre Befürchtungen bestätigten sich: Sie war in einer Zelle gelandet.

Die Gestalt hatte ihre Unaufmerksamkeit genutzt. Eisige, knöcherne Finger umklammerten ihr Handgelenk, und Johannas Kopf fuhr hoch. Sie starrte in die leeren, hellen Augäpfel und schauderte.

»Üllf«, murmelte das Wesen.

Es greift mich nicht an, blitzte es da in ihren Gedanken auf.

Sie zögerte und betrachtete es erneut, diesmal eingehender. Die Haut war an mehreren Stellen aufgerissen, doch kein Blut quoll daraus hervor. Der Anblick verursachte ihr leichte Übelkeit. Es sah so aus, als ob das Wesen innerlich bereits vertrocknet war.

Allgemein scheint das Ding eher um Hilfe –

Scharf zog sie die Luft ein.

Hilfe! Üllf!

Wenn die Zunge des Wesens bereits genauso verdorrt war, wie der Rest des Körpers, dann wäre es durchaus möglich, dass ein Hilfeschrei zu einem gutturalen Laut verkommen würde.

Endlich begriff sie, was sie zu tun hatte: Johanna musste die Gestalt heilen, um aus der Zelle zu kommen, und somit den Test zu bestehen.

Innerhalb eines Augenblicks fasste sie einen Entschluss und griff ihrerseits nach den Händen des Wesens.

»Ich helfe dir«, versicherte sie und schloss die Augen, um sich zu konzentrieren. Sie wechselte in die Farbensicht und inspizierte die Umrisse der Gestalt. Da war extrem viel Blau, keinerlei Rot, und Grau bildete den Kern des Wesens. Grau stand für Verzweiflung; und so dunkel, wie der Farbton sich über den Körper des Wesens legte, machte eindeutig, wie abgrundtief dessen Verzweiflung reichte.

Johanna zog die Stirn kraus und zögerte nicht, in die Farbenwelt einzutauchen. Die vertrauten Farbenbänder zogen sich entlang eines unsichtbaren Horizonts, endend in Gold auf der einen und Silber auf der anderen Seite.

Sie musterte die Bänder aufmerksam und bemerkte, dass viele der normalerweise vorhandenen Farben fehlten. Rasch sah sie sich um. Ein Stück weiter in Richtung des silbernen Horizonts häufte sich eine bunte Mischung auf der Erde. Eilends begab sie sich dorthin und zog mit spitzen Fingern an einem grünen Schlieren, doch nichts geschah.

Mist. Was soll ich bloß tun?

Sie erinnerte sich an die Zeit, in der Arissa ihr beigestanden hatte. Mit ihr hatte sie stets Heilung gefunden…

Mit ihr habe ich– Muss ich etwa tanzen? Aber wie soll ich das anstellen? Sind es dieselben Schritte? Was, wenn ich alles nur schlimmer mache?

Ein entnervtes Grollen löste sich von ihren Lippen.

Wo ist Arissa, wenn man sie braucht…

Die Gestalt stöhnte auf und Johanna riss überrascht die Augen auf. Es hatte nicht schmerzhaft geklungen, sondern … erleichtert.

Ruckartig senkte sie den Blick auf ihre Hände, welche die Unterarme der Gestalt weiterhin festhielten. Goldene Linien wanderten von Johannas Fingern ausgehend zu den Oberarmen und über den Handrücken ihres Gegenübers. Ab und an verästelte sich ein Gebilde dermaßen, dass Johanna das Ende nicht mehr erkennen konnte. Mit fassungsloser Miene beobachtete sie, wie die Linien sich weiter und weiter den Arm entlang wanden – *wie die Ranken eines Efeubusches.*

Umgehend begannen sich Blätter zu bilden und das Gebilde nahm mehr und mehr die Form eines einzelnen, riesigen Tattoos an, welches sich über den gesamten Körper der Gestalt erstreckten. Johanna traute sich nicht, loszulassen, folgte den Ranken mit ihren Augen und als sie beim Nacken ankam, wurde ihr auf unheimliche Art klar, dass *sie* das war. Sie *heilte* das Geschöpf – durch bloße Berührung.

Eine Gänsehaut überzog ihren Körper von Kopf bis Fuß.

Was bedeutet das? Kann ich die Leute jetzt nicht einmal mehr anfassen, ohne sie direkt zu heilen?

Der angstvolle Schauder, der ihr der Wirbelsäule entlang den Rücken hinab rieselte, ließ sie erzittern.

Werde ich Adam nicht mehr anfassen können? Und was ist mit Toni?

»Danke.«

Johannas Augen wanderten in die Höhe. Sie blickte nicht länger in leere Augäpfel. Da waren zwei grüne Iriden, die ihr seltsam bekannt vorkamen. Und sie standen in Tränen.

»Johanna«, krächzte das Wesen. »Sieh dich vor... Sie werden … beide … finden.«

Mit vor Konzentration gerunzelter Stirn musterte sie das Wesen.

Ich soll mich vorsehen? Beide finden? Was…

Doch bevor sie eine entsprechende Frage stellen konnte, fuhr die Gestalt fort: »Sie… Experimente! Solltest … fliehen. Nicht … beitreten!«

Was soll das? Ist das hier immer noch Teil des Tests?

Aufgebracht fragte sie: »Wer bist du?«

Die Frage erübrigte sich im selben Moment. Die goldenen Ranken überzogen nun vollends das Gesicht des Wesens, goldene Efeublätter sprießten entlang der Augen, der Nase und des Mundes, bevor sie alle erstarrten. Einen Augenblick lang geschah nichts mehr. Dann explodierten die Linien allesamt in weißgoldenem Licht.

Johannas Kinnlade sackte herab, als die zur Unkenntlichkeit vertrocknete Gestalt in hellem Schein verschwand.

Es war Arissa.

Im gleichen Atemzug spürte Johanna ein gewaltiges Reißen in ihrem Verstand. Es fühlte sich an, als hätte jemand einen Angelhaken in ihren Nacken geschlagen und würde nun daran zerren – nur, dass es auf mentaler Ebene stattfand.

Heisser, flammender Schmerz breitete sich in ihrem Nacken aus und wanderte hinab in ihren Hals, die Brust und ihre Oberarme. Johannas Augen verloren an Fokus.

Umgehend ballte sie die linke Hand zur Faust und rammte die Fingernägel in die Handinnenfläche, um nicht vor Schmerz in Ohnmacht zu fallen.

Das hier ist wichtig! Ich darf noch nicht gehen!

Komplett durcheinander versuchte sie, das Ziehen zu ignorieren, doch Arissas Gestalt verschwamm vor ihren Augen und wurde mit jeder Sekunde unschärfer.

Arissa griff nach Johannas Händen und sah sie bekümmert an. »Es ist bereits zu spät, nicht wahr?«, flüsterte sie. »Der Test war erfolgreich.«

Die Hitze mutierte zum Inferno.

Noch bevor Johanna etwas erwidern konnte, verschwand die Zelle, und mit ihr Arissa.

Ihr Verstand waberte einige Herzschläge lang durch trübes Nichts. Gerade, als sie dachte, sie würde für immer in der Leere ihres Bewusstseins schwimmen, schlug sie die Augen auf und sog die Luft durch den Mund ein – ganz so, als wäre sie kurz vor dem Ertrinken gewesen.

Thomas Kon stand rechts neben dem Patientenstuhl, das bereits bekannte distanzierte Lächeln auf den Lippen und ein zufriedenes Glitzern in den Augen. Das Licht der Deckenlampe stach Johanna durch die Iriden direkt in den Schädel. Sie senkte stöhnend die Lider und bedeckte ihr Gesicht mit dem linken Arm. Die Schmerzen waren keine Einbildung gewesen: Ihr Kopf brummte und ihre Schultern schienen Bekanntschaft mit den Feuern der Hölle gemacht zu haben.

»Johanna, du bist zurück!«, verkündete Thomas Kon verspätet das Offensichtliche. Johanna verzog das Gesicht zu einer Grimasse. Seine Stimme bohrte sich schmerzhaft in ihren Kopf.

»Und du hast wunderbar abgeschnitten in deinem Test«, fuhr der Zeremonialmeister unbekümmert fort. »Wir sind bereits jetzt gespannt, was wir in Zukunft alles von dir erwarten dürfen.«

Tja, da wären wir schon zwei.

Laut sagte sie bloß: »Okay.«

Indes die Assistentin Johanna die Klebestreifen ohne viel Mitgefühl vom Körper rupfte und mit einem Wattebausch über die geröteten Stellen wischte, erklärte er: »Keine Sorge, du wirst in Kürze erfahren, wie dein Ergebnis lautet. Wir schicken euch alle gemeinsam hoch zu euren Familien, damit auch sie offenbart bekommen, was in jedem von euch steckt.«

Dafür, dass der Kreis der Begnadeten die Kinder den Familien entreißt, betreibt er großen Aufwand, um es so aussehen zu lassen, also ob nichts im Busch ist...

Sie schwieg und nickte einmal zum Verständnis. Die Assistentin beendete ihre Tortur und bedeutete Johanna mit einem Nicken, aufzustehen. Thomas Kon streckte den linken Arm aus und signalisierte ihr, zuerst aus dem Raum zu treten. Zeitgleich öffneten sich im Flur sämtliche Türen. Die Anwärterinnen und Anwärter verließen ihre Räume und sahen in Johannas Richtung. Aber sie waren nicht vollzählig.

Sie drehte den Kopf und erkannte, dass hinter ihr im Flur die restlichen Kinder versammelt standen.

Der Zeremonialmeister trat neben sie und lächelte in die Runde.»Gratulation! Ein jeder, der heute angetreten ist, hat bestanden!«

Zuerst wehte aufgeregtes Flüstern durch den Gang, dann vereinzelte Jubelrufe. Thomas Kon beschwichtigte die Gemüter mit Handgesten.»Wir werden euch nun zurück zu euren Familien bringen. Gemeinsam sehen wir uns dann die Resultate an, und dann...« Er sog dramatisch die Luft ein und stieß sie wieder aus, bevor er fortfuhr.»Dann entscheidet ihr – eventuell gemeinsam mit euren Angehörigen oder auch völlig allein – ob ihr bleiben und lernen möchtet, oder ob ihr unserer Welt den Rücken kehren und ein normales Leben führen wollt.«

Nachdenkliches Schweigen legte sich über die Gruppe. Johanna folgte dem Zeremonialmeister, welcher sich nach rechts wandte und durch den Pulk an wartenden Kindern schlängelte. Sie alle trotteten hinter ihm her, und als Johanna die Stelle erreichte, an der die anderen gewartet hatten, erhob sich eine einzige Gestalt von einem kleinen weißen Plastikstuhl in der hintersten Ecke.

Ein freudiger Hüpfer sprang durch ihre Brust und Johanna lächelte Taima entgegen, während diese auf sie zukam und sich ihr anschloss.

»Ich habe schon befürchtet, dass sie dich direkt in eine Zelle stecken«, sagte Taima mit gesenkter Stimme. »Deshalb habe ich mich dazu entschieden, mich keinen Zentimeter vom Fleck zu bewegen, bis du hier auftauchst.«

Perplex starrte Johanna sie an. Sie fühlte sich ertappt; Taima schien so viel mehr zu sehen, als Johanna sie sehen lassen wollte.

»Wieso sollten sie ausgerechnet mich sofort wegsperren?«

Taima zuckte mit einer Schulter und erwiderte lässig: »Weil du die Einzige in diesem Haufen bist, die tatsächlich etwas auf dem Kasten hat.«

Johanna stutzte, was ein Lächeln auf Taimas Züge zauberte. Sie zwinkerte. »Wir alle haben Augen im Kopf, Rotschopf. Die Plane hat uns lediglich einen ungefähren Vorgeschmack geliefert. Ich bin überzeugt, dass deine Ergebnisse gleich die aller anderen in den Schatten stellen werden.«

Mit einem gewissen Unmut verzog Johanna die Mundwinkel nach unten. Sie wollte nicht aus der Masse herausstechen – das würde bloß unnötig viel Aufmerksamkeit auf sie lenken, und sie wollte unauffällig bleiben.

Taima schien ihr Unbehagen registriert zu haben, denn sie meinte spöttisch: »Stehst nicht gern im Rampenlicht, was?«

»Nein.«

»Tja«, erwiderte sie mit einem dramatischen Seufzen, »heute wirst du da nicht drumrum kommen, Rotschopf.« Sie trat neben Johanna und legte ihren linken Arm um deren Schultern.

»Mach dir keinen Kopf«, fuhr Taima wenige Sekunden später lächelnd fort. Die anderen Anwärter waren bereits durch

116

eine weitere Holztür verschwunden und die beiden folgten ihnen eine steile runde Steintreppe hinauf.

Taima tippte sich selbstbewusst mit dem Daumen gegen die eigene Brust und verlautbarte: »Ich bin auch nicht ohne.«

Ein Schmunzeln huschte über Johannas Lippen. Sie fühlte sich bei Taimas Aufmunterungsversuch unmittelbar an Toni erinnert.

»Du scheinst sehr von dir eingenommen zu sein«, entgegnete sie deshalb ironisch.

Taima nickte und grinste auf sie herab. Erst jetzt wurde Johanna bewusst, wie viel größer die junge Frau war; ihr Scheitel endete an deren Kinn.

Die schwarzen Augen glänzten ihr entgegen. »Natürlich bin ich das. Ich kenne meine Fähigkeiten.«

Skeptisch zog Johanna die Brauen zusammen. »Wie das?«, hakte sie nach.

Taima hob gleichgültig die freie Schulter. »Hatte zweiundzwanzig Jahre Zeit, sie kennenzulernen.« Sie sagte es mit solcher Selbstverständlichkeit, dass Johanna zusammenschrak.

Ihre neue Freundin schien zu realisieren, was sie gerade gesagt hatte. Sie blieb stehen und hielt Johanna am Arm zurück. Mit gerunzelter Stirn ließ Johanna es zu.

»Tut mir leid, dass ich vorhin nicht ganz ehrlich zu dir war.« Taimas Stimme zeigte zwar durchaus Reue, doch ein gewisses Mass an Süffisanz blieb darin bestehen. »Ich wäre ja nicht ganz dicht, wenn ich der erstbesten Anwärterin brühwarm erzähle, dass ich die Organisation gar nicht brauche. Du hättest schließlich eine Spionin sein können.«

Verblüfft musterte Johanna ihr Gegenüber.

Kann sie Gedanken lesen?

Doch Taima lenkte das Gespräch bereits auf ein anderes Thema. Ihre Augen studierten Johanna mit neugefundener Neugier. »Wie lange hattest du Zeit zum Trainieren?«

Seufzend schüttelte Johanna den Kopf, erschlagen von Taimas Sprunghaftigkeit. »Knapp neun Monate«, gab sie zu.

Taima pfiff leise und ein beeindruckter Ausdruck lag in ihrem Blick. »Wenn du *das* in neun Monaten schaffst, Rotschopf – was wirst du erst können, wenn du deine Fähigkeiten im Griff hast?«, fragte sie.

Das wüsste ich auch gern.

Sie schwieg und trat durch eine letzte Tür.

Tosender Beifall begrüßte sie und all die anderen Anwärter und Anwärterinnen. Sie waren letztendlich im Burghof angelangt, wo Eltern und Verwandte auf ihre Schützlinge gewartet hatten.

13

Wie Taima es prophezeit hatte, waren Johannas Ergebnisse mit Abstand die außergewöhnlichsten.

Nachdem die Anwärter mit ihren Verwandten wiedervereint worden waren, wurde die monströse Leinwand, die vor dem Innenring der Mauer aufgebaut worden war, zum Leben erweckt. Eine Einblendung nach der anderen wurde ausgespielt, jede davon zeigte das Foto der Anwärterin oder des Anwärters, den dazugehörigen Namen und das Alter sowie ein Diagramm mit Balken. Jedem Balken war eine entsprechende Fähigkeiten-Beschriftung zugewiesen worden. Die Top drei wurden nochmals separiert aufgelistet und deklarierten die Person als *Berührenden* in den jeweiligen Kategorien.

Johannas Diagramm überschüttete sie mit Informationen und die Top drei waren keine Top drei, sondern Top acht, und endeten mit einem aussagekräftigen *»und weitere«*.

Gelleroy, der links von ihr Platz genommen hatte, drückte ihr die Schulter und als sie ihn ansah, erkannte sie ungeheuren Stolz in seiner Miene. Ihr Herz brach ein Stück weit entzwei; wäre Gelleroy damals vor ihrem sechzehnten Geburtstag bei der Wahrheit geblieben, dann hätte sie seine Emotionen durchaus annehmen können. So aber, mit all den Lügen…

Rasch wandte sie den Blick wieder auf die Leinwand und prägte sich die Details ihrer Auswertung ein. Sobald sie zu Toni zurückkehrte, würde sie sie ihm mitteilen müssen.

Typus: unbekannt

Ausprägungen:

    Heilung von nicht permanenter Dauer

    Heilung von permanenter Dauer

    Heilung in Form eines Segens

    Heilung des Körpers durch Berührung

    Heilung des Körpers durch Anwesenheit

    Nutzung der Sinne zur Verteidigung

    Nutzung der Sinne zur Visualisierung

    Nutzung der Sinne zur Analyse

    und weitere

Deutlich Magenschmerzen bereitete ihr der Typus. Bei beinahe allen anderen war der »heilend«-Typus hingeschrieben worden – nur bei ihr und Taima hatte an dieser Stelle unbekannt gestanden.

Die Einblendung verschwand und der nächste Anwärter erschient auf der Leinwand.

Johanna reckte den Kopf und suchte in der Masse nach Taima. Sie entdeckte die junge Frau kurz darauf drei Reihen weiter vorn. Ihr Kopf drehte sich ebenfalls hin und her. Ihre Blicke trafen sich. Taimas Miene wankte zwischen Verunsicherung und Stolz, ihre Augen sprühten Funken.

Habe ich sie durch meine Nähe zu ihr in meine Machenschaften hineingezogen oder ist sie tatsächlich außergewöhnlich? Egal, was es ist, ich hoffe, dass ich trotz alledem an unserem Plan festhalten kann.

Mit einem ratlosen Schulterzucken brach Johanna den Blickkontakt ab, gerade als die Stimme des CEO, Thorn Borthertorn, aus den Lautsprechern erklang, die neben der Leinwand auf hohen Standfüßen montiert worden waren.

»Sehr geehrte Gäste, im Namen des *Kreises der Begnadeten* möchte ich sie herzlich zu unserem Lunch einladen. Während Sie essen und trinken, rate ich Ihnen, sich zu vernetzen und Ihre Meinungen auszutauschen. Zudem stehen alle hier anwesenden Mitglieder des Kreises Ihnen ebenfalls für Fragen zur Verfügung.«

Ein junger Mann in weißem Livree trat auf der linken Seite der Stuhlreihen an die Menge heran und streckte den rechten Arm aus. Johanna folgte der Geste mit den Augen und entdeckte am anderen Ende der Innenmauer eine gigantische Auswahl an Häppchen, Tellern und Besteck. Alles war auf Tischen drapiert worden, und in diesem Moment trugen weitere Angestellte runde Stehtische aus den Tiefen der Burg, um sie auf dem Platz zu verteilen.

Sobald die Leute sich von ihren Stühlen erhoben, begannen wieder andere Mitarbeitende damit, die Stuhlreihen hinter ihnen abzubauen.

»Küss dein Studium goodbye, Kleines«, ertönte Gretas Stimme von rechts. Johanna drehte sich ihr zu und vermochte gerade noch das hämische Grinsen zu sehen, welches innerhalb einer Sekunde über das Gesicht ihrer Beschützerin huschte.

Auf der Stelle kroch die vertraute Wut in ihr hoch. Sie schnaubte und erwiderte mit zusammengezogenen Augenbrauen: »Ich denke nicht daran, mein Studium *deswegen* abzubrechen.« Zur Verdeutlichung nickte Johanna in Richtung der aufgebauten Bühne und der Leinwand.

Greta verschränkte die Arme vor der Brust und zog missbilligend die Stirn kraus. »Oh, du wirst es sogar müssen.«

Gelleroy schalt sich ein, indem er einwandte: »Sieh es doch mal so, Krümelchen: Du startest ein komplett neues Studium. Nämlich das einer *Berührenden* – und einer ziemlich überdurchschnittlichen noch dazu.«

Schnaubend wandte Johanna sich ab und wollte davon stapfen, doch Gretas Hand schoss vor und umklammerte ihren Unterarm mit solcher Vehemenz, dass es wehtat.

»Überspann den Bogen nicht, Johanna«, spie sie ihr zischend entgegen. »Wir sind in allen Belangen stets gütig und geduldig gewesen, aber dich in dieser Angelegenheit stur zu stellen ist keine gute Idee.«

»Greta«, murmelte Gelleroy mahnend. Sein Blick war messerscharf und auf seine Partnerin gerichtet. »Du tust deiner Tochter weh.«

Sofort ließ Greta von Johannas Arm ab, machte jedoch keinerlei Anstalten, sich zu entschuldigen. Stattdessen bohrte sie ihren grünen Blick in Johannas und fauchte mit erhobenem Finger: »Du *wirst* in die Organisation eintreten. Haben wir uns verstanden?«

Anstatt eine Antwort abzuwarten, drehte sie sich auf dem Absatz um und stiefelte mit wehenden Haaren davon. Erst jetzt fiel Johanna auf, dass sowohl Greta als auch Gelleroy in eine Art Uniform gekleidet waren. Sie studierte die Bekleidung ihrer Beschützerin, die zielstrebig auf Thorn Borthertorn zuhielt. Eindeutig zu erkennen waren bloß Knie- und Ellbogenschützer, die auf den dunkelbraunen Stoff aufgenäht worden waren. Sie verwettete ihr Studium darauf, dass sehr viel mehr in dieser Uniform steckte als diese lächerlichen paar Schützer.

Gelleroy lenkte ihre Aufmerksamkeit auf sich, indem er sich räusperte und ihr den Arm um die Schultern legte, bevor er sie entschlossen umdrehte und mit sich zog.

»Lass uns einen Happen essen. Ich für meinen Teil war dermaßen aufgewühlt die letzten Stunden hinweg, dass ich jetzt einen Mordshunger habe. Wie sieht es bei dir aus, Krümelchen?«

Seine Plauderei ließ die köchelnde Wut in ihrem Bauch abflauen und Johanna schenkte ihm ein ehrliches Lächeln. »Ich könnte einen ganzen Kuchen verputzen.«

Ihr Beschützer lachte. Er stupste sie mit dem Zeigefinger an die Nase, wie er es immer getan hatte, und meinte: »Dann sollten wir uns beeilen. Nicht, dass der ganze Kuchen schon weg ist.«

122

»Paps?«, fragte Johanna und sah zu ihm auf. »Werde ich mein Studium wirklich aufgeben müssen?«

Gelleroy zuckte mit der freien Schulter, besah sie mit einem Seitenblick und antwortete: »Ich weiß es nicht. Aber wenn ich du wäre …«

Er holte tief Luft, blieb stehen und stieß den Atem sogleich wieder aus, bevor er fortfuhr: »Johanna, der *Kreis der Begnadeten* wird um deinen Eintritt in seine Reihe betteln, wenn du nicht gleich zustimmst. Ich kann dir nur raten: Nutze das zu deinem Vorteil.«

Unwillkürlich kamen ihr Tonis Worte in den Sinn: *»Sie können nicht anders, als dich aufzunehmen – zu deinen Bedingungen.«*

Ein feines Lächeln schmuggelte sich auf ihre Lippen und sie nickte. Gelleroy zog sie enger an sich und drückte ihre Schulter.

»Ich bin so stolz auf dich, Krümelchen«, sagte er und strahlte noch über beide Ohren, als sie das Bankett erreichten.

So sehr es Johanna freute, dass ihr Ziehvater glücklich war, sie konnte keine derartigen Emotionen empfinden. Wann immer sie einen Blick zu Greta und Thorn Borthertorn hinüberwarf, zog sich alles in ihr zu einem ängstlich-feindseligen Klumpen zusammen. Irgendetwas sagte ihr, dass Gretas Schauspiel bald schon in sich zusammenfallen würde. Was ihr im Anschluss daran blühte, vermochte sie sich nicht auszudenken, aber sie fürchtete sich davor. Denn auch wenn Greta nie mit ihr warm geworden war, so hatte sie doch eine erzieherische Rolle in Johannas Leben eingenommen.

Taima lenkte ihre Gedanken auf andere Bahnen, als sie zu ihnen herüberkam und mit Gelleroy ein Gespräch über seine Tierarztpraxis begann, sobald er ihr erzählt hatte, was er beruflich machte.

Die hintere Tür der Limousine hatte sich kaum geschlossen, als der Wagen auch schon beschleunigte und aus der Sackgasse ihrer Straße verschwand.

Johanna seufzte erleichtert. Eine monströse Last schien von ihren Schultern zu fallen, jetzt, da die Zeremonie endlich vorbei war. Die ganzen Impressionen, die fortwährend auf sie eingestürmt waren, mussten erst noch verarbeitet werden, und sie hatte unendliche viele Fragen, die sortiert und abgearbeitet werden mussten.

Aber zuerst will ich einfach nur nachhause. Sie legte ihrem permanent kreisenden Verstand den Riegel vor und hob den Blick, um die Villa der Cadeeshs in Augenschein zu nehmen. Zu ihrer Überraschung stand Toni bereits auf dem Absatz, die Haustür hinter sich sperrangelweit offen. Sobald er sicher war, dass sie ihn gesehen hatte, breitete er die Arme aus. Johanna stürzte auf ihn zu, während sich der fiese Kloß in ihrem Hals endgültig auflöste und ein erster, trockener Schluchzer über ihre Lippen kam.

»Leonessa«, murmelte Toni an ihrem Ohr, in dem Moment, da sie in seinen Armen angelangte. »Es ist alles gut gegangen – ich bin so erleichtert.«

Obwohl er ihr andauernd versichert hatte, dass ihr nichts passieren und alles gut gehen würde: Toni hatte sich definitiv um sie gesorgt.

»Du Lügner«, hauchte sie, hob das Gesicht und ließ sich von ihm küssen, bis sich die letzten Knoten in ihrem Magen in Wohlgefallen aufgelöst hatten.

14

Einen Tag gab Johanna sich selbst, um das Erlebte zu verarbeiten. Im Laufe des Morgens priorisierte sie all die neuen Fragen und Anliegen. Zuallererst wollte sie Arissa sprechen und die gespeicherte Aufnahme nochmals anhören. Da Toni gegen zehn Uhr immer noch schlief, entschied sie, die beiden Punkte umzudrehen. Sie wollte ihn nicht mit einem Notizzettel allein lassen. Wer wusste schon, wie die erste Begegnung mit ihrer Vorfahrin nach der *Zeremonie der Befreiung* ausgehen würde – Arissa hatte selbst gesagt, dass sie nach diesem Ereignis nicht mehr zur Verschwiegenheit verpflichtet war und ihr nach und nach ihre Fähigkeiten offenbaren würde.

Was Johanna allerdings weitaus mehr interessierte, war, was Arissa in dieser Zelle während des Tests zu ihr gesagt hatte. Und warum sie überhaupt dort gewesen war – und das in diesem Zustand.

Am Nachmittag zückte sie das Notizbuch, in welches sie vor vielen Monaten bereits ihre ersten Funde eingetragen hatte. Inzwischen war es deutlich dicker geworden, die Kanten abgenutzt und Dutzende Seiten eng beschrieben.

Mit Notizbuch, Stiften und ihrem Smartphone bewaffnet, setzte sie sich an den Küchentisch. Es war an der Zeit, die Aufzeichnung erneut abzuhören.

Gerade, als sie eine neue Seite aufgeschlagen und auf ihrem Smartphone auf »Play« gedrückt hatte, erschien Toni in der

Küche. Sein blondes Haar war noch verstrubbelt vom Schlaf, sein nackter Körper lediglich in Boxershorts gekleidet.

Unwillkürlich unterdrückte sie ein schmachtendes Seufzen. Er sah zum Anbeißen aus.

Sie stoppte die Wiedergabe. »Hey. Du warst heute echt lange im Bett.«

Toni nickte abwesend, legte die linke Hand in den Nacken und streckte sich gleichzeitig. »Meine Seele braucht bald Ruhe. Wenn das passiert, werde ich immer mehr müde, bis ich einfach nicht mehr aufwache«, erklärte er brummelnd.

Mitfühlend verzog Johanna den Mund. »Das muss schrecklich sein«, sprach sie ihre Gedanken aus. »Nichts dagegen tun zu können, meine ich.«

Er nickte und stellte eine Tasse vor die Kaffeemaschine. Sie schwiegen, bis er einen ersten Schluck der Flüssigkeit genommen und sich mit der Hüfte gegen die Kücheninsel gelehnt hatte.

»Aber wieso ruhst du dann nicht einfach?«, fragte Johanna.

Toni seufzte und suchte ihren Blick. In seinen Augen stand Verunsicherung geschrieben. »Ich will dich nicht allein lassen. Nicht in dieser schwierigen Zeit.«

Obgleich sie verstand, was er mit seinen Worten meinte, lächelte sie versöhnlich und schüttelte den Kopf über den Beschützerinstinkt ihres besten Freundes. »Momentan geht es mir tatsächlich relativ gut«, antwortete sie ihm. »Die Zeremonie ist endlich vorbei. Wir haben einen Plan, der bislang super funktioniert, und möglicherweise eröffnen sich dadurch auch noch ein paar Chancen, Adam zu finden.«

Toni prüfte ihre Miene sorgfältig, bevor er erwiderte: »Du gibst wohl nie auf, was?«

Das Lächeln auf ihrem Gesicht wurde breiter und sie schüttelte enthusiastisch den Kopf.

Mittels eines Nickens lenkte er Johannas Aufmerksamkeit auf die vor ihr liegende Aufgabe. »Was machst du da?«

»Ich will mir nochmals die Aufzeichnung anhören und mir alles notieren, was offene Fragen entweder beantwortet oder neue aufwirft.«

»Dann lass mal laufen«, forderte er sie auf und glitt einen Moment später in den Stuhl neben ihr. Die Tatsache, dass er – bis auf schwarze Boxershorts – völlig nackt neben ihr saß, raubte Johanna kurzzeitig den Verstand, und sie betrachtete ihn mit verzücktem Interesse. Ihre Augen wanderten von seinen muskulösen Beinen über die Unterwäsche, weiter hinauf zu seinem Oberkörper, den eleganten Hals entlang übers Kinn – Tonis leuchtende Augen starrten sie an. Hastig senkte sie den Blick auf ihre Notizen und spürte gleichzeitig, wie Hitze in ihrem Gesicht aufstieg.

»So gern ich behaupten würde, ich wäre allzeit bereit für den nächsten Schritt«, drang seine witzelnde Stimme zu ihr herüber. »So fürchte ich, *dafür* bin ich erst bereit, wenn ich meine Seele ausgeruht habe. Ich bin nicht so verrückt wie Adam und zögere den Schlummer hinaus, bis ich mit dir geschlafen habe.«

Oh. Mein. Gott! Bitte lass mich irgendwo in eine Erdspalte versinken!

Johannas Kopf und Hals wurden noch eine Spur heißer und sie haspelte: »I-Ich weiß nicht, was du meinst!«

Tonis verschmitzt grinsende Miene schob sich in ihr Sichtfeld. Mit sanfter Stimme raunte er: »Leonessa, die Zeiten sind vorbei, in denen du vorgeben musstest, mich nicht weitaus mehr zu mögen, als du solltest.«

Gleichzeitig umfassten die Finger seiner Hand ihr Kinn und schoben es hoch. Mit einem Zwinkern richtete er sich auf und löste sich von ihr, seine Hand kehrte zurück zur Kaffeetasse und er nickte in Richtung ihres Smartphones. »Und jetzt: Starte das Ding.«

Johanna kam der Aufforderung in fliegender Hast nach. Schon nach wenigen Sekunden war sie komplett in die Wiedergabe vertieft und machte sich entsprechende Notizen. An uninteressanten Stellen spulte sie vor und manche hörte sie sich doppelt oder dreifach an, bevor es weiterging.

Ihr bester Freund hatte die Arme auf dem Tisch ausgestreckt, den Kopf darauf gebettet und zugehört, bis ihm die Augen zugefallen waren.

Nach dem letzten aufgezeichneten Gespräch mit Thorn Borthertorn, der ihre Forderung, ihr Studium weiterführen zu dürfen abgeschmettert hatte, stoppte Johanna die Wiedergabe und stöhnte auf. Ihr Nacken schmerzte, weshalb sie aufstand und sich streckte.

Toni hatte sich nicht gerührt, seitdem seine Lider sich geschlossen hatten. Grübelnd studierte sie seine Züge. So entspannt hatte sie ihn das letzte Mal gesehen, bevor die Sache mit Adam passiert war.

Das Ganze zehrt also doch mehr an ihm, als er zugeben will.

Aus einem Impuls heraus beugte sie sich vor und gab ihm ein Küsschen auf die Wange.

Seine Augen klappten auf und die blauen Iriden darin funkelten wie klare Bergseen.

»Wofür war der denn?«, grummelte er belustigt.

Johanna zog die Schultern hoch und ließ sie fallen, derweil sich ein Lächeln auf ihre Lippen schmuggelte. »Einfach weil du so süß aussiehst, wenn du schläfst.«

»Mhmm«, gab er zurück und reckte sich ebenfalls. Die Bewegung wirkte langsam, beinahe vorsichtig. Der vertraute Gedanke an plötzlich leere Batterien drängte sich in ihr Bewusstsein.

Johannas Belustigung schlug in Besorgnis um und sie meinte: »Toni...? Vielleicht solltest du die Gelegenheit nutzen und ausruhen.«

Seine Brauen schossen in die Höhe. »Und dich hier allein lassen?«

Ernst nickte sie. »Ja. Ich passe währenddessen auf euer Haus auf – und auf dich.«

Skeptisch betrachtete er sie. »Du weißt, dass ich nicht aufwachen werde, bis meine Seele sich so weit erholt hat, dass ich wieder für ein paar Wochen funktioniere?«, vergewisserte er sich.

Sie nickte.

»Und dass im Notfall keiner von uns da sein wird, um dir zu helfen?«, fuhr er fort.

Wieder nickte Johanna.

Tonis Brauen schoben sich zusammen. »Wenn ich aufwache, und du bist nicht auffindbar ...«

Mit einem Stöhnen unterbrach sie ihn. »Dann rufst du mich an. Es wird schon nichts passieren, Toni!« Sie legte eine Hand auf seine Schulter und sah ihm in die Augen. »Das hier ist eine gute Gelegenheit. Wer weiß, wann wir wieder eine derart friedliche Zeit haben werden ...«

Er verzog das Gesicht zu einer leidenden Grimasse, schob die Finger seiner linken Hand durch seine Wuschelhaare und seufzte lautstark. »Okay.«

Erleichterung sickerte durch Johannas Adern und sie lächelte dankbar. Doch bevor sie etwas sagen konnte, hob er mahnend den Finger. »Aber du bleibst hier, versprich mir das.«

»Natürlich bleibe ich«, versprach sie grinsend. »Ich wohne doch mittlerweile hier.«

»Gut«, stieß Toni aus und erhob sich. Auch diese Bewegung erschien ihr zu langsam, zu bedacht. Seinen inneren Akku ignorierend, zog Toni sie an sich und sah auf sie herab.

»Bevor ich gehe, möchte ich um einen Kuss bitten. Damit ich etwas zum Träumen habe«, äußerte er scherzhaft.

Johanna musste ein Lachen unterdrücken. Sie stellte sich auf die Zehenspitzen und küsste ihn innig.

Sanft zog er sich zurück, drückte einen letzten Kuss auf ihre Lippen und wandte sich mit einem letzten Winken um, um die Glastreppe hinauf und in sein Schlafzimmer zu wanken.

15

Johanna erwachte aus einem wirren Traum und wollte nicht länger warten; Toni schlief bereits zwei Tage. Sie musste mit Arissa sprechen und endlich erfahren, was ihr zugestoßen war. Sie entschied sich dazu, in den Keller der Villa zu gehen – noch vor dem Frühstück. Rasch zog sie sich an und tapste die Stufen hinab in den Trainingsraum.

Arissas Silhouette waberte unruhig und halb durchsichtig auf den Matten hin und her, als Johanna den Raum betrat – immer mal wieder glitzerten einzelne Farben an ihrer Figur auf. Sobald sie Johanna erspähte, blieb sie stehen.

»Johanna!« Der Tonfall ihrer Stimme klang drängend. »Ich muss dich dringend sprechen!«

Johanna ließ sich in einen Schneidersitz sinken und schloss die Augen. Sofort wurden Arissas Züge scharf und die wabernde Silhouette machte der vertrauten Gestalt einer jungen Dame im himmelblauen, schlichten Kleid Platz. Das braune Haar war mit einem Kopftuch zurückgebunden. Ihre Augen machten einen gehetzten Eindruck.

»Was ist passiert, Arissa?«, fragte Johanna ohne Umschweife. »Warum warst du so lange weg? Und wieso habe ich dich in einer Gefängniszelle wiedergefunden – noch dazu in diesem seltsamen Zustand?«

Arissa trat näher und legte aufgebracht die Hände auf ihre Brust, dort, wo ihr Herz schlug. »Was auch immer da aus dir herauskam, es hat auch mich getroffen«, eröffnete sie.

Das schlechte Gewissen, das Johanna aufgrund jenes Tages plagte, vertiefte sich und sie hob zu einer Entschuldigung an.

Arissa schüttelte den Kopf. »Es hat mich geschwächt und ich musste mich zurückziehen. Aber dann...« Einen Moment lang zögerte sie. Angst schlich sich in ihre Züge, als sie auf Johanna herabsah. »Ich schien nicht zu heilen, und nach einiger Zeit war da eine ... Präsenz.« Ihre Stimme war zu einem Flüstern abgesunken.

»Eine Präsenz?«, hakte Johanna nach. Ein ungutes Gefühl machte sich in ihr breit und sie ging dazu über, ihre Fingernägel in die Oberschenkel zu krallen, um sich besser konzentrieren zu können.

Arissa nickte, schluckte schwer und ein Schauder ergriff von ihr Besitz. »Es war definitiv eine andere Seele«, murmelte sie gedankenverloren. Dabei starrte sie auf einen Punkt hinter Johanna. Erneut schauderte sie, und mit einem Mal sackte sie auf die Knie herab und schlug sich die Hände vors Gesicht. »Sie hat meinen Seelenteil vergiftet«, flüsterte sie zwischen den Fingern hindurch.

Das Herz wurde Johanna schwer. Voller Mitgefühl schob sie sich näher an Arissa heran. Doch als sie die Hand ausstreckte, um sie ihrer Vorfahrin auf den Arm zu legen, wich diese vor ihr zurück.

Ein Stich der Enttäuschung zuckte durch ihre Brust und Johanna räusperte sich, wich zurück und fragte sanft: »Was meinst du damit?«

Arissa ließ die Hände in ihren Schoss sinken. Ihre Augen starrten auf die Handinnenflächen und Johanna erkannte, dass sie weinte.

»Ich weiß nicht wie, aber diese Präsenz, sie ... hat meine Seele gequält«, wisperte Arissa. »Ich schrie und flehte, aber nichts half ...«

Johanna schluckte nun ihrerseits den harten Kloß hinunter, der sich bei diesen Worten in ihrer Kehle gebildet hatte. »Hätte ich dich gehört, ich wäre zu dir gekommen«, rechtfertigte sie sich. Gleichzeitig biss sie fest die Zähne aufeinander und ballte die Hände zu Fäusten. Wut auf sich selbst begann an ihr zu nagen, und sie musste all ihre Konzentration aufbringen, um nicht aus der Haut zu fahren – oder in die andere, düstere Farbenwelt einzutauchen.

Ich habe sie schon einmal verletzt... Das darf nicht wieder passieren!

»Du hättest mich sowieso nicht hören können. Ich hatte mich in einen Teil unserer Seele zurückgezogen, den du nicht erreichen wirst, solange du am Leben bist.«

»Und was ist dann geschehen?«, wollte Johanna zwischen zwei kontrollierten Atemzügen wissen. Die lodernde Wut in ihrem Innern flaute ein Stück weit ab.

Arissa schüttelte den Kopf. »Ich kann nicht sagen, was geschehen ist. Nur, dass ich litt und dass ich wusste, dass ich eine Gefahr für unsere anderen Seelenteile war. Also sperrte ich mich selbst weg, stieß alles und jeden von mir. Und irgendwann warst du plötzlich da und hast mich geheilt. Aber diese Präsenz ...«

Mit gerunzelter Stirn schob Johanna geistig einige Puzzleteile umher. Irgendetwas übersah sie, etwas Wichtiges. Sie betrachtete ihre Vorfahrin und fragte: »Denkst du, dieses Etwas kam von außerhalb?«

»Definitiv. Sie war kein Teil unserer Seelen.«

»*Sie?*«, bohrte Johanna sofort tiefer. »Du denkst, es war eine Frau?« Hastig schob sie ihr Gefühlschaos beiseite und schenkte ihrer Vorfahrin wieder die volle Aufmerksamkeit.

Arissa nickte, während sie sich die Tränen an ihrem Ärmel abwischte. Sie machte unterdessen einen weitaus gefassteren Eindruck und Johanna atmete insgeheim auf.

»Da bin ich mir sicher«, fügte Arissa verspätet hinzu. »Sie hat mit mir gesprochen. Mir Dinge zugeflüstert.« Ein weiterer Schauder ließ ihre zarte Gestalt erzittern.

Johanna nutzte die Stille, die sich zwischen ihnen ausbreitete, um Überlegungen anzustellen und die Situation zu reflektieren. Was sie zu einer Frage führte, die sie seither plagte. »Wovor wolltest du mich in der Zelle warnen?«

Das Gesicht der Dame verzog sich zu einer Grimasse. »Du warst über große Teile der Zeremonie in Begleitung dieser Präsenz«, sagte sie finster.

Johannas Atem stockte, ein einziger Luftzug entfloh ihrer Kehle und die Welt um sie herum erstarrte, während ihre Augen an Arissas Händen festzukleben schienen.

Ich war in Begleitung dieser ominösen, düsteren Präsenz, die Arissa in ein Monster verwandelt hatte? Heißt das, dass ich... die ganze Zeit über in Gefahr war? Und wer könnte...?

Die in Frage kommenden Personen listeten sich wie von selbst in ihrem Kopf auf: Greta, Gelleroy, Taima, Thorn Borthertorn... Thomas Kon.

Taima kann es nicht gewesen sein. Sie hatte nur mäßige Kenntnisse von mir oder der Organisation. Und Gelleroy ebenso wenig. Er würde nie...!

Es hatte keinen Zweck. Sie würde nicht herausfinden, wer es gewesen war – außer, sie traf sich mit jedem von ihnen. Einzeln und allein.

Und wie soll ich erkennen, wer es war? Was ist *diese Präsenz überhaupt? Ist sie etwa ... eine andere Seele?! Wie bei Arissa und mir? In dem Fall wäre ich nicht bloß in Gefahr gewesen – ich wäre schlicht dem Tod von der Schippe gesprungen!*

»Wieso hast du mich nicht vor dem Test gewarnt?«, rutschte es ihr blindlings heraus.

Arissas Miene drückte leichten Tadel aus, doch sie antwortete geduldig: »Ich konnte keinen Kontakt mehr zu deinem Bewusstsein herstellen.«

Ihre Vorfahrin seufzte und erhob sich. »Leider können wir dir nicht weiterhelfen«, sagte sie mit neugefundener Härte in der Stimme. »Keine deiner Seelenteile hat jemals mit etwas Derartigem zu schaffen gehabt.«

Johannas Verstand raste, doch sie bemühte sich um ein Lächeln. »Lass mich darüber nachdenken und die Sache mit Toni absprechen. Er hat sicher die ein oder andere Idee, mit was wir es zu tun haben könnten – und wie wir herausfinden, wer hinter der Folter steckt.«

Arissa senkte den Kopf und ein erstes, sanftes Lächeln zeichnete sich auf ihren Zügen ab. »Danke, Johanna. Du bist wahrlich eine große *Berührende*, das zeigt sich schon jetzt.«

Peinlich berührt zuckte Johanna mit den Schultern.

»Darf ich fragen, wie deine Ergebnisse lauteten?«, lenkte ihre Vorfahrin das Thema auf angenehmere Wege.

»Klar«, stieg Johanna dankbar ein. »Ich habe acht klar definierte Fähigkeiten laut der Organisation …«

Und sie listete die Top acht aus der Auswertung auf, wobei sie jeweils einen Finger ausstreckte, um abzuzählen.

»Und dann stand darunter, dass da noch mehr sei, aber das haben sie nicht konkretisiert«, schloss sie.

Arissa war in der Zwischenzeit erneut dazu übergegangen, hin und her zu wandern. »Mehr nicht?«, erkundigte sie sich mit hochgezogenen Brauen.

Johanna sackte das Herz in die Hose. Irritiert gab sie zurück: »Reicht das denn nicht?«

Ihre Vorfahrin lachte hinter vorgehaltener Hand und antwortete, nachdem sie sich etwas beruhigt hatte: »Johanna McGibbon! Deine Linie reicht bis weit vor das Christentum zurück. Glaubst du allen Ernstes, dass du nur acht bis zehn

Dinge beherrschst, wenn sich in deiner Seele über achtzig Generationen vereinen?«

Johannas Augen weiteten sich vor Schreck.

Achtzig Generationen? Dann sind nebst Arissa noch achtundsiebzig andere Seelen hier, in meinem Bewusstsein?

»Wobei Meghan McGibbon nicht die Einzige ist, die sich uns niemals angeschlossen hat.«

Arissas Stimme brachte Johanna zurück in die Gegenwart. »Diejenigen, die sich an der Folter und der Qual zu laben pflegen, vereinten sich nie mit uns anderen Seelenteilen.« Sie runzelte die Stirn. »Wobei… Vielleicht haben sie das, und wir wissen schlicht und ergreifend nichts davon. Genauso, wie wir nichts über diese andere Farbenwelt wissen, die dir zur Verfügung steht.«

Ein Verdacht formte sich in Johannas Bewusstsein und sie legte den Kopf schief. »Du meinst… Diese anderen Seelenteile sind in der düsteren Farbenwelt zuhause?«, fragte sie stockend.

Arissa zog die Schultern hoch. »Es ist durchaus denkbar. Schließlich sind wir ja auch hier.«

Johanna stieß die Luft aus, die sie unbewusst angehalten hatte. »Ich weiß nicht, ob ich das erfreulich finde«, gestand sie.

»Bisher bist du niemandem begegnet, wenn du jene Seite deiner Kraft benutzt hast, richtig?«, erkundigte sich ihre Vorfahrin.

Johanna schüttelte verneinend den Kopf.

»Dann lass uns abwarten und sehen, wohin das führt. Jetzt aber zum Ausmaß deiner Fähigkeiten«, fuhr sie fort. Augenblicklich begann Johannas Herz einen Marathon in ihrer Brust zu hämmern und sie wurde zappelig vor Aufregung.

Arissa blieb vor Johanna stehen und schmunzelte. »Du wirkst *echte Magie*, Johanna. Wir alle sind der Meinung, dass das Ausmaß dieser Magie endlos sein könnte – wenn du denn lernst, wie man sie benutzt.«

Ein endloses Ausmaß an Magie? Ich? Niemals. Ich kann nicht einmal einen Husten heilen.

»Das muss ein Missverständnis sein«, murmelte sie deshalb.

»Alles im Leben braucht Zeit und Übung«, konterte Arissa sachlich. »Von der ersten Muttermilch bis zum letzten Atemzug – das menschliche Gehirn passt sich permanent an und lernt hinzu, baut auf Erfahrungen auf und wägt unbekannte Risiken ab.«

Schnaubend schüttelte Johanna den Kopf. »Dann könnte ich Adam und Toni heilen, ohne sie gleichzeitig zum Tode zu verurteilen?«, fragte sie argwöhnisch.

Arissa wiegte den Kopf hin und her. »Vielleicht. Mit Sicherheit nicht jetzt sofort oder in unmittelbarer Zukunft, aber irgendwann: ja.«

Sprachlos starrte Johanna sie an.

Sie glaubt wirklich, dass ich so mächtig sein werde?

Skeptisch legte sie die Stirn in Falten und wollte weiter mit Arissa diskutieren, hielt dann jedoch inne.

Das ist momentan keine akute Baustelle. Ich werde meine Kräfte in den kommenden Monaten und Jahren ausreichend kennenlernen. Es hat wenig Sinn, jetzt mit ihr darüber zu streiten, ob ich das bin, wofür meine Vorfahren mich halten.

»Deine Gedanken drehen sich sicherlich um alles Mögliche in diesen Tagen.«

Damit lenkte Arissa Johannas Aufmerksamkeit wieder auf sich. »Lass mich dir Schritt für Schritt deine Fähigkeiten zeigen, angefangen mit denen, die der *Kreis der Begnadeten* gefunden hat.« Ein undefinierbares Glitzern trat in ihre Augen. »Wenn du bereit für die erste Lektion bist, komm in den Wald, vor dem ich dich gewarnt hatte.«

Sie drehte sich mit einem Winken herum und verblasste nach drei Schritten.

Johanna öffnete langsam die Augen und starrte an die Stelle, an der ihre Vorfahrin verschwunden war.

Eines steht fest: Wenn Toni aufwacht, haben wir viel zu besprechen.

16

Zwei Wochen vergingen, in denen Johanna nicht einen Mucks aus Tonis Schlafzimmer hörte. Die Notizen in ihrem Heft hatten sich in dieser Zeit vervielfacht – und sie konnte es kaum erwarten, dass er endlich aufwachte.

Da sie von Adam gelernt hatte, dass die Türen zu den Zimmern der beiden Cadeeshs mit magischen Abwehrmechanismen ausgestattet worden waren, hütete sie sich davor, nach ihrem besten Freund zu sehen. Und obwohl ihr vom letzten Mal bekannt war, dass dieser Schlummer länger dauerte als ein paar Stunden, machte sie sich langsam Sorgen. Adam hatte stets von vier Tagen bis maximal einer Woche gesprochen, wenn es um ihre Ruhezeit ging.

Ihre Besorgnis versuchte sie zu überspielen, indem sie sich gut zuredete, und schlussendlich wandte sie sich – in Ermangelung anderer Ablenkungen – an den Wald hinter der Villa.

Toni hatte ihr zwar nicht direkt ein Verbot ausgesprochen so wie Adam damals, doch seine Abneigung gegen diesen Wald hatte sie deutlich in der finsteren Miene erkennen können, die er zog, sobald sie ihn erwähnte.

Johanna konnte sich nicht erklären, wieso sie auf diesen Ort derart fixiert war. Manchmal schien alles in ihr nach ihm zu schreien, und sie gab dem Wunsch letztendlich nach.

Sobald Johanna durch die erste Baumreihe trat, bemerkte sie den Umschwung in der Natur. Umgehend bildeten sich die filigranen Magiesporen, die auf ihre Haut niederrieselten wie feiner Schnee. Die Verspannung, die in den letzten Wochen von ihr Besitz ergriffen hatte, legte sich augenblicklich. Sie zog genießerisch die Luft durch die Nase ein und schloss die Augen für einen Moment der Ruhe.

Noch bevor ihre Mentorin erschien, konnte Johanna diese fühlen. Es war wie ein Flimmern in ihrem Bewusstsein, ein Sonnenstrahl, der für den Bruchteil einer Sekunde in ihren Augenwinkel stach.

»Wieso kommst du so gerne hierher?«, fragte Arissa.

Johanna schlug die Augen auf und entdeckte ihre Lehrerin ein Stück weit tiefer im Wald, auf einem umgefallenen Baumstamm sitzend.

»Ich weiß es nicht«, antwortete sie wahrheitsgemäß.

Arissa neigte den Kopf ein wenig zur Seite und betrachtete den dicht bewachsenen Wald um sie herum. »Denkst du, es wäre möglich, dass eine unserer Seelen noch unerledigte Dinge hat, die mit diesem Ort verbunden sein könnten?«

Nachdenklich ließ Johanna sich neben ihr auf den Baumstamm nieder und starrte ins Unterholz.

»Irgendwie…«, begann sie langsam, brach jedoch ab und fühlte in sich hinein. Da war keine Sehnsucht, kein Verlangen im Sinne von unerledigter Erdenschuld. Nein, es fühlte sich an, als würde ihr Körper hier kribbeln und … auftanken.

Sie schüttelte den Kopf. »Nein, es fühlt sich anders an«, beantwortete sie die Frage. »Mehr wie ein Wellnessurlaub, nach dem man sich frisch und munter fühlt.«

»Und trotzdem haderst du damit, meine Rückkehr und deinen Ausflug hierher später deinem Freund zu offenbaren«, fuhr Arissa in sachlichem Ton fort. Ihr Blick huschte für einen kurzen Augenblick zu Johanna herüber, glitt dann jedoch zurück auf die Umgebung.

Ja … warum?, stellte Johanna sich dieselbe Frage, die sie seit Tagen verfolgte. Und gleich darauf folgte die Nächste:

140

Warum ist es an anderen Orten nicht genauso magisch wie hier?

Sie war in den Monaten seit Adams Verschwinden wieder dazu übergegangen, nachts durch die Wälder zu streifen, die sich um die Kleinstadt herum erhoben. Ihre Furcht vor dem ewigwährenden Albtraum in den Nächten hatte sie hinaus getrieben. Aber egal, welchen Forst sie betrat – die Magie wohnte ausschließlich diesem Wald inne.

Die Lichtung mit dem seltsamen Baum und die Höhle, in der die Cadeeshs gefoltert und festgehalten worden waren, hatte Johanna seit jenem tragischen Tag nicht mehr betreten. Der Ort strahlte pure Bosheit aus, und sie hatte Adam versprochen, nie wieder allein dorthin zu gehen. Daran hielt sie sich nur zu gerne.

Aber hier… Hier erschien ihr alles … im Einklang zu sein.

Arissas Rückkehr während des Tests der Zeremonie erschein Johanna wie ein Zeichen. Eine Botschaft, die ihr sagte, dass sie nun endlich dazu bereit war, sich der Magie in diesem Wald als würdig zu erweisen.

»Willst du sehen, was deine heilenden Kräfte anstellen, wenn sie eingesetzt werden?«, fragte Arissa unvermittelt und wandte den Kopf in ihre Richtung.

Johanna zog überrascht die Brauen hoch und nickte stumm. Ihre Mentorin schob die Ärmel ihres Kleides nach oben und lächelte ihr zu. »Leg deine Hand auf meinen Arm. Anschließend denkst du mit all deiner Kraft daran, dass ich gesund werden soll. Der Schritt gen goldenen Horizont gibt den Ausschlag. Halte die Finger in den Farbenfluss, während du es tust.«

Mit schlagartig klopfendem Herzen wischte Johanna die rechte Hand an ihrer Hose ab, bevor sie sie auf Arissas Unterarm legte. Zu ihrem Erstaunen war die Haut warm und glatt, nicht kühl und durchscheinend wie die eines Geists. Im Handumdrehen entspannte sie sich und schloss die Lider, um sich zu konzentrieren.

Die Farbenwelt schoss geradezu in ihr Bewusstsein, so vertraut war Johanna inzwischen damit. Zielstrebig trat sie neben den Strom aus Farben, der vom silbernen Horizont zum goldenen waberte und tauchte ihre rechte Hand hinein.

Zuerst geschah gar nichts. Dann aber, nach einigen Herzschlägen, prickelten ihre Fingerspitzen, direkt gefolgt von ihrer Handinnenfläche. Johannas Atem stockte verblüfft. Dann machte sie einen beherzten Schritt in Richtung des goldenen Horizonts. Das vertraute Gefühl des Fallens ergriff von ihr Besitz. Der puddingartige Boden schluckte ihre Gestalt und Johanna riss die Augen auf. Verdattert starrte sie auf Arissas Arm.

Da waren feine, goldene Linien, die sich ausbreiteten und verästelten, die zusammenwuchsen und blättrig ausarteten.

»Was«, stammelte sie, erschrocken und fasziniert zugleich. Sie wagte es nicht, die Hand zurückzuziehen.

Arissa lachte leise in sich hinein. »Das hier«, sie deutete mit dem Zeigefinger ihrer freien Hand auf die Linien, »ist dein ganz persönliches Zeichen.«

Johanna löste den Blick von ihrem Unterarm und starrte ihr stattdessen ins Gesicht. »Mein– Mein Zeichen?«

Ihre Mentorin nickte. »Jede von uns hatte eines. Ein individuelles Muster, das sich über die Haut legt und die Magie darin speichert, die nötig ist, um die Person zu heilen.«

»Ein Speicher?«, hakte Johanna mit zittriger Stimme nach.

»Korrekt. Viele Verletzungen können nicht einfach während einer einzigen Sitzung geheilt werden. Manchmal ist man auf dem Sprung oder man hat zu viele andere Menschen, die Aufmerksamkeit brauchen.«

Sie hielt kurz inne und inspizierte die Linien, indem sie zärtlich an ihnen entlang fuhr, ohne sie zu berühren.

»Es wäre gar verdächtig, als normaler Mensch über Tage hinweg bei jemandem zu sitzen, der dringend eine Heilung benötigt, diesen Menschen jedoch kaum zu kennen. Daran hat sich über die Jahrhunderte hinweg nichts geändert.«

Sie schmunzelte und entzog Johanna ihren Arm. »Ein Bruch zum Beispiel wäre viel zu anstrengend für beide Seiten. Deshalb hast du die Gabe, die Energie, die insgesamt notwendig wäre, um die Fraktur zu heilen, in Form eines Musters auf dem Körper abzulegen. Somit heilt die Person von selbst, über längere Zeit hinweg. Du wiederum kannst weiterziehen und dich um andere kümmern, die deiner Hilfe bedürfen.«

Johannas Gedanken überschlugen sich. Sie fand kaum Worte für das, was sie soeben gehört und gesehen hatte. »Das ist …«

»Wunderbar?«, schlug ihre Mentorin vor.

Johanna nickte. Ihre Augen hingen an Arissas Unterarm.

Efeu. Es sind goldene Efeuranken. Genau wie bei Adam und Toni, wenn sie ihre eigene Magie anwenden. Bloß die Farbe unterscheidet sich. Ob ich unbewusst von ihnen abgekupfert habe?

Eine Erinnerung drängte sich in ihr Bewusstsein. Was hatte Gelleroy ihr vor knapp sieben Jahren gesagt? Dass sie, Johanna, niemals in der Lage sein würde, Knochenbrüche und offene Wunden zu heilen.

Wie sehr er sich doch getäuscht hat …

Der Ärmel von Arissas Kleides rutschte hinab und sie lachte freudig auf. »Du kannst noch ganz andere Dinge, Johanna. Das hier ist doch nur der Anfang.«

Nur der Anfang?!

Sie wollte auffahren und etwas erwidern, doch ihre Mentorin erhob sich mit einem Ruck und sah mit ernstem Ausdruck auf sie herab. »Es wird Zeit, dass wir dir deine Fähigkeiten näher bringen, jetzt, da du die *Zeremonie der Befreiung* hinter dir hast.«

Sie machte ein, zwei bedächtige Schritte und blieb dann stehen. Ein seliges Lächeln trat auf ihre Züge. »Aber alles zu seiner Zeit. Erst einmal solltest du die Neuigkeiten über deine neuste Fähigkeit verarbeiten.«

Urplötzlich erstarrte sie mitten in der Bewegung. Das Lächeln auf ihren Lippen gefror und sie machte den Eindruck, als ob sie die Ohren spitzte. Keinen Wimpernschlag später wirbelte sie herum und starrte angespannt hinter sich ins Unterholz.

»Sei auf der Hut«, wisperte sie und verschwand. »Wir sind nicht länger allein.«

Johanna erhob sich duckend und wie in Zeitlupe von dem Baumstamm. Sie schärfte ihre Sinne, indem sie in die Farbenwelt wechselte. Tatsächlich – nicht weit von ihr entfernt machte sie ein eindeutiges Gewühl aus verschiedenfarbigen Emotionen aus, das eine Silhouette formte: ein Mensch. Zu ihrem Erstaunen richtete sich die Person in diesem Moment auf und trat lautstark durchs Buschwerk.

Sekunden später erkannte Johanna die rötliche Haut und die schwarzen Haare. »Taima?« Vor Unglaube weiteten sich ihre Augen. »Was in allen sieben Höllen suchst du hier?«

Die großgewachsene Frau schnaubte, strich sich einen abgebrochenen Ast aus Haaren und Gesicht und lachte, sobald sie Johannas Miene studiert hatte.

»Ich dachte, ich passe ein wenig auf dich auf, Rotschopf«, verkündete sie unbeschwert. »Man kann nie vorsichtig genug sein, wenn man mit dem *Kreis der Begnadeten* zu tun hat.«

Perplex trat Johanna einen Schritt zurück. »Aber–! Woher weißt du, wo ich wohne? Und dass ich hier bin?«

Die Amerindian winkte ab. »Das war Zufall. Eigentlich wollte ich von hier aus über die Weide laufen, zu deinem

Haus.« Ihre Augen huschten ununterbrochen hin und her. Ganz so, als würde sie nach etwas Ausschau halten.

Wartet sie auf Verstärkung? Kauern da noch andere Mitglieder der Organisation in den Büschen?

Mit einem Schlag fühlte Johanna sich ausgeliefert, als stünde sie auf einem Präsentierteller für alle möglichen Feinde. Ihre Hände ballten sich zu Fäusten. Furcht brach über ihr zusammen und sie zog scharf die Luft durch die Nase ein, nur um sie gleich darauf durch den Mund wieder auszustoßen.

Bleib ruhig… Kein Grund zur Panik. Du bist in der Zwischenzeit eine ausgezeichnete Kämpferin geworden. Vertrau auf deine Fähigkeiten.

Mühsam löste sie ihre verkrampften Finger.

Taima beobachtete jede ihrer Bewegungen, sagte jedoch nichts dazu. Stattdessen grinste sie breit und meinte: »Wie wär's, wenn wir zu dir gehen, und dann quatschen wir?«

Johanna machte keinen Hehl daraus, wie sie die Umgebung mit prüfendem Blick nach möglichen Beobachtern durchforstete. Außer ihr und Taima hielt sich keine Menschenseele in der Nähe auf.

Mit einem zögerlichen Nicken drehte Johanna sich halb um und wartete, bis ihre neugewonnene Freundin neben ihr stand. Dann brachen sie auf.

17

Mit leicht zitternden Fingern fummelte Johanna den Haus-schlüssel ins Schloss. Es klickte, und die Tür zum Haus ihrer Beschützer öffnete sich. Hastig trat sie einen Schritt zurück und ließ Taima den Vortritt. Niemals würde sie jemanden in die Cadeesh-Villa nebenan einladen, während Toni schutzlos und schlafend in seinem Zimmer lag. Deshalb war sie auf ihr altes Zuhause umgeschwenkt.

Hoffentlich riecht man noch nicht, dass hier schon lange niemand mehr wohnt.

Unbewohnte Gebäude hatten diese Eigenart, einen entspre-chenden Geruch anzunehmen – nämlich nach Staub und zurückgelassener Vergangenheit.

Taima schlenderte ahnungslos in den Flur, stoppte aller-dings auf Höhe des Spiegels und zog sich weitere Blätter und Äste aus den Haaren. Johanna ging an ihr vorbei in die Küche und fragte bemüht gelassen über ihre Schulter:»Tee?«

»Ja gerne«, kam es aus der Diele zurück.

Ihre Nerven lagen blank. Fieberhaft versuchte sie nachzu-denken.

Was will Taima hier? Dass sie hier ist, kann nur mit der Organisation zu tun haben. Ist es ein Auftrag? Bin ich ihr Auf-trag? Wird sie mich töten oder foltern, um an Infos über Adam und Toni zu kommen?

Ihre Hände zogen derweil automatisch zwei Tassen aus dem Schrank über der Spüle, langten nach dem Wasserkocher und füllten ihn auf. Sie startete den Kochvorgang und stieß einen Seufzer aus.

Dieses Werweißen bringt jetzt alles nichts. Am besten lasse ich sie einfach mal erzählen. Dann sehe ich weiter.

Wie aufs Stichwort kam Taima hereingeschlendert. Ihre Augen sogen den Anblick des Hauses förmlich auf.

»Nette Hütte«, bemerkte sie. Mit einem eleganten Schlenker verschränkte sie die Arme vor der Brust und lehnte sich gegen die Küchenzeile, nur wenige Meter von Johanna entfernt.

»Danke«, erwiderte diese und musterte Taima erneut. Vorhin im Wald war ihr gar nicht aufgefallen, wie unordentlich deren Klamotten waren. Die braune Lederjacke hatte mehrere Kratzer an den Ärmeln, und das rostrote T-Shirt zählte etliche Löcher am Saum. Die Hose, die aussah wie der Teil einer extrastarken, schwarzen Militärausrüstung, erschien Johanna das Einzige zu sein, was nicht gelitten hatte. Selbst die schwarzen Stiefel schienen einige Schrammen abgekriegt zu haben.

Johanna ließ ihren Blick wieder zu Taimas Gesicht wandern, nur um festzustellen, dass diese sie mit belustigtem Funkeln in den Augen ansah.

»Genug gestarrt?«

Sofort stieg Hitze in ihren Kopf und sie drehte sich auf dem Absatz um, um dem Wasserkocher in den letzten Sekunden des Brodelns zuzuschauen.

Sie schwiegen, bis Johanna den Tee vorbereitet und auf dem Esstisch im Wohnzimmer abgestellt hatte. Dann setzte sie sich und verdeutlichte Taima, sich zu ihr zu gesellen. Zögernd folgte die Amerindian der Aufforderung. Sie umschlang die Tasse mit beiden Händen und stierte gedankenverloren hinein.

»Ich bin abgehauen«, murmelte sie kaum hörbar.

Johanna verschluckte sich prompt an ihrem ersten Schluck und hustete mehrmals, bevor sie sie reagieren konnte. »Was?«

Taima grinste frech, trank und wiederholte: »Ich bin abgehauen. Vor dem Kreis der Bekloppten.«

»Wieso?«, hakte Johanna konsterniert nach. »Wann? Wo?«

Ihr Gegenüber zuckte mit der linken Schulter. »Ist schon länger her.« Sie sah sich um, fand den Kalender auf der Anrichte und meinte: »Laut diesem Ding ist es schon über zwei Wochen her.«

Bist du verrückt?, wollte Johanna schreien. Stattdessen fragte sie: »Was ist passiert?«

Taimas Mundwinkel zuckten, ihre Unterlippe begann zu zittern und sie wich Johannas Blick aus, indem sie in aufs Neue ihren Tee stierte.

»Die haben meine Mutter ermordet.«

Eisige Kälte legte sich über Johannas vor Schock erstarrten Körper. Sie konnte nichts anderes tun, als zu gaffen.

»Weißt du noch, wie die uns an der Zeremonie gesagt haben, dass wir selbst entscheiden können, ob wir in den Kreis eintreten wollen?«, wisperte Taima mit gebrochener Stimme.

Johanna nickte. Sie räusperte sich und meinte: »Ja, natürlich.«

Eine einzige, schillernde Träne rollte über Taimas rechte Wange und löste sich, um in den Tee zu platschen.

»Ich habe abgelehnt«, sagte sie. »Noch während des Buffets am Tag der Zeremonie habe ich ihnen gesagt, dass ich ihrem Kreis niemals angehören will. Meine Mutter und ich, wir sind zurück ins Reservat geflogen und wollten nichts mehr mit diesen Verrückten zu tun haben.« Sie hob den Kopf und sah Johanna in die Augen, indes weitere Tränen Spuren über ihr verschmutztes Gesicht zogen. »Wir dachten, das Thema wäre mit meiner Ablehnung vom Tisch!«

Ein Schluchzer löste sich aus ihrer Kehle, aber sie schaute nicht weg, verbarg auch nicht ihr Gesicht in den Händen oder schloss die Lider. Nein, sie sah Johanna unverwandt in die

148

Augen. Und Johanna begriff zum ersten Mal glasklar das Leid, welches sich dahinter verbarg.

Taima nahm einen weiteren Schluck aus der Tasse. »Sie kamen in der vierten Nacht nach unserer Rückkehr«, erzählte sie. Inzwischen war ihre Stimme heiser geworden. »Fünf Personen, komplett in Schwarz gekleidet. Meine Mutter lag im Bett und schlief bereits. Sie haben ihr zwei Kopfschüsse verpasst. Ich habe die Schüsse nebenan gehört, obwohl sie gedämpft worden sind.«

Ein Gefühl von Horror schwappte in Johannas Kreislauf.

Ist es bei meinen Eltern genauso gewesen? Sind sie im Schlaf erschossen worden? Haben sie gelitten?

Zum ersten Mal seitdem sie erfahren hatte, dass ihre wahren Eltern nicht Gelleroy und Greta waren, befasste Johanna sich mit präzisen Details. Zuvor war es ihr bloß um die Aufklärung des Mordes gegangen – sie wollte die verantwortliche Person finden und zur Rede stellen. Aber jetzt… Jetzt fühlte sie, wie innerhalb weniger Sekunden der Wunsch nach Rache in ihr aufkeimte.

Gleichzeitig fiel sämtliches Misstrauen ihrer Freundin gegenüber von Johanna ab. Taima würde sie niemals mit einer solch grausamen Lügengeschichte ködern, da war sie sich sicher.

»Das tut mir leid.« Johanna legte ihre Hand mit der Innenfläche nach oben auf den Tisch, und Taima griff danach. Sie hielten sich fest und schwiegen eine Weile, im stummen Gedenken an Taimas Mutter.

Irgendwann nippte Johanna an ihrem Tee und fragte sanft: »Und wie bist du entkommen?«

Ihre Freundin tat es ihr gleich, räusperte sich hinterher und fuhr mit ihrer Geschichte fort. »Eigentlich sollte ich an jenem Abend im Kino sein. Ich glaube, dass sie deshalb nicht in meinem Zimmer nachgesehen haben.« Taima schluckte hart.

»Keine Ahnung, was diese Typen getan hätten, wenn … wenn ich normal nachhause gekommen wäre.« Ihr Blick wanderte unstet umher, bis er Johannas fand. In ihren Augen stand dermaßen viel Schmerz geschrieben, dass Johannas Brust sich unwillkürlich mitfühlend zusammenzog.

»Auf jeden Fall bin ich abgehauen, sobald ich sicher war, dass sie aus dem Haus sind. Seither habe ich mich durch die Wildnis geschlagen.«

Johanna wollte etwas erwidern, doch Taima winkte ab. »Keine Sorge – ich bin mit Spurenlesen und solchen Dingen aufgewachsen. Niemand ahnt, dass ich hier bin.«

»Und woher weißt du, wo ich wohne?«, hakte Johanna nach. Sie versuchte, ihre Miene so höflich wie möglich zu halten, doch Taima wich dieser Frage schon die ganze Zeit aus und sie hatte langsam die Nase voll.

Zudem begibt sie sich mit diesem Schachzug in ungewöhnlich große Gefahr – ganz zu schweigen davon, dass sie mich mit ihrem Auftauchen mitten in ihren Kleinkrieg hineinzieht. Mit ihrem Handeln hat sie mir ein fettes Fadenkreuz auf den Rücken getackert.

Unbehaglich verlagerte Johanna das Gewicht auf dem Stuhl.

Und ausgerechnet jetzt schläft Toni. Wenn mir etwas zustößt, während er ruht, wird er sich das niemals verzeihen…

Ihre Freundin mied ihren Blick, seufzte jedoch gleich darauf ergeben und meinte: »Dein Vater hat mir vorgeschlagen, dich zu besuchen, wenn ich Lust hätte. Er gab mir eure Adresse.«

Johannas Augenbrauen schoben sich perplex nach oben. »Mein *Vater*?«, wiederholte sie. »Gelleroy?«

Taima nickte kräftig.

Äußerst unwahrscheinlich.

In Johannas Bewusstsein läuteten sämtliche Alarmglocken.

Gelleroy würde niemandem meinen Aufenthaltsort verraten und mich damit eventuell in Gefahr bringen. Was will sie hier? Ist sie ein Spitzel?

Prompt betrachtete sie Taima mit anderen Augen.

Was, wenn sie vom Kreis geschickt wurde, um mich auszuspionieren? Geht es um Toni, wollen sie ihn etwa entführen, während ich nicht dort bin, um auf ihn aufzupassen?

Mit sofortiger Wirkung verdreifachte sich ihr Puls und ihre Gedanken begannen, sich um Tonis Wohlergehen zu drehen. Taima schien ihre Unruhe zu bemerken, denn sie hob abwehrend die Hände in die Höhe. »Hey, ganz ruhig, Rotschopf. Ich bin nicht hier, um dir zu schaden. Ich brauche bloß einen Ort, um zur Ruhe zu kommen und mir zu überlegen, wie ich diese Mistsäcke erledigen kann.«

Will sie Zeit schinden? Haben die Toni bereits gekidnappt? Ich muss einen Weg finden, in die Villa zu gelangen, ohne dass Taima mir folgt!

In diesem Moment öffnete sich die Haustür. Taima sprang auf, warf Johanna einen gehetzten – und überraschend verletzten – Blick zu und wollte einen Ausweg finden, doch die eiligen Schritte, die in der Diele erklangen, hatten bereits das Wohnzimmer erreicht.

Johanna seufzte erleichtert auf und schnellte aus ihrem Stuhl in Tonis Arme. »Du bist wach!«, wisperte sie an seiner Brust, ihre Stimme schwer vor Erleichterung.

Er drückte sie fest an sich und drückte einen Kuss auf ihren Scheitel. »Und du warst nicht da«, raunte er. »Als du nicht auf meinen Anruf reagiert hast, habe ich mir gedacht, dass du hier sein könntest. Und da Licht brannte …«

»Warte, er ist keiner von denen?«, mischte sich Taima ein.

Johanna löste sich aus der Umarmung und wandte sich Taima zu. »Nein. Das ist mein Freund, Toni.«

Die Vorsicht wich nicht aus Taimas Zügen. Sie kniff die Augen zusammen. »Und du bist dir *sicher*, dass er nicht zur Organisation gehört?«

»Absolut sicher«, versicherte Johanna ihr. »Ich vertraue ihm und seinem Bruder mehr als jedem anderen auf dieser Welt.«

»Wer ist das, Leonessa?«, fragte Toni. Sein Ton klang zwar ungezwungen, doch Johanna konnte die Anspannung in seinem Arm fühlen, der immer noch um ihre Taille geschlungen war.

»Ich bin Taima Mohave«, stellte sich ihre Freundin vor, machte ein paar Schritte nach vorn und streckte Toni die Hand entgegen. »Ich war mit dem Rotschopf an der *Zeremonie der Befreiung*.«

In Tonis Augen blitzte etwas auf, das Johanna als Achtsamkeit interpretierte. Er nahm die dargebotene Hand und entgegnete: »Toni Cadeesh.«

Taima sah sich um. Ihre Augen flitzten förmlich von einem Fenster zum nächsten, ihre Hände rieb sie betont gelassen aneinander.

Johanna zog die Unterlippe zwischen die Zähne und biss sanft darauf, um nicht vorschnell zu sprechen. Ihre zurück-gekehrten Zweifel lösten sich bei Taimas fahrigem Gebaren nach und nach in Luft auf.

»Cool, also… Ich sollte vielleicht lieber gehen.« Mit diesen Worten umrundete sie Johanna und eilte auf die Tür zu.

Diese verdrehte die Augen und hielt Taima an der Leder-jacke fest. »Warte«, bat sie.

Taimas gehetzter Blick traf auf ihren eigenen.

»Vielleicht können wir dir ja helfen?«, bot Johanna an.

»Ich weiß nicht, ob das eine gute Idee ist, Rotschopf«, erwi-derte Taima. »Ich kann niemandem mehr vertrauen – vor allem nicht Leuten, die ich nicht kenne.«

Johanna lachte einmal hart auf. »Du kennst mich auch nicht, und trotzdem bist du hierher gekommen.«

»Du trägst deine Emotionen auf deinem Gesicht, Johanna. Du bist ein offenes Buch. Bei dir mache ich mir keine Gedanken«, konterte sie. Ihre Augen wechselten von ihr zu Toni und wieder zurück. »Aber ihn kenne ich nicht.«

Innerhalb einer Sekunde fasste Johanna ihren Entschluss. »Ich möchte dir etwas erklären. Aber dafür müssen wir woanders hin. Kommst du mit?«

Taimas Miene zeigte den inneren Kampf, den sie mit sich ausfocht.

Von wegen, ich trage alle meine Emotionen auf meinem Gesicht.

Schließlich nickte Taima und sagte: »Okay. Aber wenn es mir nicht gefällt, dann lasst ihr mich gehen.«

»Selbstverständlich.«

Johanna räumte hastig die Tassen weg, führte die beiden hinaus und über die Straße zur Villa der Cadeeshs. Während Toni hinter ihnen die Türen verriegelte, versuchte Johanna, einen geeigneten Einstieg für das zu finden, was sie Taima offenbaren wollte.

»Zuerst solltest du wissen, dass Gelleroy nicht mein Vater ist«, begann sie langsam.

Taima zog die Brauen hoch, schwieg jedoch.

»Er ist mein Beschützer. Genauso wie Greta nicht meine Mutter ist, sondern meine Beschützerin.«

»Wow«, sagte Taima beeindruckt. »Dann hattest du dein ganzes Leben lang Beschützer? Was ist mit deinen Eltern?«

Johanna zögerte einen winzigen Augenblick. Dann seufzte sie und führte Taima in Richtung der geheimen Treppe zum Keller.

»Das ist das, was ich dir erzählen möchte. Aber erst, wenn wir unten sind. Dort sind wir sicher vor Abhörgeräten und all dem Kram.«

Toni stieg als Erster die Treppen hinab. Gerade als Johanna ihm folgen wollte, schnellte Taimas Arm vor und sie hielt sie zurück. »Wenn ihr mir dort unten mit dem Kreis aufwartet, dann ...«

Johanna legte ihre freie Hand auf Taimas und schüttelte den Kopf. »Glaube mir, nichts läge uns ferner.« Sie starrten sich an, Johannas Ausdruck ehrlich und fest, Taimas fahrig und misstrauisch.

»Taima«, beschwor Johanna flüsternd, »wir können hier oben nicht frei über das sprechen, was ich dir erzählen möchte. Vor einem halben Jahr wurden im Erdgeschoss Wanzen installiert. Wir haben sie gefunden und zerstört, aber wir sind uns sicher, dass die Organisation trotzdem ihre Mittel und Wege hat, Dinge in Erfahrung zu bringen, die innerhalb dieser vier Wände ausgesprochen werden.«

Langsam zog Taima ihre Hand von Johannas Arm zurück und nickte. »Aber ich verlasse das Haus, sobald mir etwas nicht ganz koscher vorkommt«, betonte sie, bevor sie die Treppe hinabstieg.

Ihr bester Freund erwartete die beiden bereits im Serverraum. Dieser Raum war zu allen Seiten von summenden Rechnern flankiert, doch in der Mitte war ein quadratischer Metalltisch platziert worden. Toni hatte einige Dokumente zur Seite geschafft und an ihrer statt die Unterlagen ausgelegt, die auch Johanna zu Beginn ihrer Suche ausfindig gemacht hatte.

Er wartete nicht länger ab, sondern startete direkt in eine erste Erklärung. »Das, was dich am meisten interessieren wird, ist, dass Johanna für uns – also meinen Bruder Adam und mich – den *Kreis der Begnadeten* infiltriert.«

Taima zog die Brauen hoch und bedachte Johanna mit einem skeptischen Seitenblick. »Wieso solltest du das tun? Diese Leute sind verrückt. Sich da hineinzuwagen und nur so zu tun als ob, das ist Selbstmord.«

Johanna lächelte grimmig. »Weil sie Adam und Toni unbedingt als Versuchskaninchen haben wollen – wir wissen allerdings nicht, wieso. Und weil ein Mitglied der Organisation den Mord an meinen Eltern nach meiner Geburt befohlen hat.«

In Taimas Augen trat ein Ausdruck, den Johanna als Mitgefühl erkannte.

»Ich will wissen, wieso meine Eltern ermordet wurden und wer hinter dem Befehl steckt«, fügte sie mit stahlharter Stimme hinzu.

»Und deine Beschützer?«, warf Taima ein. »Wissen die nichts darüber?«

Toni und Johanna schüttelten gleichzeitig den Kopf. »Wir können sie nicht miteinbeziehen«, gab sie zurück. »Sie wissen nicht, dass ich weiß, wer sie in Wahrheit sind. Sie haben sich als meine Eltern ausgegeben, und sie denken, dass ich das weiterhin annehme.«

»Und dabei muss es auch bleiben«, verdeutlichte Toni. Er stützte sich mit den Händen auf die Tischkante und sah Taima ernst an. »Es ist essenziell, dass Greta nicht erfährt, dass Johanna Bescheid weiß.«

»Wieso?«

»Weil sie dem CEO, Thorn Borthertorn, treu ergeben ist.«

Taima schnalzte mit der Zunge. »Das macht die Sache verzwickt.«

Johanna nickte. »Unser Plan war, mich in den *Kreis der Begnadeten* einzuschleusen, indem ich die *Zeremonie der Befreiung* bestehe und ihnen beitrete.«

»Was ja super geklappt hat«, ergänzte Taima zynisch, und betrachtete die Dokumente auf dem Metalltisch.

Toni fuhr fort: »Jetzt liegt das Hauptaugenmerk darauf, dass Johanna Informationen besorgt – darüber, was das langfristige Ziel der Organisation ist, und wer die Morde an ihren Eltern befohlen hat.«

»Vornehm, wie du die Angelegenheit um deine Persönlichkeit nicht erwähnst«, bemerkte Taima sarkastisch und feixte.

Tonis Augen blitzten stählern auf. »Johannas Wohlergehen hat für meinen Bruder und mich die oberste Priorität. Wenn das im Umkehrschluss heißt, dass sie diese spezifischen Informationen nicht bekommt, dann sei es so.«

Sie drehte sich zu Johanna um, deutete mit dem Daumen über die Schulter und riss bedeutungsschwanger die Augen auf, während sie grinste. »Da hast du dir aber einen Dramaking angeschafft, Rotschopf.« Das Lächeln verschwand, sie wandte sich erneut dem Tisch und Toni zu und studierte die ausgebreiteten Unterlagen.

Johanna trat neben Toni und sie schwiegen, bis Taima das Wort ergriff. »Und ihr wollt jetzt, dass ich euren unsinnigen Plan unterstütze?«

Umgehend verneinte Johanna mit einem Kopfschütteln. »Du kannst tun und lassen, was du möchtest. Ich wollte dir nur klarmachen, dass wir für dich da sind – egal wofür. Auch wenn es den *Kreis der Begnadeten* betrifft.«

Ihre Freundin runzelte die Stirn und betrachtete eines der Dokumente derart intensiv, dass klar wurde, dass sie in Wirklichkeit scharf nachdachte. Nach wenigen Sekunden sah sie auf und fand Johannas Blick. »Das ist nett von euch, wirklich«, sagte sie. Gleich darauf schüttelte sie den Kopf und seufzte schwer. »Ich werde meinen Weg finden – aber ich werde mich niemals als Versuchskaninchen benutzen lassen.« Ihr Blick wanderte zu Toni hinüber. »Was mich zu der Frage bringt: Wieso will dich die Organisation unbedingt haben?«

»Weil ich … gewisse Fähigkeiten besitze, die diese Geier mir am liebsten vom nackten Fleisch klauben würden«, wich Toni aus.

Johanna griff nach seiner Hand und er verschränkte ihre Finger ineinander.

»Schon gut«, erwiderte Taima und machte eine wegwerfende Geste. »Ich bohre nicht weiter in deinen Angelegenheiten. Danke, dass ihr offen mit mir wart.« Sie zögerte einen Augenblick, doch dann fragte sie: »Ihr habt nicht zufällig ein Wegwerfhandy, das ich mitnehmen könnte? Ich meide die Zivilisation, so gut ich kann, aber so ein Handy könnte ganz nützlich sein.«

Toni nickte stumm und verschwand aus dem Serverraum. Sofort wandte Taima sich an Johanna und flüsterte: »Wenn du Neuigkeiten hast, schreib mir. Ich werde umgekehrt dasselbe tun.«

Johanna nickte. Es schmerzte sie, dass die Amerindian nicht hierbleiben würde. Sie hätte sie gern in Sicherheit gewusst.

»Wohin wirst du gehen?«, wollte sie wissen.

Taima grinste. »Wohin der Wind mich trägt, Rotschopf.«

In diesem Moment kehrte Toni mit einem Smartphone zurück, welches genauso aussah wie das von Johanna.

»Das hier ist gegen alle Arten von Abhörtechnologie abgesichert«, sagte er und drückte es ihr in die Hand. »Johannas und meine Nummer sind eingespeichert«, fügte er hinzu und reichte ihr ein Ladekabel und ein schwarzes Etwas, das aussah wie eine klappbare Solarzelle.

»Was ist das?«, wunderte sich Johanna laut.

Er lächelte dünn und deutete darauf. »Das ist ein Solarladegerät. Ich denke mal, das ist dir da draußen nützlicher als eines für die Steckdose.«

Taima nickte. »Echt abgefahren, danke!« Sie wandte sich erneut an Johanna. »Könnte ich dich um einige Ersatzklamotten bitten? Und vielleicht ein wenig Essen?«

»Klar«, antwortete Johanna und bedeutete Taima, ihr nach oben zu folgen.

Während sie Taima einige Klamotten in einen alten Rucksack packte, unternahm Johanna ihr bestes, um die aufsteigende Unruhe zu vertreiben.

Sie wird schon klarkommen. Ihr wird nichts geschehen.

Mechanisch zupfte sie ihren Schlafsack von unter dem Bett hervor und legte ihn neben den Rucksack.

Und hier kann sie auch nicht bleiben... Wir würden uns zur Zielscheibe machen und alles verraten, wofür wir so hart gearbeitet haben.

Seufzend zückte sie ihr Portmonee und zog kurzerhand alle Scheine daraus hervor, die darin steckten. Auch das Münzgeld ließ sie in die vordere Tasche des Rucksacks prasseln.

Mit einem überwältigenden Schuldgefühl im Magen machte Johanna sich auf den Weg in die Küche, wo Taima und Toni gerade dabei waren, Sandwiches zuzubereiten und in Backpapier zu wickeln.

»Hier.« Johanna ließ Rucksack und Schlafsack auf das Sofa sinken. »Ich habe auch noch Bargeld ins vordere Fach getan.«

Taima kam auf sie zu und umarmte sie, in einer Hand immer noch das Buttermesser. »Danke«, wisperte sie.

Johanna schüttelte den Kopf und löste sich von ihr. »Nicht dafür.«

Wirst du klarkommen?, wollte sie fragen. *Werde ich dich wiedersehen?* Mit einem Mal realisierte sie, dass sie noch nie eine Freundin gehabt hatte, die ihr Geheimnis kannte – oder es gar teilte. Taima jetzt ins Ungewisse zu entlassen, kam Johanna vor, als würde sie diese den Wölfen zum Fraß vorwerfen. Ihr Magen zog sich bei diesem Vergleich beunruhigt zusammen.

Toni trat zu ihnen und legte die Sandwiches oben in den Rucksack. Anschließend plünderte er der Kühlschrank, legte Gemüse und Obst bereit und sogar eine Packung Frühstücksspeck. »Den hier wirst du spätestens morgen machen müssen.

Aber danach kannst du die Streifen trocknen lassen und so über die Tage hinweg essen«, erklärte er nebenbei.

Taima steckte die Nahrungsmittel sorgfältig in den Rucksack, dann schob sie sich diesen auf den Rücken. Sie griff nach dem Schlafsack und bat Johanna, diesen am oberen Henkel des Rucksacks festzuzurren. Derweil Johanna der Bitte nachkam, meinte Taima beinahe fröhlich: »Hey, zieh nicht so ein Gesicht. Ich schreibe dir ab und zu, okay? Und vergiss nicht, ich bin naturverbunden aufgewachsen – ich finde meinen Weg.«

Eine letzte, enge Umarmung, und Taima marschierte aus der Terrassentür über die Wiese in den Wald. Johanna starrte an die Stelle, an der ihre Freundin in den Wald gehuscht war.

Ist das ab jetzt mein Leben? Zum Alleinsein verdammt, alle, die ich mag von meiner Seite gerissen?

Nachdenklich zog sie die Arme enger um sich.

Es ist doch nur eine Frage der Zeit, bis auch Toni mich verlässt ...

Ein Arm schob sich um ihre Taille und Tonis warme Stimme riss sie aus ihren Gedanken. »Taima schafft das. Und ich habe auch schon die ein oder andere Idee, wohin wir sie schicken könnten. Dazu brauche ich allerdings erst noch ein wenig mehr Zeit.«

Mittlerweile war Johanna daran gewöhnt, dass Toni ab und an in Rätseln sprach. Deshalb seufzte sie bloß, wohlwissend, dass er ihr nichts von seinen Plänen offenbaren würde, bis er sichergehen konnte, dass das, was er herausgefunden hatte, Hand und Fuß besaß. Stattdessen lehnte sie sich an ihn und blickte weiterhin stumm auf den Waldrand.

»Willst du mir nicht erzählen, wie es zu ihrem Besuch kam? Oder was ich in den letzten zweieinhalb Wochen sonst noch verpasst habe?« Tonis Stimme war unendlich sanft, und die Finger seiner rechten Hand strichen zärtlich über Johannas

Hüfte, bis das ungute Gefühl in ihrer Magengegend durch ein wohliges, warmes Flattern ersetzt wurde.

»Und wo wir gerade dabei sind…«, raunte er an ihrem Ohr. »Wo bleibt mein Willkommen-zurück-Kuss?«

Mit einem Schmunzeln auf den Lippen drehte Johanna den Kopf so, dass sie Toni anschauen konnte. Sie küsste ihn, und für die Dauer eines entrückten Moments war alles in Ordnung; die Sorge um Taima fiel von ihr ab, die Nervosität vor der Zukunft in der Organisation verpuffte, und sie fühlte sich frei und wohl. Sie wünschte, dass es immer so sein könnte: Ein simpler Kuss und die Welt erscheint in anderem Licht.

18

»Nein, Dad – ich bin nicht störrisch!«

Johanna presste Daumen und Zeigefinger der linken Hand gegen die Stelle zwischen den Augen auf ihrem Nasenrücken und zischte: »Warum ist es zu viel verlangt, ein Studium abschließen zu wollen? *Will* der *Kreis der Begnadeten* keine gebildeten *Berührenden*?«

»Krümelchen…«, begann Gelleroy vorwurfsvoll.

»Nein, nichts Krümelchen! Ich bin erwachsen und ich treffe meine eigenen Entscheidungen! Ich werde dem Kreis nicht beitreten, wenn ich mein Studium nicht bis zum Ende durchziehen darf. Ende der Diskussion!«

Mit einem frustrierten Grollen auf den Lippen beendete Johanna das Gespräch und warf das Smartphone in hohem Bogen aufs Bett – direkt neben Tonis Bein. Er hatte es sich seit seiner Ruhezeit zur Gewohnheit gemacht, ihr nicht mehr von der Seite zu weichen – außer Johanna bat ihn darum.

»Diese unnachgiebige Seite an dir ist unfassbar sexy«, sagte er mit verführerischer Stimme. Das rechte Auge öffnete sich einen Spalt und enthüllte ein neonblaues Schimmern. Die Arme hinter dem Kopf verschränkt, lehnte er gegen die aufgebauschten Kissen. Sein Körper wirkte tiefenentspannt und sie hätte noch vor einer Minute die Hand dafür ins Feuer gelegt, dass er schlief.

Johanna schnalzte entrüstet mit der Zunge und ließ sich neben ihm in die Kissen sinken. Umgehend zog er sie in seine Arme und küsste sie auf die Wange.

»Lass dich nicht von ihnen auf die Palme bringen«, versuchte er sie zu besänftigen.

Schnaubend entgegnete sie: »Ich will mich aber ärgern! Bloß weil *sie* denken, dass ihre Organisation der Nabel der Welt sei, muss ich das nicht auch tun!«

Tonis leises Lachen ließ sie zu ihm aufsehen. »Du denkst, ich übertreibe«, warf sie ihm vor.

Er lächelte und schüttelte den Kopf. »Ganz und gar nicht. Ich finde es tatsächlich überaus erfrischend, wie achtsam du geworden bist.« Sein Blick wanderte verlangend über ihren Körper. Dann seufzte er und fuhr sich mit der linken Hand durch die Haare. »Ich würde dir gern den ganzen Tag dabei zusehen, wie du dich gegen den *Kreis der Begnadeten* auflehnst, Leonessa. Aber leider muss ich dich für ein paar Tage allein lassen.«

»Schon wieder?« Entrüstet studierte Johanna seine Züge. »Du warst doch gerade erst zwei Tage weg.«

Schmunzelnd tippte er ihr mit dem Zeigefinger gegen die Nase und zuckte nebenbei arglos mit der Schulter. »Ich bin eben ein viel gefragter Typ.«

Johanna stieß einen leicht angewiderten Ton aus und rückte von ihm ab. »Und wie lange ist es diesmal?«

Toni nahm ihren Rückzug als Zeichen, um aufzustehen. Er streckte sich, dass die Knochen knackten und seufzte. Sie konnte nicht umhin, seinen athletischen Körper zu bewundern.

»Wahrscheinlich drei bis vier Tage«, meldete er sich, sein Blick amüsiert auf sie gerichtet.

»So lange...« Johannas Augen blieben an der blauen Jogginghose hängen, die Toni heute trug. Einen Moment lang stellte sie sich vor, wie sie zu ihm hinüberrobben, die Hose packen und herunterziehen würde. Sofort schüttelte sie den Kopf, um auf andere Gedanken zu kommen.

»So gern ich mich auf dein Stelldichein einlassen würde: Das muss warten, Leonessa«, raunte er.

Sie sah wieder zu ihm auf, direkt in seine blauen Augen. Ein mittlerweile vertrautes Ziehen und Kribbeln breitete sich in ihrem Bauch aus und brannte sich siedend heiß durch ihre Blutbahnen. Ihre Wangen wurden warm. Mit einem Mal wurde ihr bewusst, dass ihr Mund wie ausgetrocknet war. Sie schluckte leer, ihr Blick zuckte erneut in Richtung seiner Hose. Die Beule war eindeutig größer geworden. Noch mehr Hitze bildete sich auf ihren Wangen und sie taxierte sein Gesicht.

Ein Laut entfuhr Tonis Kehle, halb Stöhnen, halb Knurren. Die eisblauen Iriden schienen zu flackern. Johanna wurde Zeugin, wie sie neonblau zu leuchten begannen. Ihr Herz machte einen letzten, harten Sprung – und begann anschließend zu hämmern.

Ein schriller Alarmton durchschnitt die aufgeladene Stille, die sich zwischen ihnen gebildet hatte. Toni fummelte in der Hosentasche nach seinem Smartphone und ihr Blickkontakt brach in dem Moment, in dem er auf den Bildschirm sah.

Das Gellen verstummte. Toni starrte auf das Gerät, eine Sekunde, zwei… Dann seufzte er schwer und schloss die Lider.

»Ich muss los.« Seine Stimme klang rau wie Sandpapier. Die Augen öffneten sich und er fixierte die nun wieder eisblauen Iriden auf ihr Gesicht.

»Stell keinen Blödsinn an, während ich weg bin«, bat er leise.

Johanna lachte schnippisch auf. »Ich stelle nie Blödsinn an«, stellte sie klar.

Das vertraute Schmunzeln breitete sich auf seinen Lippen aus. »Ich melde mich, sobald ich kann.«

»Das will ich auch hoffen«, gab sie zurück und erhob sich ebenfalls von der Matratze.

Toni schritt in wenigen, großen Schritten um das Bett herum und zog sie an sich. »Versprich mir, dass du vorsichtig sein wirst«, murmelte er.

Johanna vergrub das Gesicht in seinem Shirt, zog tief seinen Geruch ein und schloss die Augen. »Nur wenn du es auch tust.«

Seine Hände fanden den Weg hinauf zu ihren Wangen, umfassten diese und zwangen sie, ihn anzusehen. Langsam, als hätte er alle Zeit der Welt, neigte er den Kopf und küsste sie.

Der Alarm klingelte erneut und Toni zuckte zurück.

»Verdammt!«, zischte er und legte seine Stirn an Johannas. »Ich muss jetzt los, Leonessa.« Seine Hände sanken hinab und er trat ein paar zögerliche Schritte zurück, ganz so, als müsste er sich dazu zwingen zu gehen.

»Schreib mir«, bat Johanna.

Er nickte und verschwand aus dem Gästezimmer.

Johanna hielt den Atem an und blieb reglos stehen. Die Haustür klickte ins Schloss und sie wusste: Sie war allein. Die angehaltene Luft entwich und sie fuhr sich in Gedanken versunken mit Zeige- und Mittelfinger über die Lippen.

Wenn ich mir das eben nicht eingebildet habe, steht Tonis Verlangen nach mir dem meinen um nichts nach...

Ihr Smartphone gab einen Ton von sich und sie drehte sich fahrig zum Bett herum. Eine Weile wühlte sie durch die Bettdecke, bevor sie es fand und die Nachrichten prüfte.

Anonym (08:02): Was an der Forderung *Tritt dem Kreis der Begnadeten bei oder Adam stirbt* geht dir nicht in den Schädel?

Woher...!
Eine zweite Nachricht ploppte auf.

Anonym (08:03): Damit das unmissverständlich klar ist: Tritt bei, oder ich sende dir seinen Leichnam gemeinsam mit dieser hier zurück.

Es folgte eine Fotoaufnahme: Eine behandschuhte Hand hielt den Griff einer Waffe fest umklammert, den Zeigefinger locker über dem Abzug. Mit Pistolenmarken kannte Johanna sich nicht aus, aber sie erkannte zumindest, dass es eine neumodische Schusswaffe war. Silbern reflektierte das Blitzlicht auf dem Lauf, und der Griff wurde von einem dunkelbraunen Material eingefasst.

Jetzt erst registrierte Johanna, dass sie zitterte; eisige Furcht hatte sich um ihre Organe gekrallt. Kalter Schweiß brach auf ihrer Stirn aus und Gänsehaut breitete sich auf ihren Armen aus.

Wie konnte die Person wissen, dass ich mich sträube? Ich habe doch gerade eben erst telefoniert!

Sie zog scharf die Luft ein.

Steckt etwa Greta dahinter?

Ihrer Beschützerin würde Johanna unterdessen so manches zutrauen – dass sie auf unmoralische Mittel zurückgriff, um ihren Schützling in die Klauen des Kreises zu zwingen fiel ebenfalls in diese Kategorie.

Es würde zu ihr passen. Seitdem sie sich weniger Mühe gibt, die Farce aufrechtzuerhalten, habe ich viele neue Seiten an ihr entdeckt – und keine davon hat mich ehrlich überrascht.

In diesem Moment vibrierte ihr Smartphone – diesmal eine E-Mail. Mit gerunzelter Stirn las Johanna den Inhalt.

Sehr geehrte Frau McGibbon,
An erster Stelle: Vielen Dank für das Vertrauen, welches sie dem *Kreis der Begnadeten* und damit mir, dem CEO Thorn Borthertorn, schenken.

Das liest sich wie eine Werbekampagne, stellte Johanna zynisch fest. Ihr Stirnrunzeln vertiefte sich und sie fuhr mit dem Lesen fort.

Wie Sie den Ihnen zugestellten Unterlagen bereits entnehmen konnten, wird jedem Berührenden / jeder Berührenden nach erfolgreichem Eintritt in unsere Organisation ein so genannter Beschützer zugeteilt. Diese Fachkraft wurde vorab von uns für diese lebenslange Aufgabe vorbereitet und ausgebildet. Jedem einzelnen unserer Mitarbeitenden ist vollauf bewusst, dass das eigene Leben stets unter dem eines Berührenden / einer Berührenden steht und jeder von ihnen beschützt den Schützling mit Haut und Haar.

Deshalb sind unsere Auswahlkriterien für eine solche lebenslange Zusammenarbeit äußerst streng – und langwierig.

Unterdessen haben wir jedoch für jeden diesjährigen Neuzugang den perfekten Beschützer gefunden. Um das erste Treffen auf neutralem Grund abzuhalten, laden wir Sie ein, uns im Circle Tower zu besuchen.

Im Anhang finden Sie eine Liste, in welcher Ihr Erscheinungstermin eingetragen ist.

Ich freue mich darauf, sie persönlich Ihrem zukünftigen Beschützer vorstellen zu dürfen.

Hochachtungsvoll,
Thorn Borthertorn
CEO
Organisation für spezifische Heilforschung KdB

Was zur Hölle habe ich da gerade gelesen?

Angewidert überflog Johanna nochmals die E-Mail. Kein Zweifel: Thorn Borthertorn höchstpersönlich hatte ernsthaft eine Rundmail an alle neuen *Berührenden* geschickt, in der er seine Soldaten lobpreiste – und unterschwellig verdeutlichte, dass diese für die Firma austauschbare Ressourcen darstellten.

Sie schnaubte. Abscheu regte sich in ihr. Einer Organisation zugehörig zu sein, die Menschen wie Ware vertickte, stand definitiv nicht auf ihrer Bucketlist. Nur konnte sie daran nichts ändern; sie war bereits Teil davon.

Stolpernd kamen ihre rasenden Gedanken zum Stillstand.

Warte mal... Heißt das, der Kreis will das Schauspiel um Gelleroy und Greta weiterhin aufrecht erhalten und sie als meine Eltern ausgeben? Wurden sie von mir als ihrem Schützling abgezogen? Wen bekomme ich dann statt ihnen? Laut Gelleroy war der Grund für sie beide als Beschützer doch, dass ich besonders potente Fähigkeiten habe... Also muss der oder die Neue ziemlich was auf dem Kasten haben, um mit ihnen beiden mithalten zu können.

Ein hauchzarter Stich in der Schläfe kündigte Johanna an, dass sich dank der ewigen Grübelei letztendlich Kopfschmerzen einstellten.

Resigniert seufzend öffnete sie die PDF-Datei im Anhang und scrollte durch die Liste der Termine, bis sie ihren fand: in zwei Tagen. Hastig tippte sie eine Erinnerung in ihren Kalender und schickte im Anschluss einen Screenshot der E-Mail an Toni weiter. Dann öffnete sie den Chat mit der unbekannten Nummer und antwortete:

Ich (08:24): Ich werde beitreten.

Prompt erschien die Nachricht:

Anonym (08:24): Die einzig vernünftige Antwort.

So langsam gewöhne ich mich an den ständigen Druck, der auf mir zu lasten scheint. Vor ein paar Monaten noch hätte ich an exakt diesem Punkt eine Panikattacke gehabt.

Sie verstaute das Smartphone in ihrer Hosentasche und setzte sich an ihren Computer.

Zeit, eine Exmatrikulation zu planen, frotzelte sie bitter.

19

Ihr Magen schien zu schlingern vor Nervosität. Johanna presste die linke Hand darauf und kontrollierte ihre Atmung, um das Gefühl zu dämpfen.

Ich kann es mir nicht leisten, dass mir jetzt auch noch schlecht wird. Es wird schon schief gehen.

Sie stand zum ersten Mal auf dem offiziellen Firmengelände der Organisation. Flankiert wurde sie von Baracken und Häusern aus massivem Beton. Die einzige Ausnahme bildete das Gebäude direkt vor ihr: Ein gigantischer Glasturm strotzte in den Himmel hinauf, die sonnenbeschienene Seite ein einziger, reflektierender Augenschmerz. Weit oben war gerade noch so das Logo des Kreises in Form eines riesigen Werbeschildes auszumachen: Circle Tower.

Überhaupt nicht protzig, dachte sie sarkastisch. Gleich darauf wurde sie ernst und studierte weiterhin die gläserne Festung der Organisation.

Der CEO muss sich wie ein König fühlen, wenn er dort oben in seinem Büro sitzt und auf seine Soldaten hinuntersieht. Auf die Menschen, die er, ohne zu blinzeln, gegen Passendere austauschen würde.

Um sich von den düster werdenden Gedanken abzulenken fokussierte Johanna den Blick auf den Eingangsbereich, der sich durch die Glasfront abzeichnete. Eine einzelne, hölzern gestaltete Rezeptionskanzel zeichnete sich auf der gesamten Etage ab. Mehrere einzelne Sitzgruppen mit cremefarbenen

Sofas und Sesseln waren aufgebaut worden und ein paar Designer-Topfpflanzen rundeten das Gebilde ab.

Wie aus einem x-beliebigen amerikanischen Streifen, schnaubte Johanna innerlich. *Geschmacklos und über alle Massen distanziert.*

Sie konnte nicht umhin, an diesem Punkt an Greta zu denken, und musste unwillentlich schmunzeln. Ja, ihre Ex-Mutter konnte sie sich in dieser Szenerie nur zu gut vorstellen.

Mit einem leisen Zischen öffneten sich die automatischen Schiebetüren und Johanna betrat den heruntergekühlten Eingangsbereich. Zielstrebig hielt sie auf den jungen Herren zu, der hinter der Rezeption stand und verkündete, sobald sie ihn erreichte: »Mein Name ist Johanna McGibbon. Ich soll mich hier einfinden, um meinem Beschützer vorgestellt zu werden.«

Noch bevor er reagieren konnte, erklang eine Stimme von den Aufzügen her. »Johanna, du bist endlich da!«

Thorn Borthertorn schritt gemächlich auf sie zu, die Arme willkommen heißend ausgebreitet und ein breites Lächeln im Gesicht. Ihm dicht auf den Fersen war kein anderer als Thomas Kon, der Zeremonialmeister des Kreises. Im Gegensatz zu seinem Boss jedoch war seine Miene ernst und verschlossen wie immer und er hatte für Johanna nicht mehr als ein steifes Nicken übrig.

»Schon gut, Joël«, sagte der CEO an den Rezeptionisten gewandt. »Dieses bezaubernde Wesen ist mein Vierzehn-Uhr-Termin.«

Sein Lächeln wurde noch eine Spur breiter, als er sich erneut an Johanna wandte. »Komm, verlieren wir am besten keine Zeit – Thomas hier ist schon den ganzen Vormittag komplett übermütig durch die Flure gewuselt, weil du kommst.«

Sie taxierte die beiden Männer vorsichtig.

Was für einen Grund könnte Thomas Kon haben, aufgewühlt zu sein, wenn ich meinem Beschützer vorgestellt werde? Und was zur Hölle hat der CEO damit zu schaffen?

Ihre bisherigen Recherchen betreffend Thorn Borthertorn hatten kaum verwertbare Resultate erzielt bis auf die karge Ausbeute, die Toni und ihr bereits bekannt war. Aber jedes Mal, wenn sie in die grünen Augen von Melanies Vater sah, erschauderte sie und bekam Gänsehaut. Das war Grund genug, noch tiefer zu graben. Dieser Mann versteckte definitiv etwas vor ihr – vor der Welt. Das sagte ihr ihr Instinkt.

Der CEO führte sie und den Zeremonialmeister zu den Aufzügen zurück. Das Lächeln, das in seinem Gesicht festzukleben schien, bewirkte, dass Johanna sich noch mehr verspannte.

Niemand kann so lange lächeln und dabei nichts sagen.

Als hätte er ihre Gedanken gehört, seufzte er theatralisch und steckte die Hände in die Anzughose. »Also, der Tag des ersten Treffens – bist du aufgeregt?«, wollte er wissen.

Johanna wiegelte den Kopf hin und her. »Na ja, ich weiß nicht, was mich erwartet, von daher bin ich schon ein wenig nervös.«

Sofort zog er die rechte Hand aus der Hosentasche und legte sie ihr vertraulich auf die Schulter. Ein weiterer Schauder ließ sie leicht erzittern.

Borthertorn zeigte keinerlei Anzeichen, dass er es bemerkt hätte. »Keine Sorge«, versuchte er sie stattdessen zu beruhigen. »Das wird toll!«

»Das …«

Hilft mir nicht im Geringsten?!

»Ist gut zu wissen, danke«, schloss sie schnell.

Borthertorn lächelte verschmitzt und zwinkerte ihr zu, derweil sie in den Lift traten und Thomas Kon die Taste für »U10« drückte. Mit einem leisen *Wusch* schlossen sich die Türen und sie sackten hinab in die Tiefe.

Johannas Herz hörte keine Sekunde lang damit auf, wild in ihrer Brust zu hämmern. Sie vermochte nicht zu sagen, was ihr ein derartiges Unbehagen bereitete – das Gekritzel Thomas Kons auf seinem Klemmbrett oder Thorn Borthertorns lässiges Gehabe.

Aus einer spontanen Idee heraus entschloss sie sich, die Sicht zu wechseln. Vielleicht würde sie das beruhigen. Ihre Farbenwelt gab ihr schließlich je länger je mehr das Gefühl von Sicherheit und Kontrolle.

Konzentriert schloss sie für einen Herzschlag die Lider, und als sie sie wieder öffnete, waberten die vertrauten Schlieren um den Umriss des Zeremonialmeisters. Doch wo Thomas Kon von Lila und Blau umgeben war – mit einem Stich ins Rote … war bei Melanies Vater nichts zu sehen.

Der Zeremonialmeister ist auf wissenschaftliche Art neugierig und will mich studieren – das verrät die Kreativität der lila Schlieren und die blaue Logik. Das Rot darin verrät, dass er für die Wissenschaft leidenschaftlich brennt.

Johanna runzelte die Stirn und wagte einen weiteren, verstohlenen Seitenblick auf Borthertorn. Tatsache: Da war gar nichts. Hastig konzentrierte sie sich erneut und wechselte in die düstere Sicht.

Und erstarrte.

Die Gestalt des CEOs war in feste, schwarze Schlieren gehüllt, die um ihn herum quollen wie zähflüssiger Teer. Da war keine Leichtigkeit oder gar ein verspieltes Tanzen von Seelenfäden. Ab und zu zuckten giftig grüne Punkte aus der dichten Masse hervor, doch gleich darauf verpufften sie wie geplatzte Blasen. Seine finstere Silhouette schien mit den zähflüssigen Massen zu verschmelzen und war nicht klar erkennbar.

Also wenn eins sicher ist, dann, dass dieser Mensch von Grund auf böse ist, traf Johanna die schreckliche Erkenntnis. Sie wagte einen weiteren Seitenblick auf Melanies Vater.

Die Höllenfürsten allein wissen, was dieser Mensch für Ziele verfolgt. Eine derartige Dunkelheit habe ich noch nie an einer Person gesehen – selbst bei Adam und Toni nicht.

Das laute *Pling* des Fahrstuhls ließ Johanna zusammenzucken. Rasch wechselte sie in ihre normale Sicht und folgte den beiden hinaus auf einen breiten Gang. Etliche Türen gingen davon ab und Johanna überkam der eigentümliche Eindruck, dass alles hier seltsam vertraut aussah.

Thomas Kon räusperte sich. »Du wirst dich fragen, wieso es hier so aussieht wie bei deiner Prüfung«, sagte er in leisem Ton. »Das liegt daran, dass alle unsere Zentren gleich aufgebaut wurden.«

Der CEO nickte und lächelte begeistert. »Alle Mitarbeiter sollen sich sofort zurechtfinden, egal wo auf der Welt sie gerade für den Kreis arbeiten.«

Johanna horchte auf. *Wenn alle Zentren gleich aussehen, dann wird es für Toni ein Leichtes sein, sie auszuspionieren. Ich muss bloß herausfinden, worin ihre Sicherheitsmaßnahmen bestehen.*

Zum ersten Mal fühlte sie sich ein Stück weit sicherer, weshalb sie zurücklächelte und fragte: »Diese Anlage ist riesig. Wie stellen Sie sicher, dass keine unbefugten Personen hier auftauchen, wie zum Beispiel die Jäger?«

Borthertorn lachte und Thomas Kon schmunzelte.

»Wir verfügen über Wärmebild- und Nachtsichtkameras im Außenbereich, Bewegungs- und Berührungssensoren im Innenbereich sowie Fingerabdruck- und Retinakennung an den wichtigsten Türen«, führte der CEO aus, indes er jeweils einen Finger an seiner linken Hand senkte, als würde er abzählen.

Johanna zog gespielt beeindruckt die Brauen hoch. »Das ist echt viel Überwachungstechnik«, erwiderte sie mit bewunderndem Unterton. Prompt grinste er noch breiter.

Tja, wie soll ich mir da ein Bild machen? Er ist umgeben von der krassesten Düsternis, die ich in den letzten Monaten gesehen habe, spielt aber den absoluten Dummbeutel...

Sie hielten vor einer der Türen und Thomas Kon ließ Johanna den Vortritt. Aufmerksam inspizierte sie ihre Umgebung, während sie eintrat. Der Zeremonialmeister behielt Recht: Dieser Raum sah genau so aus wie der bei ihrer Zeremonie.

»Keine Sorge«, sagte er in beruhigendem Ton. Die Irritation, die sich zu ihrer Nervosität gesellte, schien sich auf ihrem Gesicht abzuzeichnen.

»Heute stellen wir euch einander bloß gegenseitig vor. Erst morgen wird er bei dir einziehen.«

Schockiert starrte sie ihn an. »Bitte *was*?«

Borthertorn machte eine fahrige Geste in Richtung Thomas Kon und schüttelte den Kopf, und jener presste die Lippen zusammen und zog verstimmt die Brauen zusammen.

»Johanna«, begann der CEO, »Beschützer können nur schützen, wenn sie Tag und Nacht an der Seite ihres Schützlings sind. Das verstehst du doch?« Sein Ton war eine Mischung aus Mitgefühl und sanftem Tadel. Als wäre sie ein Kind.

Niemals!

Alles in ihr schrie danach, auf dem Absatz umzudrehen und nie wieder hierher zurückzukehren.

Sie wollen mich ausspionieren, mir meinen Freiraum nehmen... Bis ich einknicke und mich ihren schmutzigen Methoden beuge!

174

Zornig ballte sie die Hände an ihren Seiten zu Fäusten und antwortete drohend: »Ich werde mich nicht vierundzwanzig-sieben von einem völlig Fremden überwachen lassen!«

Ein schwerer Seufzer löste sich aus seinem Mund und er legte theatralisch die Finger seiner rechten Hand an seine Stirn, als würde er um Fassung ringen und scharf nachdenken.

»Jedes *berührende* Mitglied dieser Organisation wird von einem handverlesenen kampfbegabten Mitglied beschützt.« Borthertorn sah auf sie herab. Seine grünen Augen sprühten Funken vor unterdrückten Emotionen. »Und du wirst keine Ausnahme sein, Johanna.«

»Ich habe das Recht auf Privatsphäre!«, stieß sie zischend aus und reckte das Kinn.

Ich werde nicht klein beigeben! Niemals werde ich mich von diesen Leuten in einen goldenen Käfig sperren lassen!

Borthertorns bislang lässige Haltung fiel endgültig in sich zusammen. Seine Miene verformte sich zu einer zornigen Fratze. Die Hände ballten sich zu Fäusten, und er hob eine davon drohend in ihre Richtung. »Genug der Widerworte!«, donnerte seine Stimme durch den Raum.

Thomas Kon räusperte sich kleinlaut und warf mit kaum vernehmbarer Stimme ein: »Er könnte doch im Haus der McGibbons wohnen.«

Ungläubig starrte Johanna den Zeremonialmeister an.

Wenn meine Beschützer meine Eltern wären, würden sie sowas niemals erlauben.

Doch Borthertorn sprang sofort auf die Idee an und zückte kurzerhand sein Smartphone. Die Stille, in der es klingelte, war zum Schneiden gespannt.

»Ah, Greta, meine Liebe«, schwadronierte er. Seine wüten-den Augen trafen auf Johanna und einer seiner Mundwinkel zuckte. Beinahe hätte sie gedacht, dass es Häme war, die da aufgeblitzt war.

»Wir sind auf Gegenwind gestoßen, was den Aufenthaltsort des zugewiesenen Beschützers betrifft.« Er wartete ab, nickte, stieß einen zustimmenden Laut aus. »Meine Rede, Greta, meine Rede.« Ein breites Lächeln erschien auf seinen Zügen und er reichte Johanna das Smartphone. »Für dich.«

Zögernd griff sie nach dem Gerät und hielt es sich ans Ohr.

»Johanna?«

Sie schluckte einmal hart. Die Fingernägel ihrer freien Hand krallten sich so fest in ihren Oberschenkel, dass es weh tat.

»Ja«, bestätigte sie ihre Anwesenheit mit gepresster Stimme.

Greta stieß ein entnervtes Zischen aus.

Nein, nicht entnervt, korrigierte Johanna sich, *hasserfüllt*.

»Du wirst den dir zugewiesenen Beschützer in unserem Zuhause willkommen heißen wie ein zusätzliches Geschwister. Diese Person wird dich dein Leben lang begleiten, also behandle sie auch so.«

Ihre Beschützerin legte auf und Johanna reichte Borthertorn das Smartphone. Ein Stich echter Enttäuschung schmerzte in ihrer Brust.

Wäre sie meine echte Mutter, sie würde nicht zulassen, dass mit mir so umgegangen wird.

Unwillkürlich musste Johanna mit den Tränen kämpfen. Es war töricht gewesen, zu glauben, dass sie in diese Anlage spazieren und Informationen einfordern könnte, nur um am Ende davon zu spazieren, als wäre nichts geschehen. Mit ihrer Unterschrift auf dem Vertrag, den sie vor wenigen Tagen unterschrieben hatte, war ihr gesamtes Leben verkauft worden. Sie, die *Berührende*, hatte nichts mehr zu sagen – sie war als Eigentum an den *Kreis der Begnadeten* übergegangen. Das begriff sie jetzt, da es bereits zu spät war. Adam, Toni und sie waren unfassbar dumm gewesen.

»Dann ist das jetzt geregelt.« Der CEO rieb sich die Hände und wandte sich an den Zeremonialmeister. »Am besten rufen wir ihn herein und bringen es hinter uns, bevor sie sich weitere Gründe ausdenken kann, wieso sie keinen Beschützer haben sollte.«

Thomas Kon nickte, eilte durch den Raum und drückte einen Türöffner an der gegenüberliegenden Wand.

Erst sah Johanna nichts außer nebligem Rauch. Ein eisiger Schauer rieselte ihr der Wirbelsäule entlang und sie versteifte sich. Beunruhigt flackerte ihr Blick zwischen dem Zeremonialmeister und dem Durchgang hin und her.

Das sieht viel zu sehr aus wie die Geburtsstunde eines Terminators, als dass es komisch sein könnte.

Wie auf Kommando trat ein Mann aus dem Rauch und versteifte sich in filmreifer Obacht-Haltung wenige Schritte vor Johanna. Er trug eine dunkelbraune Kampfmontur, und schwarze Stiefel. Die Beulen in den verschiedenen Taschen seiner Kleidung verrieten, dass er bewaffnet war. Seine Haut war braun gebrannt wie die eines Südländers, und seine dunkelbraunen Haare hingen in sanften Wellen über die Stirn. Das Gesicht war scharfkantig geschnitten, mit sinnlich vollen Lippen und braunen Augen, die sie ebenso inspizierten, wie sie ihn.

Thomas Kon nutzte die Stille zwischen ihnen, um zu sagen: »Darf ich vorstellen: Preston Kirk.«

Preston nickte ruckartig zum Gruß und Johanna tat es ihm gleich.

»Preston ist fünfundzwanzig, in Rom geboren und in unseren Kampfzentren aufgewachsen«, leierte Thomas Kon die Informationen herunter.

Johanna stutzte.

Er ist in der Organisation aufgewachsen?

Ein grausiger Verdacht blühte in ihrem Bewusstsein auf.

Bedeutet das, dass der Kreis Babys aufnimmt, um sie für zukünftige Mitglieder zu Kampfmaschinen auszubilden?

Der Zeremonialmeister fuhr fort, indem er das Klemmbrett unter seinen Arm schob und Johanna direkt ansah. »Wenn du mehr über ihn wissen möchtest, frag ihn. Er wird dir alles über sich erzählen, was du wissen möchtest – schließlich werdet ihr die nächsten, sagen wir mal zwanzig, dreißig Jahre zusammen verbringen, wenn es gut für ihn läuft.«

Die letzten Worte trafen auf ihr Bewusstsein und ihr Magen sackte ab. Übelkeit schlängelte sich ihre Speiseröhre hinauf und sie schmeckte Galle. Die Erkenntnis hinter den Worten ließ sie schwanken.

Nicht nur ich bin eine Gefangene des Kreises. Preston und all die anderen Beschützer werden ebenfalls ihr Leben lang im Dienste der Organisation stehen – aber sie werden einer Gehirnwäsche unterzogen, die sie glauben lässt, dass sie ihr Leben für etwas Gutes wegwerfen.

Johanna hob die rechte Hand und sah zu Preston auf, der gut anderthalb Köpfe über ihr aufragte. »Freut mich«, sagte sie mit leicht zittriger Stimme.

Und als Preston ihre Hand nahm und sie schüttelte, auf seinen Lippen der Ansatz eines ersten, warmen Lächelns, wurde Johanna schmerzlich bewusst, dass sie mit diesem neugewonnenen Wissen nicht länger nur Spionin spielen konnte. Sie musste die Organisation um den *Kreis der Begnadeten* zerstören, koste es, was es wolle.

20

Am nächsten Morgen klingelte es in aller Frühe an der Haustür der Villa der Cadeeshs.

Johanna tappte verschlafen in ihrem Pyjama, bestehend aus einem T-Shirt von Adam und Schlafshorts, durch die Eingangshalle und lugte durch den Spion.

»Lass mich rein, es ist eisig hier draußen.«

Wie kann ihm jetzt schon kalt sein? Was macht der Typ erst im Winter?

Sie öffnete die Tür. Vor ihr stand Preston, in khakifarbenen Hosen und schwarzer, matter Lederjacke mit weißem Fell im Aufschlag.

»Danke.« Ohne zu Fragen drängte er sich an ihr vorbei ins Innere der Villa. Preston tat dies mit einer solch selbstbewussten Lässigkeit, dass Johanna die Zähne zusammenbiss vor Wut. Empört stemmte sie die Hände in die Hüfte. »Man fragt erst, ob man reinkommen darf, Blödmann.«

Er winkte ab und lächelte sie an. »Zum Glück brauchen wir das nicht – stell dir vor, du wirst in der Küche dort erdrosselt und ich stehe da draußen, klopfe und frage, ob ich reinkommen darf.« Er lachte über seinen eigenen Witz.

Entnervt verdrehte Johanna die Augen. Dann erst wurde ihr bewusst, dass sie im Pyjama vor ihm stand. Hastig wandte sie sich ab und eilte auf ihr Schlafzimmer zu.

»Ich ziehe mich schnell um. Warte im Wohnzimmer auf mich«, rief sie über die Schulter zurück. »Rumschnüffeln auf eigene Gefahr!«

In ihrem Zimmer angekommen grabschte Johanna hektisch nach ein paar Klamotten und zog sie sich über. Im Anschluss griff sie nach ihrem Smartphone und einem Haargummi, mit welchem sie unterwegs im Flur ihre Haare zusammenband.

Preston sass auf der Couch, die Jacke hängte über der Rückenlehne. Darunter trug er ein weißes T-Shirt, das den muskelbepackten Oberkörper zur Schau stellte. Seine braunen Augen wanderten von Gegenstand zu Gegenstand, sogen deren Anblick auf und schienen sie zu katalogisieren.

Johanna behielt ihn aus dem Augenwinkel im Blick und zückte ihr Smartphone.

Ich (06:53): Mein Beschützer ist bei mir. Ich hoffe, du kommst bald zurück. Lass mich nicht zu lange mit ihm allein.

Toni (06:53): Ich beeile mich, Leonessa. Wie sieht er aus? Ist er wenigstens hässlich, damit ich mir keine Sorgen machen muss?

Ich (06:54): Er sieht ganz gut aus… Wenn man auf Draufgänger steht, denke ich. Ich vermisse dich.

Toni (06:55): Ich vermisse dich auch. Wahrscheinlich bin ich morgen früh wieder bei dir. Halt mir einen Platz in deinem Bett frei.

Er schickte ihr ein Herz hinterher und Johanna schmunzelte trotz des fremden Typs auf der Couch. Gerade wollte sie das Smartphone wegstecken, als eine weitere Nachricht eintraf.

Anonym (06:57): Wer ist er?

Johanna runzelte die Stirn.

Also hatte ich mit meiner früheren Vermutung Recht: Es muss jemand sein, der mir nahe genug steht, um alles über den

Kreis zu erfahren. Aber nicht nah genug, um persönliche Dinge zu wissen; wie zum Beispiel, dass Preston ab heute nebenan wohnen wird.

Ich (06:59): Was geht es dich an. Das hat nichts mit Adam zu tun.

Anonym (07:00): Du täuschst dich. Alles hat mit Adam zu tun. Nur ein falsches Wort, ein dummer Schachzug deinerseits und der Lauf meiner Waffe wird das letzte sein, was Adams Zunge jemals berühren wird.

Zu ihrem Bedauern glaubte Johanna dem oder der Unbekannten aufs Wort. Die halbwegs gute Laune von eben verschwand augenblicklich und machte neuer Furcht Platz. Mit fahrigen Gesten antwortete sie:

Ich (07:02): Das ist mein Beschützer.

Anonym (07:03): Sieh zu, dass er keine Probleme macht.

Und wie bitte soll ich das anstellen?!

Johanna seufzte lautlos auf, steckte das Smartphone in die Vordertasche ihres Pullis und verdrängte die Worte aus ihrem Bewusstsein.

Ich habe echt genug zu tun, da brauche ich keinen zusätzlichen Druck von außen.

Bewusst gelassen trat sie zu Preston heran und fragte: »Und was verschlägt dich so früh am Morgen hierher?«

Er hob den Kopf an und betrachtete sie. »Deine Mutter hat mich gestern Abend gebeten, dich heute rauszuklingeln, damit du bei meinem Einzug ins Haus helfen kannst.«

»Ahh«, machte Johanna und ließ sich neben ihm in einen Sessel sinken. »Hat sie auch gesagt, welches Zimmer?«

»Sie sagte, ich kann deines haben, da du sowieso hier wohnen würdest.«

Schlagartig loderte kalte Wut in ihrem Innern auf und fraß sich durch ihre Magengegend. Ihre Sicht verschwamm, wurde wieder klar und kippte in die düstere Farbenwelt. Nur am Rande bemerkte sie, dass Prestons Umriss weiß wie Schnee schimmerte und ausschließlich winzig kleine graue Schlieren ihn umgaben.

Lange halte ich das nicht mehr aus, tobte sie innerlich. *Ich will diese Hexe zur Rede stellen! Ihr alles an den Kopf werfen, was ich weiß und sie mit ihren eigenen hämischen Worten zur Strecke bringen!*

Wie durch dicken Nebel vernahm sie Prestons Stimme. »Ich möchte dein Zimmer nicht einfach ausmisten. Das erscheint mir respektlos. Deshalb bin ich hier – damit du bestimmen kannst, was wir mit deinen Sachen anstellen.«

Ihre Fingerspitzen begannen zu kribbeln. Die Wut, die sich immer weiter in ihr angestaut hatte über die letzten Tage, drängte sich durch ihre Zellen, wollte hinausgelassen werden und alles im Umkreis von ein paar Kilometern zu Asche verbrennen. Haargenau so, wie sie es tagtäglich in ihren Träumen tat.

Beinahe hätte Johanna nachgegeben. Im letzten Moment riss sie sich zusammen und rammte einen mentalen Riegel vor die verführerischen Bilder, in denen sie Greta all ihren Zorn in Form von schwarzen Schlierenwolken entgegenschleuderte. In Johannas wildester Vorstellung zerfiel ihre Ziehmutter daraufhin zu einem Häufchen Asche.

Sie zwang ihre Zähne auseinander und presste hervor: »Dann lass uns direkt damit anfangen.«

Statt eine Antwort abzuwarten, erhob sie sich und stelzte Preston voran aus der Villa.

Den gesamten Vormittag verbrachten sie damit, Johannas Kinderzimmer zu entrümpeln und die Habseligkeiten zu verpacken, die sie in ihr neues Zuhause mitnehmen wollte. Vieles blieb nicht mehr: die restlichen Klamotten, Bücher und Kleinkram wie ihre alten Tagebücher oder das Fotoalbum aus Kindertagen. Die Möbel brauchte sie nicht, weswegen sie alles so stehen ließ, wie es war. Lediglich die Matratze zog sie ab, warf Laken und Decke in die Waschmaschine und brachte ihrem Beschützer anschließend frische Bettwäsche.

Was sie mehr irritierte, war, dass Preston selbst bloß drei Kartons dabeihatte. Sobald sie Johannas alten Kram in verschiedene Boxen gepackt und er sein Hab und Gut hinaufgetragen hatte, fragte sie: »Das ist alles?«

Er nickte und lächelte entschuldigend. »Wir Beschützer werden darauf getrimmt, so wenig wie möglich an materieller Ware zu besitzen. Auf diese Art ist eine Flucht und ein Neuanfang weniger emotional behaftet und wir können uns voll und ganz auf die Schützlinge fokussieren.« Seine Hand fuhr an seinen Hals und er zog eine Kette unter dem weißen Shirt hervor. »Eigentlich ist das hier alles, was ich überallhin mitnehme: Die Kette wurde zusammen mit mir im Waisenhaus abgegeben. Gehörte wohl meiner Mutter.«

Es war eine filigrane Silberkette mit einem sternförmigen Diamanten als Anhänger. Ein wahres Schmuckstück.

Trotzdem... So wenig an materiellen Besitztümern wie möglich? Total übertrieben... Ist ja nicht so, als müssten wir morgen direkt in ein anderes Land fliehen.

Der Unmut über die Organisation wuchs und Johanna konnte es sich nicht verkneifen anzumerken: »Scheint ganz so, als hätte der Kreis euch Soldaten gut dressiert.«

Preston schob verwirrt die Augenbrauen hoch. Der Blick aus seinen braunen Augen war ehrlich, als er erwiderte: »Ich habe nicht viel vom Leben außerhalb der Organisation erlebt. Deshalb kann ich dir nicht sagen, ob deine Äußerung stimmt.« Er fuhr sich mit der Hand über das Gesicht. »Aber dass ich allen anderen voran einer *Berührenden* dienen darf, die außerhalb lebt, ist abgefahren.« Sein Blick fing den ihren ein und er murmelte verlegen: »Ich hoffe, du zeigst mir, wie man in der Welt hier draußen zurechtkommt, Johanna.«

Innerlich hämmerte Johanna sich das Buch, welches sie in den Händen hielt, gegen den Schädel, um seiner Unschuldsmiene nicht zu erliegen. Äußerlich feixte sie geradezu.

Das ist zu hundert Prozent Teil seiner Ausbildung – er will dich emotional an sich binden, und das so schnell wie möglich!

»Du traust uns nicht besonders, kann das sein?«, fragte Preston. Er widmete sich dem Auspacken seiner Kartons und gab Johanna somit die Gelegenheit, ihre Gesichtszüge unter Kontrolle zu bringen.

»Sagen wir einfach, die Vergangenheit hat gezeigt, dass die Organisation und ich nicht gerade kompatibel sind«, gab sie letztlich zurück.

Irgendetwas an Prestons Charakter störte sie, aber sie vermochte nicht zu sagen, was genau es war.

Es klingelte, und Preston und Johanna fuhren erschrocken zusammen. Seine Augen schnellten von der Zimmertür zum Fenster, danach zu Johanna. »Erwartest du jemanden?«

Sie schüttelte stumm den Kopf.

Sofort ließ er sich in eine gebückte Haltung sinken und bedeutete ihr, auf der Matratze sitzen zu bleiben. Mit leichtfüßigen Schritten näherte er sich dem Fenster von links und warf einen Blick hinaus.

»Da unten steht eine Blondine«, informierte er sie und sah sie fragend an.

»Eine Blondine?«, wiederholte Johanna langsam. Doch nicht etwa… »Melanie?«

Erneut schoben sich seine Augenbrauen nach oben. »*Ich kenne keine Melanie also sieh mich nicht so an du Eule.*«

Es klingelte auf ein Neues. Gleich darauf folgte ein Hämmern gegen die Haustür.

»Johanna! Ich weiß, dass du da bist! Mach auf!«

Eindeutig, vor ihrer Tür stand Melanie Borthertorn.

Johanna schoss vom Bett auf und den Flur entlang, noch bevor Preston »Warte auf mich!« rufen konnte.

Seine Stiefel verursachten einen Höllenkrach, als er ihr die Stufen herab folgte.

Mit einem heftigen Ruck zog Johanna die Haustür auf.

»Das hat ja Ewigkeiten gedauert!«, beschwerte sich Melanie umgehend. Ihre dürre Gestalt war in einen rosafarbenen Parka gekleidet, und elegante, kniehohe rote Stiefel mit weißen Schnürsenkeln zierten die Stelzen, die sie als Beine bezeichnete.

»Ich wollte gerade wegfahren, aber mich hat ein absolut *hässliches* Auto zugeparkt, und da ich jeden hier kenne, der ein Auto fährt, bleibst nur noch …«

Ihre grünen Augen weiteten sich und sie verstummte, als die Schritte hinter Johanna zum Stillstand kamen. Der rechte Arm, an dem eine weiße, plüschige Handtasche baumelte, hob sich und Melanies Hand legte sich melodramatisch auf die Stelle, wo ihr Herz schlug.

Preston trat neben Johanna, verschränkte die Arme vor der Brust und mass Melanie von Kopf bis Fuß mit kritischem Blick.

»Das ist Melanie Borthertorn«, warf Johanna in die Stille zwischen ihnen ein. »Fährst du zufällig ein *absolut hässliches* Auto, Preston?«, fragte sie zynisch.

»Rein zufällig ja«, entgegnete er trocken.

Melanie schien ihre Fassung zurückgewonnen zu haben, denn ein hinterlistiges Glitzern trat in ihre Augen, als sie die Hand ausstreckte. »Freut mich, dich kennenzulernen, Preston–?«

Er ergriff ihre Hand. »Preston Kirk. Johannas neuer Mitbewohner.«

Oh je ... Johanna schüttelte ungläubig den Kopf.

Füttere doch nicht den Troll du Idiot!

»Oh, *tatsächlich?*«, hakte Melanie mit zuckersüßer Stimme nach. Sie warf Johanna einen Blick zu. »Entschuldige, mir war nicht klar, wie schnell sie über ihren Ex hinweg zu sein scheint.«

Es war, als wären Prestons Brauen hoch oben über seinen Augen festgetackert worden. Auch er begutachtete Johanna mit einem knappen Seitenblick, bevor er fragte: »Ex?«

Melanie schlug sich gespielt ertappt die Hand vor den Mund. »Oh nein. Das tut mir leid Johanna. Ich wollte nicht ...«

Johanna winkte müde ab. »Kein Ding.«

Sie ließ die Hand sinken und lächelte. »Ist ja nicht so, dass es ein Geheimnis wäre, oder?« An Preston gewandt fuhr sie fort: »Ihr Ex ist von einem auf den anderen Tag spurlos verschwunden. Nicht einmal sein eigener Bruder weiß, wo er hin ist.«

»Ganz toll, mh-hmm«, bemerkte Johanna sarkastisch.

Preston lehnte sich an den Türrahmen und sie erkannte, dass er ein Schmunzeln unterdrücken musste. Amüsiert sah er sie an. »Warum weiß ich nichts davon, *Schatz?*«

Würg!

Johanna feixte. »Weil ich bereits ein Leben hatte, bevor *du* hineingetrampelt bist«, gab sie zuckersüß zurück.

Blödmann!

Auf Melanies Zügen breitete sich ein fieses Grinsen aus. Doch anstatt dass sie weiterhin Gift versprühte, äußerte sie: »Es tut mir wirklich leid, diese fundamentale Unterhaltung zu stören – die ihr definitiv zu Ende führen solltet, sobald ich weg bin. Aber ich muss echt los und das Auto ...« Sie fabrizierte eine machtlose Geste über ihre Schulter, die ihren Wagen und die Straße mit einschloß.

Tatsächlich: Vor dem roten Cabrio parkte ein brauner, uralter VW Golf, von dessen Stoßstangen der schwarze Lack abblätterte.

Wie Preston es geschafft hatte, in die schmale Parklücke zu manövrieren, war Johanna schleierhaft.

Mit einem erheiterten Schnauben stieß Preston sich vom Türrahmen ab. »Ich fahre schnell ein Stück vor, dann kannst du raus«, meinte er.

Aus der Lücke muss er doch komplett rausfahren. Das schafft das Biest niemals mit den paar Zentimetern zusätzlich.

Melanie schwang auf dem Absatz herum, fasste Preston am rechten Arm und hing daran, bis er in seinen Wagen gestiegen war. Sie lachte laut auf, als er etwas sagte, und als sie endlich in ihrem eigenen Auto sass und davonbrauste, hatte Johanna starke Kopfschmerzen aufgrund des offensichtlichen Spiels, welches das Biest versucht hatte zu fingieren.

Preston schlenderte aufs Haus zu und grinste breit da er Johanna erreichte. »Die war ja schräg«, sagte er. »Aber ihr Vater ist genau so, also wundert mich das nicht wirklich.«

Endlich fiel der Groschen. Johanna begriff, was genau an ihm sie dermaßen störte: Preston war *zu nett.*

Am besten ich packe den Stier bei den Hörnern. Lieber kläre ich jetzt gleich die Fronten, anstatt in ein, zwei Jahren ein böses Erwachen über seinen wahren Charakter zu bekommen.

Sie verzog die Mundwinkel nach unten und winkte ihn herein, dann schlug sie die Tür zu und fragte hart: »Wieso tust du die ganze Zeit so höflich?«

Seine Reaktion bestand darin, dass er perplex entgegnete: »Wie bitte?«

Der altbekannte Zorn kehrte zurück, und Johanna verschränkte demonstrativ die Arme vor dem Körper. Sie ruckte mit dem Kopf in Richtung der geschlossenen Haustür und führte aus: »Du hast sie nicht abgewimmelt, als sie dich genervt hat. Nein, du hast zugelassen, dass sie sich an deinen Arm klammert wie ein Affe.«

Seine Augenbrauen wanderten in die Höhe, doch er schwieg. Also fügte Johanna hinzu: »Und zu mir bist du auch supernett – obwohl ich keinen Hehl daraus mache, dass ich dir und deinen ach so tollen Kameraden kein Wort glaube, das mit dem Kreis zu tun hat.«

Prestons rechte Hand wanderte an seinen Mund und er rieb mit Zeige- und Mittelfinger über die Unterlippe, doch Johanna identifizierte das Zucken seines Mundwinkels als unterdrücktes Lächeln.

»Es scheint ganz so, als hättest du ein ganz klar falsches Bild von uns Beschützern«, antwortete er und sah sie an. »Wir werden vom Kreis nicht zu emotionslosen Kampfmaschinen modelliert. Im Gegenteil: Da wir dazu ausgebildet werden, eine beratende Rolle für einen anderen Menschen anzunehmen, sind Feinfühligkeit und Respekt ein Muss. Ein Kämpfer kann sowohl gefühlvoll als auch kraftvoll agieren, das Eine schließt das Andere nicht aus.«

Hmmm... Dann bildet Greta wohl die Ausnahme von der Regel.

Sie studierte stumm sein Gesicht und wollte bereits die Treppen in den ersten Stock hinaufsteigen, als Prestons Hand sich auf ihren rechten Arm legte. Sie stolperte ein paar Schritte zur Seite, um seiner Berührung zu entkommen, und funkelte ihn böse an.

»Fass mich nie wieder an!«, zischte sie mit stahlharter Stimme.

Unverzüglich hob er die Hände auf Schulterhöhe. »Entschuldige. Ich war nur noch nicht fertig.« Ohne abzuwarten, was sie zu sagen hatte, fuhr er fort: »Seitdem ich an der Ausbil-

188

dung zum Beschützer teilgenommen habe, wurde mir einge-
bläut, dass die Treue eines Beschützers beim Schützling liegt.«

Johanna horchte auf.

Interessant… Aber das kann genauso gut eine Falle sein.

Preston zuckte verlegen mit der linken Schulter, ließ die
Hände sinken und schmunzelte. »Deswegen wäre es echt cool,
wenn wir irgendwann miteinander auskommen könnten.«

Unwillentlich lachte sie zynisch auf. »Ja klar.«

Innerhalb eines Wimpernschlags änderte sie ihr Vorhaben.
Sie rauschte an ihm vorbei, riss ihre Jacke vom Haken in der
Diele und zerrte die Haustür auf. Dort blieb sie wie angewur-
zelt stehen. Langsam drehte sie das Gesicht in seine Richtung
und meinte: »Du wirst mich in meinem Zuhause allein lassen,
hast du mich verstanden? Ich schreibe dir oder rufe dich an,
wenn etwas sein sollte.«

Mit einem bitteren Geschmack auf der Zunge stürmte sie
hinaus und knallte die Tür ins Schloss.

*Was für ein Spiel wird hier gespielt? Die Organisation kann
mir unmöglich einen Beschützer zur Seite gestellt haben, der
den Auftrag bekommen hat, so überzeugend wie möglich den
Naivling zu mimen, sodass ich es auf jeden Fall durchschaue!*

Johanna war bereits einige Schritte weit weg, als sie Prestons schwere Stiefel hinter sich auf dem Gehweg hörte. Ihre
Nerven hingen am seidenen Faden. Sie wollte einfach nur noch
nachhause und in Ruhe darüber nachdenken, was der *Kreis der
Begnadeten* vorhatte.

Ein Smartphone schob sich an ihrem Ellbogen vorbei.
»Deine Nummer«, murmelte Preston in ihrem Nacken.

Wütend auf sich selbst riss Johanna ihm das Gerät aus der
Hand und hackte die Zahlen ein, ließ es anschließend einmal
klingeln und gab es ihm zurück. Sobald er danach gegriffen
hatte, brauste sie davon.

21

»Und du bist dir sicher, dass das der Weg ist, den du gehen willst?«, fragte Toni erneut.

Er war überraschend letzte Nacht zurückgekehrt und hatte sich derart lautlos in ihr Bett geschmuggelt, dass Johanna davon nichts mitbekommen hatte.

Johanna ließ ihren Hinterkopf gegen die Stuhllehne sinken und suchte seinen Blick. Die eisblauen Augen musterten sie eingehend. Er lehnte mit der Schulter gegen den Türrahmen des Gästezimmers und hatte die Arme in den Hosentaschen vergraben. Sein frisch gewaschenes blondes Haar fiel ihm in die Augen und gab ihm dieses typisch verwegene Aussehen, das die Blicke und Herzen der Frauen auf sich zog.

»Ja, das bin ich«, gab sie verspätet zurück. »Und egal wie oft du noch fragst, meine Entscheidung wird sich nicht mehr ändern.«

»Ich will nur sichergehen, dass du dir der Folgen ganz genau bewusst bist.«

Sie wandte den Blick ab und stierte stattdessen auf ihre letzte Hausarbeit, die sie jemals für die Uni erledigen würde.

»Das bin ich«, erwiderte sie in ruhigerem Ton.

Das Rascheln von Stoff verriet ihr, dass Toni sich vom Türrahmen abgestoßen hatte. Seine Schritte kamen näher, und kurz darauf lag seine linke Hand auf ihrer Schulter.

»Und du machst das nicht bloß, weil du Adam wiederfinden oder uns beide retten willst?«, hakte er sanft nach.

Johanna sah auf. »Nein«, versicherte sie ihm wahrheitsgemäß. »Ich will das Ausmaß meiner Fähigkeiten begreifen
und sie kontrollieren lernen. Dass ich dabei mit diesen Leuten
zusammen arbeiten muss, ist mir zwar zuwider, doch es ist das
kleinere Übel, welches ich bereit bin, einzugehen.«

Seine Finger strichen ihrem Hals entlang zu ihrer Wange.
»Und den Mord an deinen Eltern willst du immer noch
klären?«

Stumm aber fest entschlossen nickte sie.

Toni lächelte, beugte sich herab und küsste ihre Lippen. Im
Anschluss trat er zurück und meinte: »Leider habe ich bezüg-
lich Adams Aufenthaltsort noch keine Neuigkeiten. Was die
Organisation betrifft allerdings schon.«

Johannas aufgewühltes Herzklopfen durch den Kuss legte
bei diesen Worten noch an Tempo zu. Sie folgte Toni, der
bereits auf dem Weg in den Keller war. Er öffnete die verbor-
gene Tür, ließ sie vor ihm hindurchtreten und folgte ihr stumm
in Adams Serverraum. Auf dem Metalltisch standen etliche
Kisten voll mit Dokumenten und Berge von Büchern gestapelt,
die Johanna und Toni in den letzten Monaten zusammengetra-
gen hatten.

Toni schritt um den Tisch herum und öffnete eine Mappe, in
der verschiedene Papiere lagen.

Johanna hielt es nicht länger aus. »Was hast du herausgefunden?«

Mit seinen langen Fingern griff er nach einem Foto, legte es
auf die Tischplatte und grinste. »Ich habe eine Basis der Jäger
ausfindig gemacht.«

Perplex blinzelte Johanna. Sie starrte ihren besten Freund
an. »Und wie hilft uns das in Bezug auf die Organisation?«,
verlangte sie zu wissen.

Das Grinsen in seinem Gesicht verbreitete sich. Eindeutig
selbstgefällig legte er seine Handflächen auf das Metall. »Die

Jäger sind nicht das, was wir bislang glaubten«, informierte er sie.

»Was–«, wollte sie auffahren, doch Toni bedeutete ihr mit einer Geste, abzuwarten. Sofort schloss Johanna den Mund.

»Diese Leute…« Er legte die Fingerkuppe seines linken Zeigefingers auf das Foto. »Sind nicht unsere Feinde.«

Heillos verwirrt runzelte Johanna die Stirn. Was hatte das nun wieder zu bedeuten? Sie war ihr Leben lang davon ausgegangen, dass die Jäger, wie sie genannt wurden, *Berührende* aus dem Alltag heraus raubten und sie wer weiß wohin brachten – oder schlicht umbrachten. Sie waren die ärgsten Feinde des *Kreises der Begnadeten* – trainierte Killermaschinen –, und Johanna war mehrfach von Gelleroy vor ihnen gewarnt worden, seitdem sie bei der *Zeremonie der Befreiung* gewesen war.

Zum ersten Mal betrachtete sie das Foto genauer. Darauf abgelichtet waren drei Männer und eine Frau, alle in entspannter Pose miteinander diskutierend. Sie alle trugen Jeans, T-Shirts und Sneakers. Sie schienen gelassen eine Straße entlang zu schlendern.

Johannas Augen wanderten vom Foto zu Tonis Gesicht. Er studierte ihre Züge und bevor sie ihn fragen konnte, was es mit diesen Leuten auf sich hatte, erklärte er: »Zwei dieser Menschen sind *Berührende*.«

»Wie bitte?«, entfuhr es ihr scharf.

Toni nickte. »Die anderen beiden sind Jäger. Der hier…« Er tippte mit dem Finger auf den Mann rechts außen, gleich darauf auf den, mit dem die Frau diskutierte. »Und der.«

Johanna musterte die beiden abgelichteten Männer. Keiner von ihnen trug eine sichtbare Waffe oder sah sich aufmerksam um.

Nein, sie sehen komplett tiefenentspannt aus. Aber wie ist das möglich?

»Du fragst dich jetzt, wie das sein kann, habe ich Recht?«
Tonis Stimme war sanft und einfühlend, und Johannas Kopf
ruckte hoch, damit sie ihn ansehen konnte.

»Sollten diese Jäger nicht besser auf der Hut sein?«, stellte
sie die Gegenfrage. Sie runzelte zweifelnd die Stirn. »Ich
meine, die Organisation könnte jeden Moment auftauchen und
sie angreifen, also wieso sind sie alle so … locker?«

»Sie müssen niemanden fürchten«, berichtigte Toni in neutralem Ton. »Die Jäger haben alle Register gezogen, was die
Identitäten der *Berührenden* angeht.«

Johanna sog scharf die Luft ein. »Sie haben ihnen neue
Identitäten gegeben?«

Tonis Kopf neigte sich ein wenig zur Seite. »Nicht nur das.
Sie alle sind auf andere Kontinente umgezogen, veränderten ihr
Aussehen so weit wie möglich – manche haben sogar einen
entsprechenden chirurgischen Eingriff hinter sich.«

»Woher weißt du das alles?«, forderte Johanna.

Er zuckte mit den Schultern. »Ich habe mich in den letzten
Monaten eingehend mit ihnen beschäftigt.«

»Wie? Du warst doch andauernd weg«, warf sie ein.

Tonis Grinsen wurde unsicher, seine Augen jedoch blieben
fest auf sie gerichtet. »Das war ich. Deswegen.«

Vor Verblüffung sackte Johannas Kiefer herab. Leise Ent-
rüstung meldete sich in ihrem Bewusstsein. »Du hast mich
angelogen? Jedes Mal, wenn du an ein *Event* gegangen bist,
warst du in Wahrheit woanders?«

»Nein«, entgegnete er und hob den Finger selbstgefällig in
die Luft. »Nicht *jedes Mal.*«

Zornig zischte sie: »Wie oft?«

Der letzte Rest seines Grinsens fiel in sich zusammen. Mit
zusammengezogenen Brauen musterte er sie und erwiderte
dezent eingeschnappt: »Ich tue das alles hier für uns, ja. Für
dich, für Adam. Ein wenig mehr Anerkennung wäre nett.«

Schnaubend verschränkte sie die Arme vor der Brust. »Du willst Anerkennung dafür, dass du mich regelmäßig *belogen* hast?«, spie sie ihm sarkastisch entgegen.

»Nein. Nein, das war scheiße von mir«, lenkte er ein.

»Ach was.«

Seine Augen glommen hell auf und er brummte verstimmt: »Willst du die Neuigkeit jetzt hören oder nicht, Leonessa?«

So bissig wie möglich erwiderte sie: »Natürlich will ich.«

Einen Moment lang herrschte Stille im Raum. Dann seufzten sie beide auf und Toni fuhr sich fahrig durch die Haare.

»Entschuldige«, murmelte er. »Darüber, wie beschissen ich gerade war, und dass ich dich angelogen habe, reden wir im Anschluss, okay?«

Johanna nickte stumm, was er als Zeichen zum Fortfahren nahm. »Also, was ich sagen will, ist, dass die Jäger keineswegs schlecht sind. Soweit ich in Erfahrung bringen konnte, haben sie niemals auch nur ein Ziel umgebracht oder verschleppt. Sie arbeiten vorab mit jeder Person zusammen, die gerettet werden soll, nehmen Kontakt auf und klären sie über die Folgen einer solchen Rettung auf.« Seine Hände fuhren über sein Gesicht. »Diese Leute sind wohl eher Retter als Jäger, wenn du mich fragst. Sie ermöglichen den *Berührenden* ein normales, selbstbestimmtes Leben ohne das Stalking und die Diktatur der Organisation.«

Die eisblauen Iriden seiner Augen strahlten hoffnungsvoll, als er hinzufügte: »Ich dachte, vielleicht könnten wir Kontakt aufnehmen… Nachdem wir alles an Informationen haben, was wir brauchen – du weißt schon …«

In Johannas Verstand klickte es und sie begriff. Toni wollte sie, jetzt ebenso eine *Berührende*, vor dem Einfluss der Organisation bewahren, indem die Jäger sie fortschaffen sollten – in ein komplett neues Leben. In Anbetracht des Umstands, dass sie bereits von ihrem Beschützer bewacht wurde, eine dringliche Angelegenheit.

Unwillkürlich schoss ein scharfer Schmerz durch ihre Brust. Sie fühlte sich zurückgestoßen – und verraten. Trotzdem; möglicherweise hatte sie ihn falsch verstanden, hatte etwas komplett fehlinterpretiert. Johanna leckte sich über die trockenen Lippen, suchte nach der korrekten Formulierung – fand aber keine. Deshalb entschied sie sich für: »Aber was ist mit dir? Und mit Adam?«

Toni senkte die Lider und brach den Blickkontakt ab. Er senkte den Kopf, sodass sie sein Gesicht nicht länger sehen konnte. Nichtsdestotrotz nahm sie die plötzliche Anspannung wahr, genauso wie die Tatsache, dass seine Finger sich in die Kante des Metalltischs gruben, sodass die Knöchel weiß hervortraten. Ein ungutes Gefühl breitete sich in ihrer Magengegend aus.

»Wir würden hierbleiben«, raunte er.

Ein weiterer Stich zuckte durch ihr Herz und ihr wurde leicht schwindelig. »Aber–«

»Nein, Jojo«, unterbrach er sie und riss den Kopf hoch, sodass er sie ansehen konnte. Pure Qual stand in seinen Zügen. Johanna schluckte schwer und stellte fest, dass sich ein dicker Kloß in ihrem Hals festgesetzt hatte.

»Adam und ich, wir sind zwei verlorene Seelen auf dieser Welt, die es nicht wert sind, gerettet zu werden«, fuhr er düster fort. Seine Iriden brannten inzwischen in hellem Neonblau, und Johanna kniff die Augen zusammen. Sobald sie die Meinung hinter seinen Worten verstanden hatte, mischte sich Wut in den Schmerz der Zurückweisung.

Toni verzog die Lippen zu einer Grimasse und starrte auf einen Punkt weit über ihrem Kopf. »Wir würden dich aufgeben, damit du ein normales Leben führen könntest.«

Sie schnaubte. »Ihr seid so dumm.«

Überraschung machte sich auf seinem Gesicht breit.

»Du und Adam seid schon so lange auf dieser Welt, aber wenn es um meine Sicherheit oder meine Person geht, dann seid ihr strohdoof. Ihr plant diese ganzen Dinge, du gehst hinter meinem Rücken Risiken ein, um mir zu helfen – aber hast du mich jemals gefragt, ob ich diesen Weg überhaupt einschlagen will?«

Sie ließ die Worte einen Moment lang wirken, bevor sie meinte: »Ich will euch nicht verlassen. Niemals. Weder dich noch Adam. Und ich werde ihn niemals aufgeben, nur dass du es weißt.«

»Leonessa… Jojo…« Toni schien sichtlich mit sich zu kämpfen. Sie ließ ihm diesen Moment, den er offenbar benötigte, um sich wieder zu sammeln. Er sah auf und traf auf ihre Augen. Mit schmerzverzerrter Miene sagte er: »Wir werden nie das Zeitliche segnen. Aber du… Du wirst ein normales … *sterbliches* Leben führen.«

Der Klumpen in ihrer Kehle verdickte sich und wurde bitter. Johanna schluckte mühsam um ihn herum, bemüht um ein gewisses Mass an Gleichgültigkeit. »Dann finden wir einen Weg, das auszugleichen. Wie gesagt: Ich gebe nicht auf. Nicht, wenn es um euch geht. Ihr seid meine Familie, mein Leben.«

Seine Hände lösten sich in unnatürlich raschem Tempo von der Tischkante und knallten, unterdessen zu Fäusten geballt, auf die Platte. Doch anstatt, dass er sie, wie erwartet, anfuhr, trat er um den Tisch herum. Er schlang die Arme um sie und presste sie an sich.

»Danke«, flüsterte er. »Dass du so sehr an uns glaubst.«

Johanna schloss ihre eigenen Arme um ihn und schmunzelte gegen seine Brust. »Immer.«

Das Vibrieren ihres Smartphones ließ Johanna zusammenzucken. Hastig zog sie es aus der Hosentasche und erstarrte: Greta. Jedes Mal, wenn ihre Beschützerin sie dieser Tage anrief, artete das Gespräch entweder in einen Streit aus oder sie griff darauf zurück, Johanna zu drohen.

»Tochter«, begrüßte Greta sie kühl.

Johanna versteifte sich. Ihre Hände begannen vor Zorn zu schwitzen. Schon die Stimme ihrer Beschützerin löste einen Schwall negativer Emotionen aus.

Mit zusammengepressten Zähnen antwortete sie: »Mutter.«

»Es gibt einige Punkte, die der Kreis gerne bereinigt gesehen hätte, was deine persönliche Umgebung betrifft«, verkündete Greta.

... Einige Punkte meiner persönlichen Umgebung?

Irritiert gab sie zurück: »Aha.«

»Als erstes ist es uns allen im Kreis ein Anliegen, dass du während des Studiums deiner Kräfte in einem neutralen Umfeld eingegliedert bist. Deshalb bittet der CEO höchstpersönlich darum, dass du nachhause zurückkehrst.«

In welchem Universum ist mein Zuhause bitte noch ein neutrales Umfeld?, schnaubte Johanna innerlich. *Zu allem Überfluss wohnt Preston doch jetzt in meinem ehemaligen Zimmer.*

Laut erwiderte sie: »Abgelehnt. Noch etwas?«

Greta seufzte. Der Laut drückte derart immense Enttäuschung aus, dass Johanna den entsprechend passenden Gesichtsausdruck geistig vor sich sehen konnte.

»Du solltest solch gut gemeinte Vorschläge wirklich überdenken, Johanna«, entgegnete ihre Beschützerin steif. »Willst du den verbliebenen Cadeesh-Bruder etwa auch gefährden, indem du deine Fähigkeiten erneut ungewollt einsetzt?«

Johanna zog scharf die Luft ein, doch Greta fuhr bereits fort: »Klar, es wäre nicht mit Absicht passiert – war es beim ersten Mal genauso wenig. Aber du kannst nicht leugnen, dass es bereits vorgekommen ist. Solange du deine Fähigkeiten nicht zu hundert Prozent im Griff hast, werden solche Ausbrüche unausweichlich an der Tagesordnung stehen.«

Tonis Griff um ihre Hüften wurde stärker. Sie sah auf und bemerkte, dass seine Augen hell leuchteten. Er schüttelte wie in Zeitlupe den Kopf. *Wir wissen, wie wir diese Ausbrüche verhindern können*, schien sein Gesicht zu sagen. Und er hatte Recht: Johanna hatte monatelang gelernt, ihre Emotionen in den Griff zu kriegen, damit sie nicht wieder jemandem schaden konnte, dem sie nahestand. Weder Greta noch die Organisation würden ihr diesen Erfolg nehmen.

»Wie gesagt: abgelehnt.« Es fühlte sich gut an, ihrer Beschützerin die Stirn zu bieten, auch wenn es nur kleine Siege waren.

»Wenn das bereits so anfängt, kann ich für nichts garantieren, was Adam betrifft, Johanna«, gab Greta zu bedenken.

Aha! So also willst du dich aus der Verantwortung des Vertrags ziehen. Nicht mit mir…

»Diese Angelegenheit wurde vertraglich geregelt, *Mutter*«, zischte sie. »Genauso wie der Punkt, dass ich mein Studium beenden und eure Aufträge mithilfe eures Babysitter-Schrägstrich-Beschützers ausführen soll. Willst du wirklich, dass ich damit an die Öffentlichkeit gehe, indem ich einen Anwalt hinzuziehe?«

Eine Sekunde lang herrschte Schweigen. Dann: »Ich melde mich mit dem Datum deines ersten Auftrages.«

Die Leitung wurde gekappt.

Ein gepeinigtes Stöhnen kam über Johannas Lippen, und sie lehnte die Stirn gegen Tonis Brust.

»Das war super«, beteuerte Toni und betrachtete sie voller Stolz. Seine Umarmung wurde noch eine Spur fester und er schmunzelte, als er feststellte: »Ich persönlich kann den Zeitpunkt nicht erwarten, wenn du ihr eröffnest, dass du seit Monaten weißt, wer sie in Wahrheit ist.«

198

»Uff, bitte erinnere mich nicht daran«, murmelte Johanna. Gleichzeitig vergrub sie ihre Nase in seinem Shirt und atmete den Geruch des Waschmittels, vermischt mit Tonis eigenem Duft ein.

Seine Hände wanderten ihrem Rücken entlang nach oben, und eine davon strich über ihren Nacken, ihren Wangenknochen und stoppte an ihrem Kinn. Mit sanftem Druck hob er es an und presste seine Lippen auf ihre.

22

Diesmal ließ Johanna all ihre Emotionen uneingeschränkt zu. Sie wollte leben, wollte fühlen – und sie wollte Toni ebenso sehr wie Adam. Nur dass sie für diese Einsicht keine sechzehn Jahre gebraucht hatte, sondern knapp mehr als ein halbes Jahr. Deshalb schob sie die Hände unter sein Shirt, um seine Haut an ihren Fingern zu spüren.

»Was wird das?«, murmelte Toni gegen ihren Mund.

»Ich will nicht länger warten«, hauchte sie zurück und sah ihn an. Zu sagen, seine Augen hätten Feuer gefangen, wäre eine Untertreibung gewesen. Die Iriden gleißten dermaßen hell auf, dass es beinahe an Weiß grenzte. Sofort senkte er seine Lider. »Entschuldigung.«

Johanna schmunzelte und stupste mit ihrem Nasenrücken gegen den seinen. »Machen wir jetzt weiter oder was?«, neckte sie ihn.

Ein freudiges Kribbeln rieselte über ihre Haut und bescherte ihr eine Gänsehaut. Es war ein tolles Gefühl, sich endlich sicher zu sein, was sie für ihn und Adam empfand.

Tonis Augen flatterten auf und Verwunderung lag in seinem Blick. »Bist du dir ganz sicher, dass du das willst? Danach gibt es kein Zurück mehr zu dem, was vorher war.«

Obwohl Johanna sich noch nie so sicher gewesen war, was ihre Gefühle gegenüber Toni betraf, so hielt sie dennoch inne und spürte nochmals in sich hinein. Sie fand Zuversicht – und Liebe. Also lächelte sie und nickte. »Ich will nicht, dass es so bleibt, wie es jetzt ist. Dafür liebe ich dich zu sehr«, wisperte sie.

Das Neonblau seiner Augen erwachte. Ohne noch länger zu zögern, küsste er sie innig und schob ihren Körper vor sich her, bis sie mit dem Hinterteil gegen den Metalltisch stieß. Seine Hände fanden ihr Gesäß und er packte zu, hob sie in dem Moment an, in dem Johanna einen Hopser machte, und sie landete sicher auf der Tischplatte. Sofort waren seine Hände auf ihren Hüften.

»Ich muss dich warnen, Leonessa«, raunte Toni. »Adam war stets der Vorsichtigere von uns beiden.«

Johannas Herz machte einen aufgeregten Hüpfer. Anstatt zu antworten, zog sie sich das T-Shirt über den Kopf und lehnte sich ein Stück zurück, um ihn anzusehen.

Tonis Augen klebten an ihrem Körper, seine neonblauen Augen wanderten über ihre Haut und ließen sie vor Aufregung erzittern. Er schien ihre Reaktion zu bemerken, denn ein erstickter Laut kam aus seinem Mund, und er griff wortlos nach seinem eigenen Shirt und zog es mit einem heftigen Zerren über den Kopf.

Gierig sog Johanna den Anblick in sich auf.

»Ich nehme mir alles, was ich kriegen kann – vor allem wenn es um dich geht«, flüsterte er. Er wartete ihre Antwort nicht ab, sondern presste den Mund erneut auf ihren. Seine Zunge leckte über ihre Unterlippe und Johanna ließ ihn ein.

Das Kribbeln auf ihrer Haut mutierte zu heißem Feuer, und für den Bruchteil einer Sekunde fürchtete sie, dass sie – wie damals bei Adam – in Ohnmacht fallen würde. Das Feuer leckte durch ihre Adern, pulsierte in ihrem Körper und sie identifizierte es als Verlangen.

Toni löste seine linke Hand von ihrer Hüfte. Langsam strich er damit ihrer Taille entlang nach oben, bis er ihre Brust erreichte. Ein wohliger Laut entschlüpfte ihr, als er einmal zärtlich darüber glitt.

»Sag mir, wenn du es nicht willst«, bat er flüsternd.

»Hör auf, mich wie eine Porzellanpuppe zu behandeln, und mach weiter.«

Das ließ Toni sich nicht zweimal sagen. Seine Hand umfasste ihre Brust, der Daumen strich fordernd über ihren Nippel und seine Lippen versengten ihren Hals, an dem er sich entlang küsste. Sobald er ihre rechte Brust erreichte, leckte er über den bereits harten Nippel und sog daran.

Johanna stöhnte auf, legte den Kopf in den Nacken und genoss das Gefühl der kribbelnden Leidenschaft, welches sich wellenartig in ihrem Körper ausbreitete.

Mit einem Ruck zog Toni sie eng an sich. Seine strahlenden Augen beleuchteten ihren Körper.

»Hose aus«, befahl er kurzatmig. Seine eigene fiel in diesem Moment zu Boden, und er trat sie zur Seite. Vollständig nackt stand er vor ihr, und Johanna konnte nicht anders: Sie bewunderte die athletische Figur, die breiten Schultern und das hauchzart angedeutete Sixpack. Ihr Blick wanderte tiefer.

»Jojo«, knurrte Toni.

Die Ungeduld, die er in die Aussprache ihres Namens legte, ließ Johanna zu ihm aufsehen. Mit fliegenden Fingern rupfte sie sich die Hose herunter, griff nach seinen Hüften und zog ihn zwischen ihre Beine.

Der nachfolgende Kuss mutierte zum Tango. Ihre Zungen bewegten sich, forderten ein härteres Tempo, während Toni sich positionierte und ohne Umschweife, aber doch rücksichtsvoll in sie eindrang. Ein feiner, initialer Schmerz, vermischt mit Zufriedenheit erfüllte sie. Die Welt um sie herum erstarrte, derweil die Süße des Augenblicks sie ausfüllte.

Dann stieß Toni zu, und die Blase zerplatzte in unzählige feine Empfindungen, die alle gleichzeitig nach ihr rissen.

Johanna klammerte sich an Toni fest, ihre Beine hinter seinem Gesäß verschränkt. Seine Stöße waren hart, herausfordernd – ganz anders als Adams zärtliche, zurückhaltende Art.

Als würde er die Bestie in sich gar nicht erst zu zähmen versuchen.

Die Fingerspitzen seiner rechten Hand legten sich auf ihren Kitzler und begannen in einem erbarmungslosen Rhythmus zu kreisen.

Es wird nicht viel brauchen. Ich bin so erregt, dass mir jetzt schon der Höhepunkt droht...

Zur Antwort auf diesen Gedanken zog sich ihre Mitte um sein bestes Stück zusammen.

Toni zischte.

»Verdammt, Johanna«, stieß er zwischen zusammengebissenen Zähnen hervor. »Du machst es mir echt schwer, nicht hier und jetzt zu kommen.«

Völlig außer Atem schloss Johanna für einen Moment die Augen. Die Vorstellung, mit Toni gemeinsam zu kommen, befeuerte ihre Lust und so keuchte sie: »Dann tu es.«

Sie öffnete die Augen, um ihn anzusehen.

Zur Antwort erschienen an seinen Schläfen zarte Ranken. Sie formten sich in derselben Weise wie Johannas neugefundene Fähigkeit, einen Körper zu heilen. Die Tätowierung berührte seinen äußeren Augenwinkel und der Augapfel wurde kohlrabenschwarz. Nur die Iriden blieben neonblau.

»Was–«, begann sie konsterniert, doch Toni schüttelte den Kopf, als müsste er sich konzentrieren, weil er ansonsten die Beherrschung verlor.

»Ist nur – ein Zauber.« Seine Stimme war um einige Oktaven tiefer und zu einem Knurren mutiert. Sie vibrierte regelrecht in Johannas Bauch nach. Zu ihrer Verblüffung hielt er nicht inne, stieß weiterhin in sie und massierte ihren Kitzler.

Obwohl sie nicht wusste, was Toni vorhatte, stand ihm diese Veränderung ungeheuer gut. Sie hob das Kinn an und flüsterte: »Küss mich, während wir kommen.«

Das eindeutige Knurren, das aus seiner Kehle kam, stachelte ihr Verlangen überraschenderweise weiter an, und ihr Atem stockte. Seine Lippen trafen auf ihre, genau in dem Moment, in dem sie ihr Höhepunkt überrollte. Johanna schrie auf, ihr Körper zuckte und ihr Verstand explodierte in winzige Einzelstücke, die zu keinem klaren Gedankengang mehr fähig waren.

Sie konnte spüren, wie Toni sich in ihr ergoss, wie sich ihr Inneres um ihn herum zusammenpresste und wieder losließ. Ein erfüllter Schauer rieselte ihr der Wirbelsäule entlang und sie löste sich sanft aus dem Kuss, um ihn anzusehen.

Die Tätowierung war verschwunden und seine Augäpfel waren weiß wie eh und je.

»Was für ein Zauber war das?«, fragte sie. Ihre Hände streichelten unterdessen über seinen Bauch.

Er grinste frech, drückte ihr ein schnelles Küsschen auf die Nase und meinte: »Eine Art spontanes Unfruchtbarwerden – meinerseits.«

In dieser Sekunde wurde Johanna bewusst, dass sie nicht verhütet hatten. Ihre Augen weiteten sich, sie öffnete ein paar Mal den Mund, schloss ihn aber gleich darauf wieder. Hitze stieg in ihr hoch und sie wusste, dass sie knallrot angelaufen war.

»Hey«, sagte Toni sanft und legte einen Finger unter ihr Kinn, damit sie zu ihm aufsehen musste. »Du musst dich dafür nicht schämen. Und so ist es sogar noch sicherer gewesen als mit einem Kondom.«

Sie schlug ihm gegen den flachen Bauch und er zuckte grinsend zusammen. »Autsch!«

»Nächstes Mal will ich dieses Gesicht bei Tageslicht sehen«, verkündete Johanna und konnte ein Schmunzeln nicht länger zurückhalten.

Tonis gesamtes Gesicht strahlte, als er raunte: »Nächstes Mal?«

Sie legte den Kopf ein wenig schief und bemerkte gespielt herausfordernd: »Na, ich hoffe doch sehr, dass das hier kein Einzelfall bleibt. Du etwa?«

Wie zum Beweis, dass es nicht so war, stieß er erneut in sie und Johanna quiekte auf. Er schlang seine Arme um sie und murmelte: »Auf keinen Fall. Bereit, wenn du es bist, Leonessa.«

Prustend lehnte sie sich an seine Brust und genoss das Gefühl seiner langsam weicher werdenden Härte in ihr, gepaart mit der Wärme seines Körpers. Mit geschlossenen Lidern beschwor sie nochmals das Bild seines Gesichts herauf, welches mit bronzenen Ranken und schwarzen Augäpfeln auf sie herabgestarrt hatte, als wäre sie eine göttliche Erscheinung. Im Nachhinein war es offensichtlich, dass Toni sich in dem Moment beherrschen musste.

Aber warum?

»Was wäre passiert, wenn du die Beherrschung verloren hättest?«, fragte sie leise.

Ein Schulterzucken. Dann: »Wahrscheinlich wäre ich weniger rücksichtsvoll mit dir umgegangen«, äußerte Toni vorsichtig. »Und vielleicht wäre meine Wandlung ein klitzekleines Bisschen ausgeartet.«

Perplex schob sie sich ein Stück weit rückwärts, um ihn zu mustern. »Bitte was?«, echote sie ihre Gedanken hinaus.

Sein Lächeln wurde verlegen. »Na ja, wir ähm… Adam und ich, wir… Also…«, druckste er herum.

Entschieden schob sie ihn von sich und kniff die Augen zusammen. »Was genau willst du vor mir verbergen, Anthony Cadeesh?«

Er stand zwei Schritte von ihr entfernt und schluckte. Sein Blick wanderte gierig über ihre Figur und flickte daraufhin zurück zu ihrem Gesicht. Erneut schluckte er.

Johanna verschränkte die Arme vor der Brust, ihre Miene hart wie Stahl.

»Also wenn wir die Kontrolle verlieren…«, ergab er sich schließlich und seufzte. »Dann verändern wir uns. Körperlich und geistig. Wir werden übermenschlich stark und wir schalten die meisten Emotionen ab, bis wir uns entsprechend ausge-powert haben. Es ist wie ein Hyperfokus auf ein, maximal drei Emotionen, wenn's schlecht läuft über Stunden hinweg. Und wir sehen dabei nicht gerade *attraktiv* aus.«

»Und wann hattet ihr vor, mir das zu erzählen?« Ihr Tonfall war barsch geworden.

»Na ja, Adam meinte, eventuell nach dieser ganzen Sache mit der Organisation… Wenn sich alles gelegt hat …«

Ein Stich der Enttäuschung durchfuhr sie. »Ich dachte, zwischen uns gäbe es keine Geheimnisse mehr«, konterte sie.

Mit einem winzigen Sprung landete Johanna auf dem Boden, wo sie nach ihren Klamotten griff und sie sich gegen die Brust drückte.

Tonis Hand griff nach ihrem Arm und sie sah zu ihm auf.

»Willst du das?« Seine Iriden funkelten wie Bergseen zu ihr herab. »Willst du, dass ich die Kontrolle über meine Fähigkeiten verliere – während wir es tun?«

Ja, was will ich eigentlich? Ist es das, was ich möchte? Aufregend wäre es bestimmt. Aber wäre es auch gefährlich?

Toni las die Antwort in ihren Zügen, denn er schnaubte und schüttelte leicht ihren Arm. »Johanna, falls das passiert, dann entkommst du nicht aus meinen Armen, bis ich komplett ausgelaugt bin und mein Körper den Dienst versagt. Ist dir klar, was das bedeuten würde?«

»Endlose Stunden, in denen wir Sex haben?«, versuchte sie sich an einem Witz. Seine Ernsthaftigkeit bereitete ihr Unwohlsein.

Tonis Miene verdunkelte sich. »Exakt. Ob du willst oder nicht.« Er betonte jedes Wort, spie sie ihr entgegen.

»Aber ich wüsste doch, worauf ich mich einlasse«, relativierte sie kleinlaut.

Absoluter Unglaube stand in seinem Gesicht geschrieben. »Du meinst das ernst oder?«

Sie hob die Schulter und gestand: »Na ja, ich hätte nichts gegen einen Tag voll heißem Sex mit dir oder Adam. Oder mit euch beiden.«

Erst war er wie erstarrt – fassungslos traf sein Blick auf den ihren. Als sie jedoch nichts weiter sagte, verschwanden jegliche Regungen aus seinen Zügen und der Ausdruck darin wurde hart. »Das kannst du dir abschminken«, erwiderte er mit Nachdruck. Damit wandte er sich ab, griff seinerseits nach seinen Klamotten und ging.

Johanna blieb allein im Zwielicht des Serverraums zurück, komplett verunsichert über die Tiefen ihres eigenen Verlangens, die sich soeben vor ihr aufgetan hatten.

Was habe ich mir dabei nur gedacht! Das erste Mal mit Toni war unglaublich, und ich vermassle es, indem ich seltsames Zeug brabble!

Wütend auf sich selbst stieg Johanna in ihre Hose. Doch das Bild von Adam und Toni, die sie auf Händen zwischen sich hielten und in sie eindrangen, blieb trotzig vor ihrem inneren Auge stehen.

So läuft das also, McGibbon? Wenn schon ein Freak, dann aber so richtig?

Kopfschüttelnd folgte sie Toni die Treppe hinauf ins Wohnzimmer, wo bestimmt bereits Preston auf sie wartete, um mit
ihr zu trainieren.

23

Selbst nach einer Woche tippelte Johanna um den Vorfall herum, als liefe sie auf Eierschalen. Toni war dazu übergegangen, zu ignorieren, dass sie über diesen so genannten *Hyperfokus* gesprochen hatten, Johanna jedoch dachte öfter darüber nach, als ihr lieb war. Klar, sie schlief weiterhin mit ihm und er erwies sich als unersättlicher, als sie dachte – aber sie erinnerte sich des Öfteren an den Traum, den sie vor so vielen Monaten gehabt hatte. Der Traum, in dem sie mit Adam und Toni gleichzeitig geschlafen hatte. Ihr gesamter Körper kribbelte bei der Erinnerung, und sie musste zugeben, dass sich die Vorstellung, von ihnen beiden geliebt zu werden, richtig anfühlte.

Johanna nahm sich jeden Tag aufs Neue vor, die nun freie Zeit noch intensiver zu nutzen – und Toni vermehrt nach Adams Aufenthaltsort auszufragen. Allerdings sah die Realität ganz anders aus…

Sie sass, wie so oft seit der Beendigung ihres Studiums, auf dem Sofa und zappte lustlos durch die Auswahl von Filmen und Serien, die der Streamingdienst ihr bot. In Gedanken war sie bei jenem Tag im Serverraum, und sie dachte plötzlich daran, was Toni ihr noch erzählt hatte. Über die Jäger.

Einer Eingebung folgend schnappte sie sich ihr Smartphone und suchte nach dem Nachrichtenverlauf mit Taima. Seitdem ihre Freundin aufgebrochen war, hatte sie Johanna jeden Abend geschrieben, um ihr mitzuteilen, dass sie noch lebte.

Hastig tippte sie ihre Nachricht ein und wartete ab.

Ich (09:37): Hast du jemals von den Jägern gehört?

Taima (09:37): Nein?

Ich (09:38): Sie nennen sich so, weil sie Berührende vom Kreis der Begnadeten weg schnappen und diese nie wieder gesehen werden. Sie befreien sie, Taima. Diese Leute können im Anschluss ein normales Leben führen.

Taima (09:40): Klingt verlockend, Rotschopf. Mach mir keine Hoffnungen...

Taima (09:40): Ganz ehrlich, inzwischen ist dieses Abenteuer einfach nur noch ätzend. Auf der Flucht zu sein ist dezent anstrengend.

Ich (09:41): Ich frage Toni, ob wir irgendwie Kontakt zu ihnen aufnehmen können, damit sie dich aufnehmen. Ich melde mich, wenn ich mehr weiß.

Taima (09:42): Muss los.

Johanna wechselte in den Chat mit Toni. Sie zögerte einen Augenblick, aber dann schrieb sie:

Ich (09:44): Gibt es einen bestimmten Prozess, um die Jäger kontaktieren?

Toni (09:46): Du meinst wie ein Ritual bei Vollmond, bei dem ein halbes Dutzend Kräuter verbrannt werden, um einen der Jäger zu beschwören?

Ich (09:46): Ha ha...

Toni (09:46): Hattest du einen Sinneswandel, Leonessa?

Ich (09:47): Nie im Leben.

Toni (09:47): Ist es egoistisch, dass ich über diese Worte erleichtert bin?

Ich (09:48): Ein bisschen vielleicht.

Ich (09:48): Es ist für Taima. Die Jäger könnten ihr helfen.

Toni (09:48): Ich verstehe. Keine Sorge, ich finde einen Weg, sie zu kontaktieren.

Ich (09:49): Danke.

Toni (09:49): Und was machst du so?

Ich (09:49): Mir ist langweilig. Ich wäre jetzt so gern in der Uni.

Toni (09:50): Glaub mir, das wärst du nicht länger, wenn du sehen würdest, wie Melanie Borthertorn ständig versucht, sich wieder an mich ranzumachen.

Ich (09:50): Dieses Biest! Die soll gefälligst die Pfoten von meinem Freund lassen!

Toni (09:51): Ich liebe es, wie du wegen mir eifersüchtig wirst, meine Schöne.

Johanna schnaubte demonstrativ und schickte ihm ein Gesicht mit herausgestreckter Zunge. Anschließend legte sie das Smartphone zur Seite und stand auf. Der Fernseher hatte sich mittlerweile selbstständig ausgeschaltet. Sie brauchte dringend eine Ablenkung. Also zog sie kurzentschlossen die Schuhe an und griff nach ihrem Schlüsselbund, der auf der Kücheninsel lag.

In ihrem alten Zuhause gab es ausreichend Lesestoff, der sie gedanklich davon abbringen würde, sich weitere Schimpfnamen für Melanie auszudenken. Und wenn das nicht half, war da immer noch Preston, den sie über den Kreis ausquetschen konnte. Bisher hatte er sich an die Forderung gehalten, Johanna nicht zu behelligen, während sie in der Villa war, außer sie bat ihn darum. Was sie aus Ermangelung an Unterhaltung bereits mehrfach getan hatte.

Sobald sie in den vergangenen Tagen das Haus verlassen hatte, war er an ihrer Seite aufgetaucht und hatte sie stumm begleitet. Sie wusste, dass Personenschutz zu seinen Aufgaben als Beschützer gehörte – nichtsdestotrotz nervte sie seine stillschweigende Anwesenheit.

Bin ich eventuell zu hart mit ihm? Es besteht schließlich die Möglichkeit, dass das, was er mir gesagt hat, wahr ist und seine Loyalität einzig und allein mir gilt… Aber wie kann ich sicher sein? Und ist es nicht zu früh, mein Vertrauen auf ihn zu setzen? Ich will nicht erleben müssen, dass er sich nach Jahren oder gar Jahrzehnten als falsche Schlange herausstellt.

Gedankenverloren schloss sie hinter sich die Haustür der Villa ab und schlenderte dem Bürgersteig entlang. Erst als sie die Tür ihres alten Zuhauses aufgeschlossen und hinter sich hatte zufallen lassen, bemerkte Johanna, dass sie nicht allein mit Preston war. Aus dem Wohnzimmer erklang das feine Rascheln von Stoff, welches ihr verriet, dass jemand auf dem Sofa sass.

Umgehend wechselte Johanna die Sicht, um ihre Sinne zusätzlich zu schärfen.

Wenn jemand hier ist, um mich zu entführen oder mich umzubringen, dann werde ich dieser Person die Hölle heißmachen, sprach sie sich selbst Mut zu. Ein anderer Gedanke ploppte in ihrem Bewusstsein auf: *Wann habe ich damit angefangen, in einer neuen Situation immer direkt das schlimmste Szenario anzunehmen?*

Sie stieß ein Schnauben aus.

Preston ist doch hier, also habe ich nichts zu befürchten.

Gleichzeitig schalt sie sich für diese Überlegung.

Ich darf gar nicht erst damit anfangen, mich auf ihn zu verlassen!

»Johanna, mein Krümelchen, bist du das?«, drang Gelleroys Stimme in den Flur.

Johanna entspannte sich. Ihr Ziehvater würde ihr niemals etwas Böses wollen.

»Hey Dad!«, rief sie und betrat das Wohnzimmer. »Ich wusste gar nicht, dass du heute hier bist.«

Gelleroy hatte es sich auf dem Sofa bequem gemacht, die aktuelle Ausgabe des Tiermedizin-Magazins auf seinem Schoss und ein Bein über dem anderen angewinkelt. Sein Gesichtsausdruck schien leicht gestresst, doch als er Johanna ansah, breitete sich ein warmes Lächeln auf seinen Zügen aus.

»Ah, da bist du ja. Ich bekomme dich ja kaum mehr zu Gesicht«, beschwerte er sich gespielt und ließ sich von Johanna in den Arm nehmen, bevor sie sich neben ihn ins Sitzpolster fallen ließ.

»Ich habe viel zu tun, genau wie ihr«, gab sie zurück.

Gelleroy seufzte schwer, legte das Magazin vor sich auf den Couchtisch und meinte: »Ach, ich vermisse die Tage, an denen ich schlicht und ergreifend ein Tierarzt war. Vielleicht sollte ich mich aus der Organisation zurückziehen, was hältst du davon?«

Johanna musterte ihren Beschützer eingehend. Die roten, schütteren Haare waren noch grauer geworden und er hatte zudem mehrere steile Falten bekommen.

Die Arbeit mit Greta bekommt ihm nicht.

»Ist es denn das, was du willst?«, stellte sie die Gegenfrage.

Er lachte und sank zurück ins Polster. »Oh, Kind, was *ich* will war doch nie von Bedeutung. Deine Mutter war stets diejenige, die den Kurs angegeben hat.«

Eine Welle des Mitgefühls überkam sie. Sie wusste, dass Gelleroy Greta aufrichtig liebte – sie allerdings hatte die Zeit mit ihm und Johanna regelrecht gehasst. Für Greta gab es nur den CEO, Thorn Borthertorn. Er war verheiratet, und Melanie war seine Tochter – und doch hing Greta ihm beinahe fanatisch am Rockzipfel.

Johanna konnte sich nicht einmal ansatzweise vorstellen, was Gelleroy durchmachen musste. Aus einem Impuls heraus legte sie ihre linke Hand auf seinen Unterarm und fragte ernst aber sanft: »Wird es dann nicht langsam Zeit, dass du anfängst, dein Leben selbst zu bestimmen?«

Verdutzt zog er die Brauen zusammen. »Damit könntest du Recht haben, Krümelchen.« Ein trauriges Lächeln zeigte sich auf seinen Zügen und er tätschelte ihre Hand mit seiner eigenen. »Aber deswegen bin ich nicht hier. Ich bin hergekommen, um dich vorzuwarnen.«

Mit einem Schlag beschleunigte sich Johannas Puls. Wenn Gelleroy kam, um sie zu warnen, dann war es auf jeden Fall ernst.

»Vor was?«, erkundigte sie sich mühsam beherrscht. Angst kroch ihre Muskeln entlang und ließ diese sich verkrampfen.

Er fuhr mit der Handfläche über die Hose, wie um sich den Schweiß abzuwischen. In seiner Miene spiegelte sich eine

Mischung aus Trauer und Hilflosigkeit. Der Adamsapfel in seiner Kehle hüpfte. Er rang sichtlich mit sich selbst.

»Deine Mutter will, dass wir – also sie und ich… Wir werden uns trennen«, brachte er schließlich heraus.

»Oh«, stieß Johanna beinahe erleichtert aus. »Das… Das tut mir leid für dich«, fügte sie rasch hinzu. Sie drückte seine Hand mitfühlend.

»Mach dir um mich keine Sorgen.« Das Feixen auf seinem Gesicht ließ Johanna denken, dass sie sich *sehr wohl* Sorgen machen musste.

»Ich bekomme das Haus und die Praxis, sie dafür entsprechend mehr Geld.«

Nun war es Johanna, die überrascht die Brauen zusammenzog. »Das klingt alles ziemlich … fortgeschritten, Paps. Wann habt ihr darüber gesprochen, dass ihr euch trennen werdet?«

Gelleroy zuckte hilflos mit der rechten Schulter. »Schon vor vier Monaten. Aber dir ging es so schlecht, wir wollten dir nicht noch mehr negative Nachrichten überbringen, nachdem du Adam verloren hattest.«

Schmunzelnd schüttelte sie den Kopf. »Schon okay«, versicherte sie ihm. »Solange ihr euch einig seid. Und es ist schön, dass du hierbleiben wirst.«

»Ich lasse meine Kleine doch nicht allein«, neckte er sie und stieß leicht gegen ihre Schulter. »Und Preston muss ja auch irgendwo unterkommen. Du zeigst ihm ja schließlich bei jeder Gelegenheit die kalte Schulter.«

Johanna schnaubte entrüstet durch die Nase und nestelte am Saum ihres Pullis herum. »Ich traue seinem Charakter nicht«, offenbarte sie ihm.

»Ah, aber das ist nur zu verständlich, Krümelchen.« Sein Tonfall klang mitfühlend. »Neue Menschen in das eigene Leben zu lassen, wenn man gar nicht danach gefragt hat, ist immer schwierig.«

Er lehnte sich zurück und schlug mit den Handinnenflächen auf die Oberschenkel. »Dann zu erfreulicheren Dingen. Erzähl, was habe ich alles verpasst? Gibt es Neuigkeiten bezüglich Adam? Und hast du schon deinen ersten Einsatz bekommen?«

Johanna verzog das Gesicht zu einer Grimasse, antwortete jedoch: »Adam bleibt weiterhin verschwunden. Toni hat bisher keine anderweitige Spur gefunden.« Sie machte eine Pause und seufzte. »Aber Toni und ich, wir sind uns in den letzten Monaten ziemlich nahegekommen.«

Seine Hand zuckte. »Was heißt das?«, fragte er, sein Ton scharf und aufmerksam.

»Na ja…«, druckste sie herum. »Wir sind *auch* ein Paar …«

»Auch?«, wiederholte Gelleroy verwirrt. Dann nochmal: »Auch?« Aber diesmal donnerte seine Stimme durchs Wohnzimmer. »Himmelherrgottnochmal! Was soll das heißen: auch! Johanna McGibbon, was für Spielchen treibst du da mit diesen beiden jungen Männern von nebenan!«

Obwohl sie gescholten wurde, musste Johanna schmunzeln. *Junge Männer, ja klar!*

»Es ist einfach so gekommen, Paps. Reg' dich nicht so auf. Adam und Toni sind beide okay damit, dass wir zu dritt eine Beziehung eingehen.«

Die Ader an seiner Stirn pochte, als er mit aller Zurückhaltung konterte: »Und woher weißt du, dass Adam sein Einverständnis gegeben hat? Ich dachte, ihr wisst nicht, wo er steckt?«

Sie stöhnte entnervt auf. »Die beiden haben darüber gesprochen, noch bevor er verschwunden ist.«

Gelleroy wollte auffahren, doch sie hob entschieden die Hand und verkündete mit stählerner Stimme: »Ich werde *nicht* mit dir darüber diskutieren, ob eine polyamore Beziehung moralisch verwerflich oder gesellschaftlich anerkannt ist. Das ist unsere Sache. Und ich werde ganz bestimmt keine Details mit dir bequatschen. Akzeptiere es, oder lass es, deine Entscheidung.«

Das wütende Funkeln in seinen Augen erstarb, und ihr Ziehvater musterte Johanna, während er über ihre Worte nachdachte. Schlussendlich nickte er einmal und meinte: »Du bist meine Tochter – ich werde es akzeptieren müssen, wenn ich dich nicht verlieren will.«

Johanna lächelte stumm.

»Also dann: Was noch?«, wechselte er das Thema.

»Ich weiß nicht…«, gab sie zu. Nachdenklich kaute sie auf ihrer Unterlippe. »Mir ist oft langweilig, weil ich nichts mehr zu tun habe. Meine Fähigkeiten zeigen sich nach und nach von selbst – die Organisation hat bislang keinen Finger gerührt, um mir zu helfen. Und, oh!« Sie schnippte mit den Fingern. »Einen Auftrag hatte ich auch noch nicht.«

Das tiefe Stirnrunzeln ihres Beschützers verunsicherte sie. »Was?«, forderte sie ihn auf.

»Sie haben noch gar nichts von dir gewollt? Nicht mal Kontakt aufgenommen?«, vergewisserte er sich.

»Nein.«

»Seltsam.«

»Wieso ist das seltsam?«, hakte Johanna beunruhigt nach.

Gelleroy sah sie an, als ob er abwägen würde, wie viel er ihr erzählen sollte. »Na ja, normalerweise starten die Anwärter direkt am Folgemontag mit ihren Aufträgen und Check-ups.«

Irritiert wiederholte Johanna: »Check-ups?«

Er nickte. »Ja. Sie werden in die Laboratorien gebracht und dann werden dort Tests durchgeführt.«

Gänsehaut bildete sich auf ihren Armen. Eine dunkle Vorahnung kam ihr bei dieser Erklärung, doch sie bohrte nicht weiter. Sie konnte sich denken, was die Organisation mit diesen Tests bezweckte: Absolute Kontrolle über die Fähigkeiten der *Berührenden*.

Schulterzuckend wechselte Gelleroy erneut das Thema, indem er sagte: »Die werden sich schon noch melden. Bis dahin…« Er griff nach einem dicken, braunen Umschlag, der neben ihm auf dem Sofa lag. »Könntest du das hier deinem *zweiten* Freund aushändigen? Er hat mich darum gebeten, einige Informationen zusammenzustellen, und ich habe alles beigelegt, was ich finden konnte.«

»Was ist das?«, fragte Johanna und nahm den Umschlag entgegen. Er war schwerer als gedacht. Neugierig betrachtete sie das braune Papier in ihrem Schoss.

»Details über ehemalige Mitglieder, die von den Jägern eliminiert wurden.«

Johannas Kopf ruckte hoch.

Weiß Gelleroy, dass wir die Wahrheit über die Jäger kennen? Vermutet er etwas? Weiß er etwa selbst über sie Bescheid?

Die Fragen prasselten unentwegt auf sie ein, und sie schob ihnen entschlossen einen imaginären Riegel vor, um sich am Ende nicht zu verraten.

»Dann ist es also tatsächlich wahr, hm«, erwiderte sie verspätet. »Ich dachte immer, die Jäger seien eine übertrieben bösartig dargestellte Fraktion, um mir Angst zu machen.«

»Oh nein, ganz und gar nicht.« Gelleroys Miene drückte ernste Sorge aus. Er griff nach ihrer Hand und hielt sie fest, während er ihren Blick suchte.

»Johanna, diese Menschen rauben Berührende am helllichten Tag von den Straßen und lassen sie verschwinden. Der Kreis hatte bisher kein einziges Mal Erfolg dabei, sie zu fassen. Bitte sei vorsichtig da draußen und behalte meine Warnungen stets im Hinterkopf, wenn du unterwegs bist.«

Innerlich erleichtert aufseufzend versuchte Johanna, ihr Pokerface aufrecht zu erhalten. Mit aller Seriosität, die sie aufbringen konnte, nickte sie. »Ich werde aufpassen, versprochen Paps.«

Gelleroy hatte einige Stunden mit Johanna und Preston verbracht, welcher wenig später zu ihnen gestoßen war. Sie hatten gemeinsam gekocht und Mittag gegessen. Nach dem Essen hatte Gelleroy allerdings einen Anruf erhalten und war gegangen.

Johanna entschied nach einem schnellen Blick auf die Wanduhr im Wohnzimmer, zurück in die Villa zu gehen. Sie hatte nach Ablenkung gesucht, und sie gefunden.

Toni hatte ihr im Laufe der letzten Stunde geschrieben und ihr mitgeteilt, dass der Kontakt zu den Jägern erfolgt sei. Sie wollte ihn diesbezüglich so viele Dinge fragen. Abgesehen davon war sie neugierig auf den Inhalt des Umschlags, den ihr Beschützer ihr überreicht hatte. Sie winkte Preston knapp zu, der zur Bestätigung nickte, und verließ das Haus.

Gerade trat sie auf den Bürgersteig, als ihr Smartphone klingelte. Sie zückte das Gerät und erschrak. Taima! Ihre Freundin rief nie während des Tages an, und sie vermied es generell, Johanna anzurufen. Stattdessen schrieben sie sich regelmäßig.

Mit vor Sorge zitternden Händen nahm sie den Anruf entgegen. »Taima, was ist los?«

Abgehetztes Keuchen war am anderen Ende zu hören. Das Rascheln von Blättern, knackendes Unterholz – jemand rannte.

»Was–«

»Haltet sie auf! Sie darf die Stadtgrenze nicht erreichen!«

Johanna erstarrte. Erschüttert hörte sie zu, wie die Männerstimme Befehle brüllte.

»Taima.« Johannas Stimme war bloß noch ein panisches Flüstern, ihre Kehle wie zugeschnürt. Verzweifelt zerbrach sie sich den Kopf. *Was kann ich tun? Wie kann ich ihr helfen?*

Noch während sie fieberhaft nachdachte, gab ihr Smartphone einen Ton von sich und sie schaute nach. Taima hatte ihren Standort geteilt.

Sie ist hier! Im Wald hinter dem Haus!

Der bewusste Teil ihres Verstandes erlag der Schockstarre. Aber der unbewusste Teil – der, der mutig und gewitzt war – legte einen Schalter um und übernahm das Ruder. Johanna staunte nicht schlecht über sich selbst, als sie, ohne zu zögern, das Smartphone auf dem Boden ablegte und Taimas Standort vor ihrem inneren Auge visualisierte. Zum ersten Mal war sie froh darüber, die Wälder in der Gegend dermaßen gut zu kennen.

Sie bildete sich ein, ihre Freundin durchs Unterholz brechen zu sehen und identifizierte vier Verfolger in Schwarz. Ohne darüber nachzudenken, schickte Johanna eine ihrer Schattenwellen, bestehend aus düstergrauer Rauchmasse, in deren Richtung. Die Welle begann golden zu glitzern, sobald sie auf den Waldboden traf. Der Rauch verdickte sich und dichter Nebel bildete sich um die funkelnden Punkte herum und verbarg Taimas Gestalt vor den Augen der Verfolger.

Nachfolgend drehte Johanna ihre rechte Hand im Kreis, Zeigefinger nach oben, und der Dunst begann, sich in einzelne Wirbel aufzuteilen, die schneller und schneller um sich selbst kreisten. Einer nach dem anderen blieben die Verfolger stolpernd stehen und begafften die Windhosen, die sich unaufhaltsam auf sie zubewegten.

»Taima! Folge dem Glitzern!«, rief Johanna in Richtung des Smartphones. Gleichzeitig vollführte sie eine Bewegung mit der linken Hand, als würde sie Konfetti in die Luft werfen.

Sie wartete nicht ab, sondern öffnete die Augen. Damit brach sie zwar den Blickkontakt zum Wald, doch dieses Risiko musste sie eingehen. Fahrig klaubte sie ihr Smartphone von der

Straße und sprintete in Richtung Villa – immer mit der rechten Hand kreisend.

Mit Schrecken realisierte sie, dass sie die Haustür nicht öffnen konnte, ohne die Wirbelwinde loszulassen. Aber wenn sie richtig kalkuliert hatte, war ihre Freundin bereits aus dem Wald raus, auf der Wiese hinter der Villa. Johanna traf die Entscheidung innerhalb eines Herzschlags: Sie ließ die kreisende Hand sinken und fummelte nach ihrem Schlüsselbund. Sobald die Tür aufsprang, hechtete sie hindurch und nahm einen letzten Spurt auf, um die Terrassentür weit aufzureißen.

Taima rannte über die furchige Wiese, als wäre der Teufel höchstpersönlich hinter ihr her. Sie erkannte Johanna und winkte ihr mit weitausschweifendem Armrudern zu.

Hinter ihr löste sich eine einsame Gestalt aus dem Wald. Torkelnd machte sie einige Schritte zur Seite, fixierte sich auf Taima und sank sogleich mit einem Bein in die Knie. Der Lauf einer Pistole reflektierte im strahlenden Sonnenschein.

Er wird sie erschießen!

Panisch wedelte Johanna mit den Armen, um Taima auf ihren Verfolger aufmerksam zu machen. Diese drehte mitten im Sprint den Kopf und linste über die eigene Schulter nach hinten.

Wie aus dem Nichts erschien einige Meter vor Taima eine schwarze, schnell größer werdende Kugel, die in der Luft zu hängen schien. Ungläubig starrte Johanna in die undurchlässige Schwärze.

»Sie läuft direkt darauf zu!«

Erschrocken fuhr sie zusammen. Preston war neben sie getreten, ohne dass sie seine Ankunft bemerkt hatte. Sein Gesicht war ebenfalls auf die dunkle Masse gerichtet, und der Horror, der darin geschrieben stand, spiegelte sich in Johannas Innerem wider.

»Stop!«, brüllte Preston aus vollem Hals. Er zögerte nicht länger, sondern setzte zum Sprint an. Er wetzte übers Gras, direkt auf den Fremden am Waldrand zu.

Taimas Kopf ruckte herum, ihre Augen weiteten sich. Sie rammte die Füße ins Gras, schlitterte und stolperte mit rudernden Armen – und wurde von der schwarzen Masse verschluckt. Die Kugel schrumpfte innerhalb eines Lidschlags in sich zusammen und verpuffte.

Taima tauchte nicht wieder auf.

Ein ohrenbetäubender Knall knallte über die Wiese, gefolgt von einem erzürnten Aufschrei. Preston packte den Schützen und warf ihn zu Boden. Wieder und wieder traf seine Faust das Gesicht des Fremden. Aus seiner Kehle drang ein unmenschlicher Schrei und er riss den Kopf des Mannes herum. Der Unbekannte erschlaffte auf der Stelle.

Zu spät. Sie alle waren zu spät gekommen.

Was auch immer diese Kugel gewesen war, sie hatte Taima mit sich gerissen. Sie war fort.

Kraftlos sank Johanna auf den gefliesten Boden des Wohnzimmers und ließ ihren Tränen freien Lauf.

24

Der Schock über Taimas Verschwinden sass tief. Der Verlust der einzigen Freundin, die Johannas Geheimnis kannte, war unfassbar schmerzhaft. Vier Tage waren vergangen, seitdem Taima in das schwarze Loch gestolpert war, und langsam aber sicher schwand die Hoffnung darauf, je wieder von ihr zu hören.

Selbst Toni, der normalerweise innerhalb kürzester Zeit zu seinem witzelnden Selbst zurückfand, blieb auffällig still. Er verbrachte die Tage in der Uni, und wenn er nachhause kam, steuerte er direkt auf den Keller zu, nachdem er nach Johanna gesehen hatte. Sie vermutete, dass er sich selbst die Schuld daran gab, sie nicht gerettet zu haben, weil er zu jenem Zeitpunkt unwissend in der Uni gesessen hatte. Johanna hatte mehrmals versucht, ihm diese unsinnigen Schuldgefühle auszureden, doch Toni blieb distanziert.

Sie selbst wiederum versuchte, nach außen hin einen gefassten Eindruck zu machen. Sie wusste, dass Toni es nicht ertragen würde, wenn sie sich erneut zurückzog, wie nach Adams Verschwinden. In ihrem Inneren jedoch herrschte totales Chaos. In Johannas Kopf kreisten Fragen über Fragen, und sie konnte sie nicht abschalten, sei es Tag oder Nacht.

Erst Adam, jetzt Taima – werde ich Toni ebenfalls verlieren? Wer hat diesen schwarzen Teleportkreis beschworen? Ist sie noch am Leben? Was werden sie mit ihr machen? Wird an ihr herumgedoktert? Was kann ich nur tun, um sie zu finden?

Den Fakt, dass Johanna vor vier Tagen eigenständig und bewusst ihre Fähigkeiten für einen Kampf eingesetzt hatte, verdrängte sie. Die Schnelligkeit und Zielsicherheit, mit welchen sie die düstere Farbenwelt beherrschte, machten ihr Angst. Diese Seite sollte nicht gehorsamer und formbarer sein als die fröhliche Farbenwelt. Wann immer Johanna in diese Richtung abschweifte, schob sie mental den Riegel vor und forcierte einen anderen Gedanken in ihren Schädel.

Exakt das tat sie auch jetzt; mit vor Aufregung hämmerndem Herzen und einem kontrollierten Ausatmen betrat Johanna den städtischen Friedhof.

Vor zwei Tagen hatte Greta angerufen. Ihr erster Auftrag wartete auf sie. Ihr Ziel kniete vor einem relativ frischen Grab, welches von einem schwarzen Marmorengel auf dem oberen Rund des Steins bewacht wurde.

Preston holte auf und kam neben Johanna zum Stehen, seine Augen wanderten unablässig in diese und jene Richtung. Sie wussten beide, dass Toni irgendwo da draußen war und heimlich über sie wachte. Trotzdem… Seitdem Taima verschwunden war, konnten sie nicht genug aufpassen. Der Vorfall hatte sowohl Johanna und Toni, aber auch Preston gezeigt, wie schnell sich ihr Leben ändern konnte. Sie alle waren wachgerüttelt worden. Die Realität um die Organisation und Johannas Rolle in ihrem Plan formten nicht länger nur ein simples Spiel.

»Bist du bereit?«, raunte Preston, die Zielperson fest im Blick.

Johanna schluckte leer. *Ich fühle mich absolut* nicht *bereit*, wollte sie sagen. Stattdessen entschied sie sich für ein stummes Nicken.

Preston sah es und lächelte schwach. »Denk dran: Bis zum Sonnenuntergang.« Einer plötzlichen Eingebung folgend fummelte er etwas aus einer seiner Hosentaschen und drückte es ihr in die Hand. Johanna senkte den Blick. Es war eine Packung Taschentücher. Sie runzelte verwirrt die Stirn und wollte ihn fragen, was er sich dabei gedacht hatte, doch er schüttelte den Kopf und flüsterte: »Vertrau mir einfach. Und jetzt geh. Denk daran, ich bin deine Leibwache.«

Seufzend steckte Johanna die Packung in die schwarze Handtasche. Sie trug mit Fell gefütterte Leggins, einen kurzen schwarzen Rock mit Gold verzierten Gürtel und eine Bluse, durch die man die Unterwäsche sehen konnte. Alles Markenklamotten – alles vom *Kreis der Begnadeten* im Voraus zur Verfügung gestellt. Für die Mission hatte sie sich von Kopf bis Fuß verkleidet, um die Rolle einer trauernden, wohlhabenden Witwe einzunehmen.

Johanna atmete ein letztes Mal kontrolliert ein und aus, nickte, sich selbst Mut machend, und schritt gemächlich auf die Zielperson zu. Preston folgte ihr in einigem Abstand, seinen muskulösen Körper in einen schwarzen Anzug gekleidet.

Das unerwartete Beben in ihren Gliedern identifizierte Johanna als Nervosität, und sie versuchte, sich davon abzulenken, indem sie sich auf den Plan konzentrierte. Dieser war verblüffend einfach: Johanna sollte den Tag mit der Zielperson verbringen – und dann verschwinden. Preston würde hinterher zurückbleiben und sicherstellen, dass alles funktioniert hatte.

Sie erreichte das Grab mit dem Marmorengel. Vorsichtig näherte Johanna sich der zusammengekauerten Gestalt, die vor dem Stein im Gras lag und bitterlich schluchzte.

Auch wenn sie wusste, was sie erwartete – der Blick auf den Grabstein ließ Johanna mit einem dicken Klumpen im Hals zurück. Der Junge war gerade mal neun Jahre alt geworden, bevor er nach einem schweren Autounfall im Krankenhaus verstorben war. Das alles stand in der Akte, die Preston ihr in die Hände gedrückt hatte; zusammen mit der ihrer Zielperson: Der Mutter des Kindes.

Johanna ließ sich in die Hocke sinken und räusperte sich halblaut. Das Stechen in ihren Augen ignorierend, fummelte sie die Taschentücher wieder aus der Handtasche und tippte der Frau an die linke Schulter.

Diese fuhr erschrocken zusammen, verstummte auf der Stelle, und hob das Gesicht aus den Händen, um Johanna aus verweinten, blutunterlaufenen Augen anzusehen.

Ernst hielt Johanna ihr die Packung vor die Nase. »Nehmen Sie ruhig. Ich scheine alle meine Tränen geweint zu haben.«

Zögerlich griff die Mutter nach den Taschentüchern. Während sie eines herauszog und sich die Nase putzte, setzte Johanna sich so würdevoll wie nur möglich neben ihr ins Gras, die Beine neben sich angewinkelt, den Rücken durchgedrückt.

»Mein Beileid«, bemerkte sie und neigte den Kopf in Richtung des Grabsteins. »Ihr Sohn, nicht wahr?«

Die Mutter stierte von Johanna zum Stein und wieder zurück, dann erst nickte sie.

Johanna seufzte schwer und zog sich die quadratische Sonnenbrille, die sie bis zu diesem Zeitpunkt getragen hatte, von der Nase. Sorgsam ließ sie sie in die Handtasche fallen, dann betrachtete sie einen Punkt hinter dem Grabstein und sagte: »Mein Mann liegt dort drüben.« Sie deutete mit dem Finger in die ungefähre Richtung. »Er starb vor zwei Monaten. Außer sich geratener Mob – die haben ihn totgeprügelt wie einen räudigen Hund. Dennoch fühlt es sich so an, als wäre er bloß verreist. Als würde er jeden Moment durch die Tür treten und mich in die Arme nehmen.«

Das Stechen in ihren Augen wurde zu einem Brennen, und eine einzelne Träne entwischte aus ihrem Augenwinkel. Auch wenn alles an ihrer Rolle gelogen war – die Emotionen der Frau neben ihr schienen auf Johanna überzuspringen. Sie hatte keinerlei Probleme damit, die Trauernde zu mimen.

»Kein Tag vergeht, an dem ich nicht mindestens einmal denke: Ich muss ihm noch Bescheid geben!«, fuhr sie mit heiserer Stimme fort. »Und erst wenn ich das Handy in der Hand halte, wird mir klar, dass das Unsinn ist. Dass ich ihm nie wieder Bescheid geben kann.«

Ein Taschentuch landete in ihrer Hand und Johanna drehte das Gesicht der Mutter zu. Diese rückte sich die Klamotten zurecht, wischte sich mit den Fingern durch die Haare und räusperte sich mehrfach.

Juliette Forster. Mutter von Hendrik Forster. Alleinerziehend, geschieden. Fünfunddreißig Jahre alt und ein leuchtender Stern am Himmel der Biologie. DNA- und Hautspezialistin.

Die Fakten schrillten in Johannas Gehör nach, und sie schloss die Lider, um sie loszuwerden. Dies war der Moment, in dem sie ihre Sicht wechseln sollte, um herauszufinden, wie es um Juliette stand. Ob die Organisation Recht hatte mit ihrer Vermutung. Also wechselte Johanna die Sicht und betrachtete die Frau neben sich genauer.

So viel Reue und Leid. Aber da ist noch etwas anderes, Dunkleres.

Sie wechselte in die düstere Farbenwelt. Kaum hatte sie sich auf die Mutter fixiert, erschrak sie. Sämtliche Schlieren waren grau. Da war kein Schwarz oder Grün, keine weißen Sprenkel – nur Grau.

Als hätte sie aufgegeben... Aber wie soll ich jemandem helfen, das zu überwinden – und das in nicht mal einem ganzen Tag?

Die Organisation hatte die Befürchtung mitgeteilt, dass Juliette Forster Selbstmordgedanken hegte. Die Mutter des toten Jungen hatte ihren Job gekündigt und war tagelang nicht mehr in ihrer Wohnung gesichtet worden. Die Nachbarn hatten letztlich die Polizei gerufen, woraufhin die Tür aufgebrochen und ein Abschiedsbrief gefunden worden war. Aber Juliette blieb verschwunden, und so hatten Johanna und Preston den Auftrag erhalten, sie von diesem Weg abzubringen und zu heilen.

»Mein Beileid auch für Sie«, flüsterte Juliette rau.

Stille breitete sich zwischen ihnen aus und Johanna wartete angespannt darauf, ob Juliette den Köder schlucken und sich mit ihr unterhalten würde.

»Es wird einfach nicht besser«, sagte diese nach einigen Herzschlägen. In ihrer Stimme schwang ein Hauch Verzweiflung mit, was Johanna dazu brachte, sie erneut anzuschauen.

»Das wird es nicht«, stimmte sie langsam zu. »Aber wenn ich an meinen Jonas denke, dann habe ich das Gefühl, dass er nicht gewollt hätte, dass ich aufgebe. Deshalb kämpfe ich, Tag für Tag.«

Die Frau sah sie lange Zeit einfach nur an. Auf ihren Zügen standen etliche Fragen geschrieben.

Ich habe es geschafft!

Begeisterung jagte durch ihre Adern. Doch im gleichen Atemzug erinnerte sie sich daran, aus was für einem Anlass sie hier war und wer sie darstellen sollte, und die Emotion verpuffte ins Nichts. Des Weiteren musste sie immer noch herausfinden, was genau mit Juliette nicht stimmte.

Ich bin überzeugt davon, dass wenn ich dahinterkomme, aus welchem Grund ihre Gefühlswelt dermaßen grau ist, vermag ich dagegen anzukommen.

Ohne Umschweife stand sie auf und bot der Biologin ihre Hand. »Kommen Sie, ich lade Sie auf einen Kaffee ein. Währenddessen gedenken wir unseren geliebten Menschen und reden.«

Juliette verharrte für einen winzigen Augenblick, ehe sie nach Johannas Hand griff und sich von ihr hochziehen ließ.

Nach dem dreistündigen Besuch in einem Café, während dessen Juliette alles über ihren kleinen Sohn erzählt hatte, was ihr gerade in den Sinn gekommen war, bestand die Biologin darauf, Johanna in eine Bar mitzunehmen.

Johanna war ausgelaugt und wollte nichts mehr als nachhause fahren, sich mit Toni in ihrem Bett einkuscheln und bis morgen früh durchschlafen. Keine Sekunde lang, seitdem sie den Friedhof verlassen hatten, hatte sie die düstere Farbensicht abebben lassen. Was auch immer Juliette bedrückte, Johanna kam einfach nicht darauf. Ihre Augen zuckten bereits vor Überanstrengung, und ihr Verstand gaukelte ihr ab und an vor, Dinge zu sehen, die nicht da waren. Aber nach der dritten Bitte nahm sie schweren Herzens an.

Wahrscheinlich will sie den Schmerz über den Verlust in Alkohol ertränken.

Erst als Juliette sich mit Johanna in eine Sitzecke der *Gertrude's* Bar niedergelassen hatte, traute sie sich, leise zu fragen: »Ich will nicht neugierig erscheinen, aber wieso folgt Ihnen dieser Mann überall hin?« Ihre Augen flickten bedeutungsschwanger zu Preston hinüber.

Johanna antwortete betont snobistisch: »Das ist mein Leibwächter. Seitdem Jonas tot ist, fühle ich mich nicht länger sicher, wann immer ich das Haus verlasse. Dank ihm kann ich zumindest ab und an nach draußen gehen.«

»Ich verstehe«, entgegnete Juliette mitfühlend. Sie schnellte aus dem Sitzpolster und verkündete: »Ich besorge uns ein paar Drinks!«

Und da war es: Johannas Bewusstsein fügte die Puzzleteile zusammen und sie verstand endlich, was mit der Mutter von Hendrik los war.

Der Kreis der Begnadeten hatte Recht behalten: Juliette hegte Selbstmordgedanken. Sie brauchte gute Gründe, um am

Leben zu bleiben – weshalb sie sich an Johannas Worte klammerte, seitdem sie sich am Friedhof getroffen hatten.

Innerlich vor Erleichterung aufseufzend wechselte Johanna in die normale Sicht zurück. Der Schock der Farbenumstellung von Graustufen, Weiß und Kotzgrün zur Farbenpracht des üblichen Farbspektrums ließ sie leicht schwanken. Sie hielt sich den Kopf und wartete ab, dass der Schwindel sich verzog.

»Hier«, meldete sich Juliettes Stimme. Ein Glas wurde auf dem Tisch vor Johanna abgestellt und sie nahm blind einen großen Schluck. Der beißende Geschmack von Wodka brannte sich ihre Speiseröhre hinab und ließ sie husten.

Immerhin ist der Schwindel weg... Jetzt muss ich nur noch einen Weg finden, Juliette Forster vom Leben zu überzeugen. Johanna lachte sarkastisch auf, wofür sie sich einen konsternierten Blick von Juliette einhandelte. *Nichts leichter als das.*

Preston (16:04): Es ist Sonnenuntergang. Denkst du, du hattest Erfolg?
Preston (16:04): Zumindest hat sie seit zwei Stunden nicht mehr geweint... Das muss doch was heißen oder?

Johanna stand vor den Waschbecken der Damentoilette im *Gertrude's* und wankte, während sie die Worte entzifferte, die ihr Beschützer ihr geschickt hatte.

Mit einem Schmunzeln tippte sie eine Antwort.

Ich (16:06): Dann mache ich jetzt nen Abgang. Du bleibst noch?
Preston (16:06): Wie besprochen.

Sie steckte das Smartphone wieder ein und verließ die Toilette. Juliette hatte den Kopf auf ihre Arme gelegt und die Augen geschlossen, als Johanna die Sitzecke erreichte. Ihre Atmung war ruhig.

Umso besser, dann lasse ich ihr einen Zettel da und haue ab, nachdem ich bezahlt habe. Aber zur Sicherheit...

Schmerz durchzuckte ihre Augäpfel, als sie ein letztes Mal in die düstere Farbensicht wechselte und die Biologin betrachtete. Die grauen Schlieren hatten sich beinahe vollständig zurückgezogen. Mit einem weiteren, schmerzvollen Stich kam der Übergang in die bunte Farbenwelt. Zart wabernde, grüne Fäden rankten sich um Juliettes Brust.

Zufrieden aber kraftlos ließ Johanna ihre Fähigkeiten ruhen, setzte sich kurz und verfasste eine Notiz, die sie anschließend unter Juliettes Armbeuge schob. Sie erhob sich und eilte zur Kasse, um die Getränke zu bezahlen, nickte Preston im Vorbeigehen distanziert zu und eilte aus dem Gebäude. Eisige Oktoberluft legte sich auf ihre Haut, und ihr wurde bewusst, dass sie dort drin ziemlich geschwitzt hatte.

Hätte ich doch einen Mantel mitgenommen, schalt sie sich und blieb stehen, um sich zu orientieren.

»Na hübsche Frau, darf ich Sie auf ein Stelldichein nachhause begleiten?«

Johanna wirbelte herum.

Toni lehnte an der Wand der Bar, seine Miene von einem frechen Grinsen erhellt. Der Anzug, den er trug, passte wie immer angegossen, und sein hellbrauner Mantel stand offen, weil er die Hände in den Anzughosentaschen vergraben hatte.

Ohne Umschweife stürmte sie auf ihn zu. Er zog die Hände aus den Taschen, breitete die Arme aus und schloss sie in eine feste Umarmung.

»Lass uns hier verschwinden, Leonessa«, murmelte er.

»Nichts lieber als das«, antwortete sie. »Ich bin so k.o., du könntest mich hier und jetzt in den Wald entführen und es wäre mir egal.«

Die eisblauen Augen blitzten amüsiert auf. Er nahm ihre Hand in seine und sie gingen los.

»Na ja, vielleicht nicht gerade der Wald, aber ich hätte da schon so einige Ideen, was ich mit dir anstellen kann, während du in diesem Zustand bist«, neckte er sie.

Johanna lachte, boxte ihm spielerisch auf den Arm und genoss diesen unbeschwerten Moment mit ihm. Seine Art hatte ihr den ganzen Tag über gefehlt.

25

Die Wochen vergingen und ein unheilvoller Trott stellte sich ein. Johannas Tage begannen damit, mit Toni zu frühstücken und eine Stunde lang mit ihm zu trainieren. Im Anschluss scheuchte sie ihn regelrecht aus der Villa – ihm gefiel die Vorstellung deutlich zu gut, die Tage mit ihr Zuhause zu verbringen, anstatt in der Uni zu sitzen und BWL zu büffeln.

Sobald sie allein war, zog Johanna los in den Wald und lernte dank ihrer Mentorin Arissa, besser mit ihren Fähigkeiten umzugehen. Ihr war klar, dass Preston sich dabei in ihrer Nähe aufhielt, doch er blieb respektvoll auf Abstand, um ihr nicht das Gefühl zu vermitteln, allzu offensichtlich beobachtet zu werden.

Gegen Mittag kehrte sie in die Villa zurück, bereitete sich Mittagessen zu und machte sich anschließend daran, gemeinsam mit Preston die Bücher aus ihrem alten Zuhause nach und nach in die Villa zu übertragen, indem sie sie querlas, kategorisierte und danach im Trainingsraum in eines der vielen Regale stellte. Sie ahnte, dass Preston bereits den ein oder anderen Band gelesen hatte, um sich ein Bild ihrer Familie zu machen.

Möglicherweise sind all die wichtigen Infos auch in meiner Akte hinterlegt, genau wie bei Juliette Forster…

Aus eben diesem Grund sah sie kein Problem darin, ihn in diese Aufgabe miteinzubeziehen.

Gelleroy hatte ihr bereits vor Wochen die Erlaubnis für diesen Umzug erteilt und dazu mitgeteilt: »Es sind schließlich alles Dokumente und Artefakte aus deiner Familie, Krümelchen. Wenn du denkst, dass sie bei den Cadeeshs besser aufgehoben sind als hier, dann tu dir keinen Zwang an.«

Was ihr allerdings am meisten zu schaffen machte, war, dass sie weder von Adam noch von Taima ein Lebenszeichen erhalten hatte. Je länger Toni nach ihm suchte, desto mehr zweifelte Johanna daran, dass er seinen besten Freund tatsächlich finden *wollte*. In der Vergangenheit hatte Toni bei jeder Gelegenheit eine übernatürliche Kompetenz bewiesen, wenn es darum ging, Informationen zu beschaffen. Warum also bildete ausgerechnet der Aufenthaltsort seines besten Freundes die eine mysteriöse Ausnahme?

Im Geiste war Johanna immer und immer wieder ein Dutzend Fragen durchgegangen, die sie gerne an Toni richten wollte. Doch jedes Mal, wenn sie die Chance gehabt hatte, ein entsprechendes Gespräch zu beginnen, war sie zurückgekrebst. Sie wollte ihn nicht auch noch verlieren – schon gar nicht aufgrund unbegründeter Zweifel.

Wieder einmal sass sie in Adams Arbeitszimmer auf dem Sofa, den Kopf auf die Rückenlehne gelegt und die Beine im Schneidersitz verschränkt. Eine einzige Träne zog eine feuchte Spur über ihre Schläfe und verschwand unter ihrem Ohrläppchen.

Ich vermisse ihn... Selbst nach über zehn Monaten vermisse ich ihn genauso wie am ersten Tag danach.

Stumm hob sie das Smartphone vor ihr Gesicht, welches sie fest umklammerte.

Keine einzige Nachricht von ihm... Und das seit jenem Tag. Nicht einmal zum Geburtstag hat er mir geschrieben. Vielleicht sollte ich langsam akzeptieren, dass es vorbei ist...

Johanna seufzte und ließ Hand und Smartphone kraftlos sinken.

Ich sollte mir nicht länger etwas vormachen. Adam will mich nicht mehr… Und da Toni keine Fortschritte macht, was seinen Wohnort angeht…

Ihr Smartphone vibrierte und sie schielte auf den Bildschirm hinab. Sofort verdrehte sie die Augen und schnalzte mit der Zunge.

Preston (09:42): Neue Mission! Komm rüber, sobald du kannst.

Die erste Aufgabe war ein voller Erfolg gewesen. Preston hatte nach seiner Rückkehr einen Bericht verfasst, den er ihr am nächsten Morgen vorgelegt hatte, ehe er ihn an die Organisation geschickt hatte. Seiner Aussage nach war Juliette voller neugefasster Hoffnung gewesen, als er sie zum letzten Mal gesehen hatte.

Sie hingegen hatte eine Woche lang Muskelkater in den Augen gehabt. Hätte sie die Schmerzen nicht selbst durchlebt, sie hätte jeden ausgelacht, der ihr ihr erzählte, dass so etwas wie Augenmuskelkater wahrhaftig existiert.

Dessen ungeachtet hatte Johanna das Gefühl beschlichen, dass Preston ihr etwas über jenen Abend verschwieg. Es nagte an ihr, wann immer sie daran zurückdachte, doch sie vermochte einfach nicht den Finger darauf zu legen.

Sie schob den Gedanken beiseite und hievte sich aus dem Polster.

Am besten, ich bringe es gleich hinter mich.

Unwillig zog sie Jacke und Schuhe an, langte nach dem Schlüsselbund und machte sich auf den Weg zum Haus ihres Ziehvaters.

Greta hatte sich in der Zwischenzeit tatsächlich von Gelleroy scheiden lassen. Innerhalb von zwei Tagen war sie aus dem Haus ausgezogen und hatte Johanna ein Post-it mit ihrer neuen Adresse in die Hand gedrückt.

»Johanna! Warte!«

»Ach nee, bitte nicht«, stöhnte sie gequält und beschleunigte ihre Schritte, um vor Melanie an ihrem alten Haus anzukommen.

Eine zierliche Hand hielt sie am Arm zurück, kurz bevor sie das braune Gartentor erreichte. Melanie riss sie unsanft herum und giftete: »Halt gefälligst an, wenn man dich anspricht, du respektlose Hexe!«

»Dir auch einen wundervollen Morgen, Biest«, gab Johanna in ihrem besten Sarkasmus zurück.

Melanie stutzte, gab im Anschluss einen hochmütigen Laut von sich und warf ihr blondes Haar über die Schulter zurück. »Ich will wissen, wie du zu Preston Kirk stehst.«

Johannas Kinnlade sackte verdattert herab. »Hä?«, echote sie ihre Gedanken hinaus.

Der abfällige Blick, den Melanie ihr zuwarf, ehe sie ihre Nägel inspizierte, reichte, um sie wieder zur Besinnung zu bringen.

»Was geht es dich an, wie ich zu ihm stehe?«, fragte sie herausfordernd.

»Ich will ihn daten«, informierte Melanie sie gelassen.

Ungläubig blinzelte Johanna mehrmals hintereinander. »Und was ist mit Toni?«

Das Biest winkte ab und schnalzte mit der Zunge. »Der Idiot kann mich am Arsch lecken.«

Ihre linke Hand stemmte sich in ihre Hüfte und sie verlagerte das Gewicht auf diese Seite ihres Körpers. Die grünen Augen schienen Feuer zu speien vor Zorn.

»Er hat sich in irgendeine Tussi verguckt, während wir getrennt waren. Ergo brauche ich jemand anderen, mit dem ich auf Partys gehen kann.«

Johanna kreuzte die Arme vor der Brust und konterte: »Warum? Sag mir, wieso du einen Typen brauchst, der dich auf Partys abschleppt. Du könntest so viele vor Ort haben, die sich in deinem Dunstschleier aufhalten und dich beim Tanzen am liebsten sandwichen würden.«

Ein selbstgefälliges Lächeln zeigte sich auf Melanies hübschen Gesicht. »Exakt deshalb brauche ich jemanden, der sie mir alle vom Leib hält. Nur weil ich es genieße, begehrt zu werden, heißt das nicht, dass ich mich von jedem wildfremden Typen begrapschen lassen will.«

Ach nein...?

Johannas Brauen zogen sich skeptisch zusammen. Sie ging in Gedanken rasch die einzelnen Erinnerungen durch, in welchen sie mit Melanies Clique unterwegs gewesen war.

Sie hat Recht. Wenn ich es aus ihrem Winkel betrachte, war Toni stets ihr Schutzschild vor anderen Männern.

Dass sie in all der Zeit nie daran gedacht hatte, dass eine Schönheit von einer Frau wie Melanie Borthertorn Schutz benötigte, wann immer sie sich auf einer Tanzfläche befand, beschämte Johanna. Auch wenn das Biest unausstehlich zu ihr war – sie war trotz allem eine Frau. Sie hätte feinfühliger sein müssen, es früher erkennen sollen...

Melanie seufzte. »Also, was ist jetzt?«

»Da ist nichts zwischen uns«, antwortete Johanna verdrossen.

Ihr Gegenüber lachte auf und der hinterhältige Zug um ihren Mund kehrte zurück, als sie selbstgefällig meinte: »Wusste ich's doch; Preston würde sich nie im Leben mit einer wie *dir* einlassen. Er spielt in einer ganz anderen Liga als du.«

Bitte, danke, dachte Johanna zynisch.

Melanies Gesichtsausdruck veränderte sich von Tücke zu gemimter Überraschung, ihr Mund formte ein O und sie begann, mit der Hand vor und zurück zu wedeln, Zeigefinger ausgestreckt, als wäre ihr in diesem Augenblick etwas klar geworden. Mit theatralisch unschuldiger Stimme fragte sie:

236

»Wo wir schon von anderer Liga sprechen: Das war sicher der wahre Grund, warum Adam abgehauen ist oder?«

Johannas Blut kochte vor Jähzorn. Sie spürte unnatürlich deutlich, wie ihr Herz gegen die Rippen donnerte und wie ihre Ohren zu klingeln begannen. Ihre Sicht kippte in die düstere Farbenwelt. Sie *wollte* Melanie wehtun. Ein winziger Teil ihres Verstandes warnte sie davor, und Johanna zwang sich, nachzudenken.

Ich darf die Beherrschung nicht verlieren! Ich muss mich ablenken...

»Du weißt gar nichts über Adam«, spie sie Melanie gepresst entgegen.

Diese lächelte süffisant und der hämische Ausdruck kehrte in ihre Züge zurück. »An deiner Stelle wäre ich jetzt still, *Freak*.«

Melanies Hass waberte ihr entgegen, und endlich fiel die Farce auf ihrem Gesicht in sich zusammen; die perfekt geschwungenen Lippen verzogen sich nach unten, die Brauen zogen sich zusammen und legten eine steile Falte dazwischen frei. Die Abneigung, die aus ihren Augen funkelte, verlieh ihr einen manischen Zug. Allein diese kleinen Veränderungen stellten Melanie in ein gänzlich anderes Licht. Sie sah nicht länger perfekt aus.

Niemand ist das, sprach Johanna sich selbst gut zu. *Selbst du nicht. Du schaffst das. Verlier einfach nicht die Nerven.*

Doch Melanie war noch nicht fertig. »Ich weiß Dinge über deinen ach so geliebten Adam …«

Sie legte eine Kunstpause ein, in der sie sich fasste. Der Hass verschwand aus ihrem Gesicht und machte dem bekannten hämischen Grinsen Platz. Ihre linke Hand warf reflexartig die blonden Strähnen über ihre Schulter zurück, welche sich während ihres Gesprächs nach vorne verirrt hatten.

Sie kicherte kurz und behauptete im Anschluss: »Wenn du auch nur halb so viel über ihn wüsstest, wie ich es tue, würdest du ihn wahrscheinlich nie wieder sehen wollen.«

Johanna sah rot. Diese Rotzgöre raubte ihr wortwörtlich den letzten Nerv. Es nahm ihre gesamte Beherrschung in Anspruch, Melanie *nicht* auf der Stelle anzuspringen und zu strangulieren. Stattdessen drehte sie sich um und ignorierte das Biest, während ihre Hände, bebend vor Zorn, nach dem Schlüssel suchten und die Haustür öffneten.

Sowie sie die Tür hinter sich zugeworfen hatte, trat Preston aus dem Wohnzimmer in den Flur. In seiner linken Hand hielt er ein dick mit Speck und Eiersalat belegtes Sandwich.

»Hey«, begann er, stutzte jedoch bei Johannas finsterer Miene. Sein gesamter Körper schien innerhalb eines Wimpernschlags in den Wachsamkeitsmodus zu wechseln. »Was ist passiert?«

Johanna schnaubte erbost. »Melanie Borthertorn ist los.«

Preston entspannte sich sichtlich und sein Blick war belustigt. »Was hat sie getan? Dich mit einem Wattebausch beworfen?«

»Sie steht auf dich«, gab Johanna feixend zurück.

Er lachte ungläubig auf und schüttelte den Kopf. »Nicht im Traum, McGibbon.«

Leicht angeekelt von seiner Reaktion zog sie die Nase kraus und fauchte: »Habe ich einen Grund zu lügen?«

Preston schwieg. Sie kniff die Augen zusammen, plötzlich misstrauisch geworden, und wechselte die Farbensicht. Zarte rosafarbene Fäden schienen aus dem Bereich seines Herzens zu wachsen, und mischten sich mit dem bereits seit jeher vorhandenen Türkis. Instinktiv wusste Johanna die Farben zu deuten: Preston wünschte sich Aufmerksamkeit, wollte gesehen werden – von jemandem außerhalb der Organisation.

Sie blies die Backen auf und stieß die Luft geräuschvoll wieder aus. »Preston…«, versuchte sie es taktvoll. »Ich weiß, du möchtest gesehen werden – *wirklich* gesehen werden. Aber Melanie Borthertorn ist echt nicht die Person, die du dafür wählen solltest, glaub mir. Ich kenne sie seit der Grundschule.«

Zu ihrem Erstaunen lief Preston vom Hals bis zum Haaransatz rot an und vermied den Blickkontakt.

»Das weiß ich selbst«, murmelte er verlegen. Er räusperte sich und sagte mit festerer Stimme: »Lassen wir das Thema. Ich hätte sowieso keine Zeit für so etwas.«

Mit gemischten Gefühlen nickte Johanna und machte sich auf den Weg die Stufen hinauf. Preston folgte ihr.

»Wir müssen die Mission durchgehen. Willst du deshalb in den geheimen Raum?«

»Du hast es erfasst«, antwortete sie.

Er murrte leise vor sich hin und adressierte sie wenig später erneut. »Wir könnten die Besprechung auch einfach im Wohnzimmer machen. Oder am Esstisch.«

Johanna blieb auf der Galerie stehen und drehte sich so, dass sie über ihre Schulter zu ihm aufblicken konnte. »Das werden wir auf keinen Fall tun«, stellte sie eisern fest. »Der geheime Raum ist das einzig abhörsichere Zimmer in diesem Haus und wir wissen nicht, ob unsere Feinde in meiner oder Gelleroys Abwesenheit Mittel und Wege gefunden haben, uns auszuspionieren.«

Seine Brauen schoben sich langsam nach oben. Verwundert fragte er: »Du denkst, wir werden *hier* überwacht?« Zur Versinnbildlichung zeigte er mit dem Finger auf den Boden unter ihren Füßen.

Wie in Zeitlupe nickte Johanna einmal, drehte sich wieder um und schritt eilig auf das Gästezimmer zu.

Wie naiv ist der denn bitte?

Routinemäßig nahm sie den Schlüssel aus seinem Versteck in der Tapete, öffnete das Schloss zum Gästezimmer und betätigte die versteckte Verriegelung für den geheimen Raum. Lautlos glitt die runde Plattform, auf der das Gästebett stand, herum, nachdem sie sich beide darauf gestellt und Preston den Mechanismus betätigt hatte.

»Also, Klartext«, forderte er sie auf, sobald sie sichergehen konnten, dass die Plattform eingerastet war. »Du denkst ernsthaft, dass jemand das Haus verwanzt hat?«

Johanna zuckte mit den Schultern und wandte sich an den runden Tisch, der unter dem winzigen Fenster stand. Sie setzte sich und erwiderte: »Ist nicht so, dass es das erste Mal wäre…« Sie studierte seine Züge dabei genau.

Prestons Miene verfinsterte sich, und sie las die Fragen förmlich davon ab. »Dein geliebter Kreis hat vor knapp einem Jahr Wanzen in der Villa installiert, nachdem ich mit Adam zusammengekommen bin.«

Reflexartig schüttelte er den Kopf und verschränkte defensiv die Arme vor der Brust, während er sich vor ihr aufbaute. »Das glaube ich dir nicht.«

Sie zog herausfordernd die Brauen hoch und lächelte kalt. »Wir haben die Wanzen aufbewahrt. Ich kann sie dir später zeigen.«

»Das beweist gar nichts.«

»Ach ja, warte, wir haben ja immer ein paar aktivierte Wanzen rumliegen, nur für den Fall.« Johanna schnitt eine Grimasse und verdrehte im Anschluss die Augen. »Wie naiv kann man sein! Wach endlich auf, Preston und sieh die Welt so, wie sie ist!«

»Wie sie ist?« Seine Stimme war lauter geworden. »Ich sage dir, wie sie ist: *Der Kreis* hat Juliette gerettet, Johanna. Nicht du, nicht deine tollen Kräfte …«

Er hob spöttisch die Hände und wedelte damit in der Luft herum. »Nein! Es war einzig und allein der *Kreis der Begnadeten*, der Juliette ein Jobangebot gemacht und sie aufgenommen hat, nachdem sie am Boden zerstört war!«

Johanna kniff die Augen zusammen und sah ihn scharf an. »Was sagst du da?«, fragte sie gefährlich leise.

Eisige Kälte ergriff von ihr Besitz. Ihr Verstand begann im Hinterkopf direkt zu rattern und versuchte, die einzelnen ungelösten Details der letzten Mission mit dieser Info abzugleichen.

»Die Zeit, die sie mit dir verbracht hat, hat ihr zwar über die ersten Zweifel hinweg geholfen, aber es waren *wir*, die ihr Sicherheit gaben!«, echauffierte er sich weiter und schlug sich selbstbewusst auf die Brust.

Sie brach den Blickkontakt ab und starrte konzentriert auf ihre Hände, die auf der Tischplatte ruhten.

Das *also ist der eigentliche Plan hinter der Mission gewesen! Ich wusste es! Ich* wusste, *dass sie niemals völlig uneigennützig einem Menschen helfen würden. Aber wozu nur brauchen sie Juliette Forster?*

Zumindest ein weiteres Puzzleteil fiel an seinen Platz. Johanna sah zu ihrem Beschützer auf und fragte: »*Du* hast ihr das Jobangebot gemacht, nicht wahr?«

Schlagartig erstarrte er. Seine Augen wanderten umher, er atmete immer noch heftig und seine Nasenflügel bebten, doch er blieb stumm. Das war Johanna Bestätigung genug.

»Ich hatte schon geahnt, dass es nicht so einfach sein kann«, überlegte sie laut. Sie erhob sich und trat vor ihn, imitierte seine Pose und stemmte die Hände in die Hüften, das Kinn in einer Mischung aus Sturheit und Trotz gereckt. Sie hoffte, dass Preston die wilde Entschlossenheit und den Zorn aus ihren Augen ablesen konnte.

»Jeder von uns hatte an jenem Tag einen separaten Auftrag, stimmt's? Ich sollte sie ködern, damit du dich im Anschluss als Leibwächter ausgeben konntest, der für eine wohltätige Organisation arbeitet, die speziellen Kindern hilft, einen Platz im Leben zu finden.« Sie wedelte unwirsch mit einer Hand. »Oder irgendein ähnlicher Stuss. War es nicht so?«

Prestons Adamsapfel hüpfte, seine Lippen blieben fest aufeinandergepresst.

Mit einem Mal fühlte Johanna sich von ihm hintergangen und verletzt. Über die vergangenen Wochen hinweg hatte sie zwar versucht, ihn so weit wie möglich auf Abstand zu halten, dennoch hatte sie ihn nach und nach als möglichen Verbündeten gesehen. Das bisschen Vertrauen, das sich während ihrer gemeinsamen Zeit zwischen ihnen gebildet hatte, war gebrochen.

»Weißt du noch, wie du sagtest, dass die Loyalität eines Beschützers immer dem Schützling gilt?« Ein sarkastisches Schnauben entfuhr ihr. »Du belügst dich selbst und jeden um dich herum, wenn du das tatsächlich glaubst. Denn deine wahre Treue gilt einzig und allein dem *Kreis der Begnadeten*. Du führst ihre Befehle aus, ohne zu hinterfragen, was der eigentliche Plan ist – ganz der Soldat, zu dem du geformt wurdest.«

Ohne ein weiteres Wort schoss sie an ihm vorbei und verließ ihr ehemaliges Zuhause mit einer Mixtur aus Wut auf sich selbst aufgrund des geschenkten Vertrauens, und und Fassungslosigkeit über Prestons Blauäugigkeit gegenüber der Absichten der Organisation.

Sie schüttelte den Kopf, um sich davon abzulenken, und beschloss, als Erstes mit Toni darüber zu reden, was sie eben erfahren hatte, wenn er nachhause kam.

26

»Da bist du ja endlich«, grummelte Johanna vier Stunden später, als Toni durch die Haustür geschlendert kam.

Seine Augenbraue schob sich in die Höhe und er warf Rucksack sowie Jacke in eine Ecke, bevor er sich neben ihr aufs Sofa fallen ließ.

»Hast du den ganzen Morgen hier gesessen, Leonessa?«, wollte er mit einer Spur Vorsicht in der Stimme wissen.

Johanna warf ihm einen giftigen Blick zu. »Natürlich nicht.«

Sie war immer noch geladen von dem Streit mit Preston. Es nagte an ihr, dass er dermaßen blauäugig war und die Organisation als einen Kreis guter Menschen betrachtete. Erschrocken hatte sie feststellen müssen, dass sie ihn eigentlich gerne auf ihrer Seite gewusst hätte. Seine Versprechungen von Loyalität hatten in ihr die Hoffnung geschürt, nebst Taima noch einen weiteren Verbündeten zu finden, der nicht zu den Cadeeshs gehörte.

Toni legte seinen Arm um ihre Schultern und presste einen Schmatzer auf ihre Wange.

»Was bedrückt dich dann, meine Schöne?«, fragte er gut gelaunt.

»Preston«, zischte sie gepresst. »Er hat mich belogen.«

»Ach ja?«

Sie drehte sich ihm zu und zog dabei die Knie an.

»Wusstest du, dass Preston einen eigenen, geheimen Auftrag erhalten hat, als wir die Biologin retten sollten?«, ereiferte sie sich. »Ja! Er sollte die Frau rekrutieren!«

Tonis Miene wurde nachdenklich. »Warum braucht der Kreis eine Biologin?«

Johanna winkte ab. »Keine Ahnung, darüber habe ich mir stundenlang den Kopf zerbrochen.«

»Hmm«, machte er und griff nach ihrer linken Hand, um ihre Finger ineinander zu verschränken. »Und was genau stört dich an Prestons Lüge?«

Sie schnalzte entnervt mit der Zunge. »Er labert und labert von Loyalität und dass die Treue eines Beschützers bei seinem Schützling läge. Aber in Wahrheit lügt er wie gedruckt.«

»Ich verstehe…«, gab Toni zurück. »Du hättest ihn gern auf unserer Seite gewusst.«

Peinlich berührt, dass er sie so einfach durchschaut hatte, nickte Johanna. Sie wich seinem Blick aus und studierte stattdessen ihre verschränkten Finger.

»Nun, ich nehme an, du hast ihm glasklar vor den Latz geknallt, was du davon hältst«, fuhr Toni selbstgefällig fort. »Das wird ihn zum Nachdenken bewegen. Also mach dir darüber nicht so einen Kopf.«

Erleichtert sah sie auf. Toni lächelte sie an und seine freie Hand legte sich zärtlich an ihre Wange. »Ich weiß, in solchen Situationen hättest du gern meinen besten Freund hier, um dich aufzumuntern… Er findet immer die richtigen Argumente.«

Johanna schüttelte den Kopf. »Nein. Also ja, ich hätte ihn gern hier, aber du bist genauso toll darin, meine Sorgen zu mindern.«

»Na immerhin kann ich etwas ganz gut«, konterte er spöttelnd.

»Du kannst mehr als das. Und zwar mehr als *ganz gut*.«

Toni stieg nicht auf ihre Anspielung ein. Er zuckte mit der rechten Schulter und ließ seinen Blick in der Villa umherschweifen. Die Hand an ihrer Wange sackte hinab und er sagte leise: »Zehn Monate sind vergangen und ich konnte Adam nicht zu dir zurückbringen. Mein Versprechen von damals ist nichts wert.«

Seine Augen fanden ihre. »*Ich* bin nichts wert.«

Ihr Herz sprang diesem Mann entgegen, so sehr fühlte sie seine innere Qual.

»Du bist alles wert, Toni. Alles auf dieser Welt und noch viel mehr«, beteuerte Johanna und drückte seine Finger. »Dass du Adam nicht zurückbringen konntest, heißt nur, dass wir uns mehr anstrengen müssen. Wir werden es schaffen, das weiß ich.«

Toni seufzte und schüttelte langsam den Kopf. Er verbarg die Hälfte seines Gesichts mit der Innenfläche der freien Hand.

»Wenn ich nur deine Zuversicht hätte, Jojo …«

Johanna lachte ironisch auf. »Ich hoffe wohl eher darauf, dass er mir eines Tages verzeihen kann, was ich ihm angetan habe. Was ich damit euch beiden und uns allen angetan habe.«

»Du hast nicht—«

»Doch, das habe ich«, unterbrach sie seinen Einwand. »Ich habe zugelassen, dass meine Fähigkeiten mich übermannt haben. Ich *wollte* dir wehtun Toni. Ich war so wütend über dein seltsames Benehmen damals, dass ich mich selbst eine Sekunde lang verloren habe.« Johanna schluckte leer. »Aber diese Sekunde hat ausgereicht, um den größtmöglichen Schaden anzurichten.«

Tonis Augen beobachteten ihre Züge. »Wie meinst du das, du hast dich selbst verloren?«

Johanna verzog das Gesicht zu einem Feixen. »Manchmal, da …«

Unwillkürlich atmete sie tief durch. »Manchmal verliere ich meine gute, nette Seite. Dann *will* ich Menschen weh tun, ihnen Schmerzen zufügen.«

Da. Es ist raus. Das Geheimnis, das ich mit mir trage, seitdem ich diese vermaledeiten Kräfte bewusst wahrgenommen habe.

Es fühlte sich gut an, diesen lang verschwiegenen Fakt endlich offengelegt zu haben. Und doch fürchtete sie sich vor Tonis Reaktion – denn Johanna setzte darauf, dass er sie zurückstoßen würde.

»Ich denke mal, das ist ganz natürlich, oder?«

»Was?«, echote sie ihre verdatterten Gedanken hinaus.

Toni lächelte sanft und rutschte näher an sie heran.

»Selbst ich hege manchmal den Gedanken, jemandem weh zu tun. Wir Menschen sind nun mal nicht perfekt. Ich glaube, es ist ganz normal, manchmal innerlich durchzudrehen und sich vorzustellen, wie das Gegenüber leidet. Aber solange man es nicht wahrmacht, bleibt es fest verschlossen in uns drin, wie die Büchse der Pandora. Wir dürfen sie nur niemals öffnen.«

Johanna starrte ihren besten Freund ungläubig an.

»Du bist kein schlechter Mensch, weil du so denkst. Und du bist kein Monster, weil du die Kontrolle verloren hast, Leonessa«, fuhr Toni fort. Seine Stimme war ein Raunen geworden. »Dich trifft keine Schuld an dem, was zwischen uns dreien geschehen ist. Wir hätten offener mit dir sein müssen.«

In seinen Augen stand ein Schmerz geschrieben, den Johanna nicht deuten konnte. Irgendetwas an seinen Worten quälte ihn, doch sie wusste nicht, was das sein könnte.

Trotzdem verzeiht er mir… Er sieht mich nicht als Schuldige dafür, seinen besten Freund aus ihrem Zuhause vertrieben zu haben.

Tränen stiegen in ihr auf. Ein Klumpen formte sich in ihrem Hals und als er ihren Mund erreichte, war es ein einzelner, kleiner Schluchzer.

»Danke«, flüsterte Johanna.

»Nicht dafür.« Er schüttelte unmerklich den Kopf und das ewige Grinsen kehrte auf seine Züge zurück, als er sich noch näher schob und raunte: »Du kannst mir für so vieles danken, aber sicherlich niemals für die Wahrheit, meine Schöne.«

Mit verweinten Augen und einem Schniefen lachte Johanna und schlug ihm spielerisch auf den Oberarm. Zur Antwort legte er seinen Mund auf ihren.

Johannas Lust erwachte mit einem innerlichen Brüllen. Ungestüm zog sie Toni enger an sich, vergrub ihre Hände in seinem Haar und verlor sich in den Emotionen, die sein Kuss in ihr auslösten.

Tonis Lippen lösten sich von ihrem Mund und zogen eine heiße Spur der Erregung in Richtung ihres Schlüsselbeins, während er mit seinen Händen unter ihr Shirt glitt und ihre Brüste umfasste.

»Bei allen sieben Höllen, ich liebe dich«, hauchte er an ihrer Haut. »So sehr, dass ich Angst davor habe, die Kontrolle zu verlieren, wann immer ich dich küsse.«

Johannas Körper summte vor Freude.

»Dann verlier sie einfach«, schlug sie atemlos vor und zog ihm das T-Shirt vom Oberkörper.

Sein Kopfschütteln war so heftig, dass die blonden Haare in sein Gesicht fielen und ein Auge verdeckten. »Ich will dir nicht weh tun.«

Sein Brustkorb hob und senkte sich bereits angestrengt. Johanna ließ die Finger ihrer rechten Hand darüber gleiten und sah dabei zu, wie er halb genüsslich, halb gequält die Augen schloss. Sein Mund öffnete sich einen Spalt.

Langsam schob sie ihre Hand in seinen Hosenbund. Mit der anderen öffnete sie den Reißverschluss, zerrte am Knopf und schob die Hose anschließend an seinen Beinen entlang hinunter, bis sie auf Augenhöhe mit seinem Gemächt kam.

Einer Idee folgend nahm sie ihn in die Hand und sah zu Toni hinauf. Das Neonblau seiner Iriden schien ihr entgegen. Er beobachtete, wie sie über seine Spitze leckte, Kreise um seine Eichel zog und ihn dann in den Mund nahm.

Das Zischen, das aus seinem Mund kam, wanderte auf direktem Wege in ihre Mitte und ließ die Stelle pochen, die sie so dringend befriedigt haben wollte.

»Du machst es mir echt schwer«, raunte Toni.

Er stieß zu. Johanna umfasste sein bestes Stück härter und als Toni in ihre Haare griff, um sie an Ort und Stelle festzuhalten, genoss sie es.

Tu es. Lass los. Ich weiß, was ich tue.

Die Gedanken kamen ohne ihr Zutun, und doch spürte sie, dass sie es wollte. Sie wollte Toni im Hyperfokus erleben. Die Vorstellung machte sie dermaßen an, dass sie stöhnte und sich ihre Mitte vor Verlangen zusammenzog.

Mit einem nassen Geräusch entzog sie sich ihm und streifte sich die eigenen Klamotten vom Leib. Dann legte sie ihre Hände an seine Wangen und hauchte: »Lass los, Toni. Bitte.«

Die neonblauen Iriden schienen noch intensiver zu leuchten, doch er rührte sich nicht.

»Ich will das hier«, beteuerte Johanna. Wie um ihren Standpunkt klarzumachen, griff sie nach seiner Hand und führte sie an ihre Mitte.

»Tu es.«

Die Ranken erschienen auf seinen Schläfen und erreichten die Augäpfel. Sofort färbten sie sich schwarz. Aber das war nicht alles: Die linke Hälfte von Tonis Gesicht schien durchsichtig zu werden. Die Haut verschwand fetzenweise und darunter kamen Muskeln und Sehnen zum Vorschein. An manchen Stellen erblickte sie seine weißen Backenzähne oder Teile des Kiefers. Die Zersetzung setzte über seinen Hals hinweg fort und endete an seinem linken Schlüsselbein.

Fasziniert betrachtete Johanna die Veränderung. Zu ihrem Erstaunen verspürte sie keinen Ekel – da war nur Freude darüber, dass er ihr ausreichend vertraute, um sich ihr so zu zeigen.

Toni schien ihr Schweigen jedoch anders zu interpretieren.

»Ich habe dir gesagt, ich sehe dabei nicht gerade attraktiv aus«, erklang das dunkle Knurren seiner mutierten Stimme.

»Du bist so ein Lügner«, konterte sie mit einem Lächeln und küsste ihn stürmisch.

Erst weiteten sich seine Augen überrascht, doch noch während des Kusses schien ein Schalter in ihm umgelegt zu werden. Sein Griff um ihre Taille wurde unnachgiebig, die Hand auf ihrer Mitte kam in Bewegung. Ohne Vorwarnung stieß er zwei Finger in sie hinein.

Johanna schrie leise in seinen Mund. Pure Lust wallte über sie hinweg, als er die Finger bewegte und sie dabei um den Verstand küsste.

In ihr ballte sich ein Verlangen auf, ein Knoten aus verzweifeltem Sehnen nach Erlösung. Johanna löste sich von seinem Mund.

»Bitte«, keuchte sie atemlos.

Toni knurrte, stieß sie vor die Brust und Johanna fiel rückwärts auf das Sofa, seine Finger immer noch tief in ihr vergraben.

Er beugte sich über sie und leckte über ihren rechten Nippel, bevor er ihn in den Mund nahm und erbarmungslos daran sog, während seine Zunge darüber hinwegflickte.

Johanna sah Sterne – und ihr Höhepunkt explodierte mit solch einer Wucht, dass sie am ganzen Körper bebte. Sie schrie auf und ihre Hüften hoben sich ihm ein letztes Mal entgegen, bevor sie in die Kissen zurückfiel.

Ein düsteres Lachen kam aus Tonis Mund, er ließ für einen Moment von ihrer Brust ab.

»Das war erst der Anfang«, knurrte er mit einem teuflischen Grinsen im Gesicht.

Johanna sah an sich herab. Toni positionierte sich zwischen ihren Beinen und stieß zu – seine Finger immer noch in ihrer Mitte vergraben. Atemlos japste sie auf, ihr Körper bäumte sich auf.

»Ich will deine Schreie hören, meine Schöne. Ich will hören, wie du mich in den Himmel lobst und mich zum Teufel schickst.«

Sein Schwanz stieß so hart zu, dass Johanna die Tränen kamen. Gleichzeitig rieb er ihren Kitzler mit dem Daumen, während seine Finger ihren empfindlichsten Punkt berührten. Erneut beugte Toni sich über sie und nahm sich die andere Brust vor.

Innerhalb von Sekunden kam Johanna erneut. Diesmal so heftig, dass sie das Gefühl hatte, zu Pudding zu zerfallen. Sein Glied zuckte – er war mit ihr gekommen.

Toni gab ihr keine Verschnaufpausen. Weiter und weiter trieb er sie an, bis sie vollständig vergessen hatte, wer sie war, was sie im Leben erwartete und wo sie sich befanden. Komplett hemmungslos schrie sie ihre Erregung hinaus, verfluchte seinen Hyperfokus, nur um gleich darauf von einem neuerlichen Höhepunkt durchgeschüttelt zu werden. Ihre gemeinsamen Orgasmen ließen die Stelle ihrer Vereinigung glitschig und nass werden. Ihre Mitte brannte vor Hitze, und sie spürte die Schwellung bereits nach einer Stunde. Und doch wollte sie mehr. Sie wollte, dass Toni sich an ihr vollständig verausgabte, bis er zusammenbrach.

»Ein letztes Mal«, äußerte Toni nach einer Ewigkeit.

Johanna lag auf dem Bauch, ihr Hinterteil war gen Himmel gereckt und Toni war gerade eben in ihr gekommen.

»Aber diesmal im Liegen.«

Sofort plumpste Johanna zurück auf die Sitzfläche des Sofas. Die Polster waren nass vor Schweiß und anderen Dingen.

»Mit dem Rücken zu mir«, befahl Toni barsch.

Wie befohlen legte Johanna sich hin. Er packte ihre Pobacken und riss sie grob auseinander. Ein Finger fuhr ihrer Ritze entlang und kreiste über ihren Anus, stieß sanft hinein und brachte Johanna neue Empfindungen nah, die sie bis anhin nicht gekannt hatte.

Seine Spitze brannte an ihrer Haut, dann schob er sich in ihre Mitte. Mit der freien Hand packte er ihren Unterarm.

»Anspannen.«

Johanna spannte den Arm an und Toni hielt sich daran fest, während er in sie hineinstieß. Der Finger in ihrem Anus bekam Gesellschaft von einem zweiten. Ihre Lust steigerte sich und sie stöhnte auf. Sie stellte sich vor, wie er sein Glied anstelle der Finger dort hineinzwängte und ihre Mitte zuckte vor Verlangen.

»Das nächste Mal«, versprach Toni ihr. »Jetzt kommst du noch einmal für mich, dann bist du frei.«

Die Art und Weise, wie Toni sie in seinem Hyperfokus behandelte, hatte etwas Spezielles an sich. Johanna hatte gedacht, dass er sie wie ein wildgewordenes Tier anfallen würde, ob sie wollte oder nicht. Aber es war komplett anders: Er war darauf bedacht, ihr genauso viel Lust zu bereiten, wie sich selbst. Wann immer sie zu einem Höhepunkt gekommen war, war er ihr kurz darauf oder gleichzeitig gefolgt, nur um sofort in den nächsten einzusteigen.

Zwar war er manchmal grob und hart, aber nie so, dass Johanna in ernsthafte, schmerzerfüllte Tränen ausgebrochen wäre. Schmerz und Lust hielten sich immer in der Balance.

Toni war schon im Normalfall ein Künstler im Bett; der Hyperfokus nahm ihm die Hemmungen, über seine und Johannas Grenzen hinauszugehen und alles mit ihr anzustellen, was er sich wünschte.

Ein dritter Finger fand seinen Weg in Johannas Anus und sie stöhnte. Im Gleichtakt rammte er sein Glied in ihre Mitte und stieß die Finger in sie hinein.

»Sieh es als kleinen Vorgeschmack auf die Zeit, wenn Adam wieder da ist, Leonessa«, raunte er.

Ein Wimmern löste sich aus ihrem Mund und er beugte sich über ihre Mitte, sein Grinsen so teuflisch wie nie zu vor.

»Wir werden dich zerstören und wieder zusammensetzen, und du wirst uns dafür nur noch mehr lieben. Sag es!«

»Das werde ich«, japste Johanna.

Die Hand an ihrem Unterarm verschwand und er griff nach ihrem Bein, hob es an und legte es sich über die Schulter. Seine neonblauen Iriden brannten sich durch die schwarzen Augäpfel und hielten Johannas Blick gefangen, während er geschickt an ihrem Kitzler herumzuspielen begann.

»Wann immer du soweit bist«, frotzelte er und legte an Tempo zu.

Keine Minute später explodierten tausend Sterne in Johannas Verstand. Sie japste Tonis Namen und Gänsehaut breitete sich auf ihrer Haut aus, als er den ihren sagte und sich in sie ergoss.

Von ihrer Mitte ausgehend breitete sich eine lähmende Schwere aus, die sich auf ihre Knochen legte und sie niederdrückte. Selbst wenn sie gewollt hätte, sie hätte keinen Muskel mehr rühren können.

Toni sackte über ihr zusammen. Sein Oberkörper legte sich auf ihren Bauch und sie spürte den rasenden Puls, das Hämmern seines Herzens.

Sanft strich sie durch die blonden Haare auf seinem Kopf und genoss das Gefühl, in völliger Erschöpfung mit ihm vereint zu sein.

Sein Kopf hob sich und er sah sie prüfend an. Die Ranken waren verschwunden, die Augäpfel weiß und das Gesicht intakt. Das Blau seiner Iriden wirkte leicht verwaschen, wie in einem Moor.

»Ich hoffe, ich habe deine Erwartungen erfüllt, Leonessa«, sagte er heiser.

Johanna schenkte ihm ein glückliches Lächeln. »Es war wundervoll«, versicherte sie ihm. »Ich freue mich schon auf das nächste Mal.«

Er lachte ein paar Mal hintereinander auf. »Tsss, du bist ein echter Nimmersatt, was?«

»Ich nehme, was ich kriegen kann«, wiederholte sie Tonis eigene Worte.

Das Grinsen auf seinem Gesicht strotzte vor Zuneigung. Rasch beugte Johanna sich vor und küsste ihn auf den Mund. Dann fragte sie: »Und wie geht's dir?«

Er ächzte und hob den Oberkörper von ihrem Bauch. Dabei wankte er bedenklich, was Johanna dazu brachte, ihre Hände vorsichtig an seinen Armen zu platzieren, um ihn zu stabilisieren.

»So gut ja?«, frotzelte sie.

»Okay, ich gebe zu, ich bin froh, wenn ich es in mein Zimmer schaffe.«

»Dann aber dalli«, bemerkte sie. Sofort erhob sie sich und half Toni auf die Beine. Gemeinsam stolperten sie die Glastreppe hinauf, und Toni öffnete die Schlafzimmertür für sie.

Sanft bettete sie ihn nieder und küsste seine Lippen. Doch Toni war bereits eingeschlafen.

»Ihr seid beide außergewöhnlich«, flüsterte sie ihm zu. Ein letztes Mal strich sie ihm die Haare aus der Stirn, dann wandte sie sich ab und machte sich trotz ihrer schmerzenden Glieder an die Arbeit: Das Sofa musste komplett abgezogen und die Polster gereinigt werden, bevor sie sich wieder ohne Bedenken darauf niederlassen würde.

Nachdem die erste Ladung Wäsche in der Maschine gelandet war, ließ Johanna sich ein Bad ein. Während sie sich im heißen Wasser des Gästebads entspannte, versank sie in den Erinnerungen der letzten Stunden.

Mit einem zufriedenen Lächeln döste sie ein.

27

Die Stimmung zwischen Preston und Johanna war auf einem neuen Tiefpunkt angelangt. Wann immer die beiden aufeinandertrafen, wahrten sie Distanz und besprachen nur das Nötigste.

Eine Woche nach dem Streit im geheimen Raum schrieb Preston ihr in aller Herrgottsfrühe eine Textnachricht, dass sie sich am nächsten Tag im Hauptquartier einfinden sollten. Der dreimonatige Check-up ihrer Fähigkeiten stand bevor.

Auf der Stelle wurde Johanna unruhig. Sie legte das Smartphone zurück auf den Nachttisch und drehte sich um.

Tonis Gesicht war ihr zugewandt, die Augen geschlossen. Einige blonde Strähnen hingen ihm in die Stirn und sie strich sie sanft beiseite. Sofort klappten seine Lider auf und das geliebte Eisblau seiner Iriden blickte ihr entgegen.

»Schlaf weiter«, hauchte sie und lächelte.

Er brummte, schob sich näher an sie heran und schob einen Arm unter ihren Kopf, während der andere sich um sie schlang. So in seiner Umarmung gefangen, vergrub Johanna ihr Gesicht an seiner Brust.

»Was bedrückt dich?«, raunte er nach einer Weile verschlafen.

»Preston hat mir eben geschrieben«, grummelte sie. »Morgen ist der erste Check-up.«

Sein Körper versteifte sich. Langsam entwirrte er ihre verschlungenen Glieder und brachte ein wenig Distanz dazwischen.

»Ist dieser Mist wirklich verpflichtend?«, wollte er wissen.

Johanna nickte. Weder Gelleroy noch Preston hatten ihr im Detail erklären können, was genau der Check-up beinhaltete. Beschützern war es nicht erlaubt, während des Vorgangs vor Ort zu sein. Alles, was sie wussten, war, dass er in den Laboratorien stattfand.

Toni ging dieser Umstand gehörig gegen den Strich – er hatte gern alles im Griff, und über eine Sache nicht ausreichend informiert zu sein, ließ ihn fuchsig werden.

In dieser Situation kann ich ihm nachempfinden. Ich habe ein ganz mieses Gefühl bei der Sache. Welche firmeninterne Angelegenheit untersagt die Anwesenheit der eigenen Mitarbeiter? Das allein schreit schon danach, dass etwas daran faul sein muss.

»Tust du mir einen Gefallen, Leonessa?«, bat Toni. »Lass es uns wie letztes Mal tun: Starte eine Liveübertragung, sobald du dort bist.«

Er schluckte und Johanna konnte erkennen, wie sehr ihn der Gedanke schmerzte, sie ohne ihn zur Organisation gehen zu lassen.

»Ich glaube, anders könnte ich es nicht ertragen«, gab er zu.

Sie legte ihre Hand sanft auf seine Wange und flüsterte: »Natürlich.«

Eine Weile lang sahen sie sich in die Augen, ohne zu sprechen. Irgendwann veränderte sich Tonis Miene, wurde eindringlich und er meinte: »Ich muss mit dir reden, wenn du wieder da bist.«

»Warum klingt das jetzt so, als würdest du mit mir Schluss machen?«, witzelte Johanna über ihren plötzlich ängstlich rasenden Puls hinweg.

Er schmunzelte, doch es erreichte nicht seine Augen. »Niemals, Leonessa. Es gibt allerdings etwas, das ich dir sagen muss.« Die Finger seiner rechten Hand strichen zärtlich über ihren Arm.

»Aber dafür sollst du einen freien Kopf haben«, fügte er nach einer Pause hinzu. Der feierliche Ton, in dem er das sagte, ließen die Haare auf ihren Unterarmen zu Berge stehen. Ihr Magen verknotete sich zu einem besorgten Knoten, den sie den gesamten Tag nicht zu entwirren vermochte, egal, wie sehr Toni sie zum Lachen brachte oder wie viele Küsse er ihr schenkte.

Der nächste Tag kam viel zu früh – und zu schnell – für Johannas Geschmack. Sie starrte auf die Anzeige ihres Displays: Fünf Uhr.

Mit einem erschöpften Stöhnen ließ sie sich in die Matratze zurücksinken. Noch drei Stunden, bis sie aufstehen, sich anziehen und mit Toni frühstücken würde.

Preston würde um elf auf der Matte stehen, um sie abzuholen.

Johanna rieb sich mit den Händen über das Gesicht.

Der Streit mit Preston nagte an ihr. Ja, sie war im Recht gewesen … aber ihm war sein Leben lang indoktriniert worden, dass der *Kreis der Begnadeten* eine wohltätige Organisation durch und durch sei – ganz ohne Hintergedanken. Sie hatte gewusst, dass es nicht leicht mit ihm werden würde, und trotzdem hatte sie ihn bei der ersten Gelegenheit so weit von sich gestoßen, dass sie keine Hoffnung auf Versöhnung mehr sah.

Ist es das, was ich will? Hoffe ich darauf, dass wir uns irgendwann verstehen werden?

Ihre Hände fuhren nach oben, in ihre Haare. Sie hätte zu gern zugepackt und an ihren Haarwurzeln gerissen, wie es die

Charaktere in Zeichentrickserien üblicherweise taten, wenn sie frustriert waren.

Er wird sein Leben an meiner Seite verbringen, ob ich es will oder nicht. Bislang habe ich nicht viel dazu beigetragen, unsere Zusammenarbeit angenehmer zu gestalten. Ich trage dieses allgegenwärtige Misstrauen in mir herum und kann es nicht ablegen. Es ist zu einem Schutzschild geworden. Aber Preston ist genauso ein Opfer wie ich oder Taima – wir alle sind in die Fänge der Organisation geraten und können ihr nicht mehr entfliehen. Also warum die gemeinsame Zeit nicht angenehmer machen?

Ihr innerer Konflikt musste wohl nach außen hin sichtbar gewesen sein, denn Tonis amüsiertes leises Lachen ließ sie stutzen und zu ihm hinüberschauen.

»Es riecht schon ganz verbrannt, Leonessa«, spöttelte er. Seine Hände griffen flink nach ihrer Mitte und zogen sie mit einem Ruck an sich heran. »Ich habe einen Vorschlag: Küss mich einfach, bis du alle deine Sorgen vergessen hast.«

»Nur küssen?« Johanna zog eine Schnute. Sie nutzte die Gelegenheit und schob sich auf ihn. Die Berührung seiner Haut auf ihrer sendete winzig lodernde Flämmchen durch ihre Nervenbahnen. Ihre Hände legte sie als Stütze unter das Kinn, um ihm nicht wehzutun. In dieser Position betrachtete sie sein schönes Gesicht.

Toni grinste, verschränkte die Arme hinter dem Kopf und küsste sie kurz auf den Mund. »Für mehr als Dienste an deiner Person bin ich zu erschöpft, meine Schöne.«

»Oh.« Johanna wurde ernst. »Ich verstehe. Du musst bald ruhen.«

»Wir können auch darüber reden?«, offerierte er.

Sie neigte den Kopf zur Seite, dachte kurz nach, dann schob sie sich vor und küsste ihn stattdessen. Seine Hände begannen über ihren Körper zu wandern und Johanna ließ sich von ihm lieben, bis sie letztendlich ihre Sorgen vergessen hatte.

Der Wecker klingelte und riss sie aus ihrer Zweisamkeit. Toni langte blind nach dem Smartphone, während er weitere Küsse auf Johannas Lippen platzierte. Das Genörgel erstarb, doch sie seufzte auf. »Ich muss mich bereitmachen.«

»Nur noch ein wenig länger«, bettelte Toni und küsste sie in schnellen Abständen.

Johanna lachte und schob ihn von sich. »Wir haben schon drei Wecker verplempert. Preston wird jeden Moment hier aufkreuzen, wenn wir so weitermachen.«

Aus seinem Mund kam ein grummelnder Laut, doch er ließ sie aufstehen. Johanna nutzte die Gelegenheit und hastete über den Flur ins Badezimmer, wo sie in Windeseile unter die Dusche sprang.

Zehn Minuten später stand sie, fertig angezogen und mit nassen Haaren, in der Küche und steckte Toast in den Toaster. Sie registrierte eine Bewegung in der Eingangshalle und sah Toni die Glastreppe herunterkommen. Für einen winzigen Moment hielt sie inne und sog seinen Anblick in sich auf.

Es klingelte an der Tür und Toni wandte sich direkt dorthin. Preston stand an der Schwelle, sein Körper in voller Montur. Er nickte Toni zu, blickte über dessen Schulter und entdeckte Johanna in der Küche.

»Wir müssen los«, erinnerte er sie.

Toni schnaubte, was Prestons Aufmerksamkeit auf ihn zog.

»Lass wenigstens noch essen«, brummelte er mit verschränkten Armen. »Wer weiß, was sie im Labor erwartet.«

Preston sah ihn an und nickte nach ein paar Sekunden. Er drehte auf dem Absatz um und stiefelte gen Straße davon.

Der Toaster spukte zwei geröstete Scheiben aus und Johanna fuhr erschrocken zusammen. Hektisch belegte sie eine Scheibe mit Sandwich-Käse, Gurkenscheiben und etwas Schinken, auf die andere schmierte sie eine dicke Schicht salzige Butter. Aus dem Kühlschrank nahm sie eine Flasche stilles Wasser, stellte es neben ihrer Handtasche ab und schlang sich diese über die Schulter. Danach griff sie nach ihrem Frühstück und eilte zu Toni, der an der Haustür stehen geblieben war und ihren Beschützer mit einem Stirnrunzeln musterte, welches Johanna nicht zu deuten vermochte.

»Ich liebe dich«, flüsterte sie und küsste ihn sanft.

Toni lächelte, wurde allerdings sofort wieder ernst. Seine Hand legte sich an ihre Wange. »Sei auf der Hut, Leonessa«, warnte er sie. »Und denk an die Übertragung.«

Sie nickte stumm.

»Und wenn du zurück bist, reden wir«, fügte er mit einem Kuss auf ihre Stirn hinzu. »Ich liebe dich.«

Johanna joggte den kurzen Pfad zur Straße entlang, drehte sich nochmals um und winkte Toni zum Abschied zu, bevor sie in Prestons Wagen stieg.

Der seltsame Knoten in ihrer Magengegend schien ihr steter Begleiter geworden zu sein – und er wurde mit jedem Tag schwerer.

»Ich muss noch beim Bäcker Halt machen«, verkündete Preston, kaum dass sie losgefahren waren.

»Was auch immer«, murmelte Johanna in ihren Toast und biss ein Stück davon ab.

»Toast ist eine echt tolle Erfindung. Aber leider geht es so schnell zu Neige, dass ich ständig neues kaufen muss.«

Prestons Gebrabbel irritierte Johanna und sie schnaubte: »Was soll das?«

Seine Augen zuckten zu ihr und dann zurück auf die Straße. »Was?«, haspelte er gespielt unschuldig.

Johanna zog die Brauen zusammen und musterte ihn.

»Wir reden nicht mehr miteinander, falls es dir entfallen sein sollte«, klärte sie ihn giftig auf.

Prestons Hand löste sich vom Lenkrad. Er legte sie in den Nacken und lachte gequält auf. »Ah ja, was das betrifft …«

Sie schwieg und verschränkte demonstrativ die Arme vor der Brust.

»Es tut mir leid, okay?«, platzte es aus ihm heraus. »Du hattest vollkommen Recht: Ich habe null darüber nachgedacht, was die Hintergründe unserer Missionen sein könnten und dem Kreis blind mein Vertrauen geschenkt.«

Erneut warf er ihr einen raschen Blick zu. »Das alles hier – du und ich und diese Beschützersache – ist noch so neu«, gestand er. »Ich bin damit manchmal etwas überfordert.«

Nicht schlecht. Preston Kirk entschuldigt sich. Hätte ich nicht gedacht.

Johanna löste ihre defensive Haltung auf.

»Dann siehst du meinen Standpunkt in der Sache?«, fragte sie rundheraus.

Er nickte. »Ja, definitiv. Und während ich die letzten Tage über nachgedacht habe, sind mir selbst Zweifel gekommen… Nicht alles, was die Mitglieder des Kreises uns Beschützern erzählten, macht im Nachhinein noch viel Sinn.«

Oh, darüber kannst du mir alles erzählen. Nur keine Scheu.

»Also was die Mission angeht…« Er holte tief Luft und verkündete: »Da stehe ich auf deiner Seite, McGibbon.«

»Nur was die Mission angeht?«, hakte Johanna misstrauisch nach.

Er hob die Hände für einen Moment in abwehrender Haltung hoch, dann ließ er sie wieder aufs Lenkrad sinken.

»Erlaube mir bitte, mir selbst ein Bild von alledem zu machen. Dafür brauche ich etwas mehr Zeit.«

Johanna hob die Schultern und sagte einlenkend: »Das klingt fair.«

Dieses ehrliche, warme Lächeln kehrte auf sein Gesicht zurück und sie erwiderte es. Dann sagte er: »Und was diese Melanie angeht …«

Augenblicklich sackte Johannas Lächeln herab und wurde zur Miesepetermiene.

»Ich bin nicht interessiert«, beendete Preston den Satz.

Johanna griff sich theatralisch an die Stelle, wo ihr Herz pochte, und meinte: »Oh welch fröhlich Kund!«

Preston lachte leise und schüttelte den Kopf über ihre Spielerei.

»Ich stehe auf Männer, um genau zu sein.«

»Aber nicht auf Toni!«, rutschte es Johanna heraus, bevor sie sich zurückhalten konnte. Peinlich berührt starrte sie ihn an.

Er sah verdutzt zurück.

Gleichzeitig brachen sie in Gelächter aus.

Irgendwann keuchte er: »Keine Sorge, Toni ist nicht mein Typ.«

Neugierig geworden fragte sie: »Was ist dann dein Typ? Vielleicht gabeln wir unterwegs jemanden auf, der wahnsinnig genug ist, sein Leben an deiner Seite zu verbringen, obwohl er uns alle für durchgeknallt hält.«

Prestons Miene entspannte sich und er lächelte erneut. »Dann könntest du im Circle Tower Glück haben.«

»Ohhh«, stieß Johanna wissend aus und zeigte mit dem Finger auf ihn. Röte stieg in seine Wangen und er konzentrierte sich verbissen auf die Straße.

»Heiße Soldaten sind also dein Ding!« Triumphierend ließ sie sich in den Sitz zurücksinken und beobachtete Preston dabei, wie er sich unter ihrem Blick wand. »Die durchtrainierten mit vielen Muskeln?«

Die Röte vertiefte sich. Lachend schlug Johanna mit der Hand auf ihren Oberschenkel. »Stark, Preston! Wirklich stark.«

»Du hast hoffentlich kein Problem damit«, bemerkte er nach einer Weile der friedlichen Stille zwischen ihnen.

Johanna zog verwundert die Brauen hoch. »Wieso sollte ich?«

Er zuckte verlegen mit den Schultern. »Während meiner Ausbildung musste ich es immer geheimhalten. Als ich etwas mit einem meiner Ausbilder hatte, war seine größte Angst, dass man uns erwischen könnte.«

Sie schnalzte entnervt mit der Zunge. »Okay, Preston: Lektion eins der realen Welt: Wen wir mögen und welche sexuelle Orientierung wir haben, geht niemanden was an und ist völlig irrelevant in Bezug auf deinen Charakter. Solange du niemandem damit Schaden zufügst, ist mir Latte, mit wem du ins Bett hüpfst oder wen du später mal heiratest.«

Der Gesichtsausdruck, den er nach ihrer Rede machte, ließ ihr Herz vor Mitgefühl schmerzen. Es war Preston anzusehen, dass er in der Vergangenheit gelitten hatte. Wahrscheinlich war ihm sogar Leid zugefügt worden deswegen.

Deshalb legte sie ihre linke Hand auf seine Schulter und übte Druck aus, um ihm zu zeigen, dass sie verstand. Dass sie für ihn da war und dass sie ihn nicht dafür verurteilte, wen er mochte.

Aus dem Nichts heraus fragte er aufmunternd: »Und du? Du bist mit zwei Typen zusammen, und beide wissen davon. Wie ist das so?«

Johanna grinste. »Ahh, nicht eifersüchtig werden, Kirk!« Ihr Grinsen wurde zu einem ehrlichen Lächeln. »Es ist toll, mir nicht mehr den Kopf darüber zerbrechen zu müssen, wen ich von beiden wählen soll. Ich liebe sie beide auf eigene Weise und das ist unfassbar schön.« Das Lächeln erstarb und sie murmelte: »Es wäre perfekt, wenn Typ Nummer eins endlich zurück zu uns nachhause käme.«

Preston mass sie mit einem mitfühlenden Blick. »Mir wurde eine grobe Umschreibung eures Unfalls gegeben, also fehlen mir die Details… Trotzdem hoffe ich, dass Adam bald wiederkommt und dich glücklich macht.«

»Awww«, zog Johanna ihn auf. »Du bist ja ganz süß, wenn du nicht gerade ein naiver Kotzbrocken bist, Preston.«

Sauertöpfisch stierte er auf die Straße. »Na danke aber auch.«

28

»Sei unbesorgt. Wir werden deinen Körper in dem Zustand heimschicken, in dem er hier ankam.« Das Lächeln, das folgte, war zu dünn und das Glitzern in den Augen zu gierig, als dass Johanna ihm geglaubt hätte.

Thomas Kon stand, erneut bewaffnet mit dem allgegenwärtigen Klemmbrett, neben dem Patientenstuhl im Laboratorium der Organisation und wartete auf ihre Reaktion.

Da lachte Thorn Borthertorn leise auf. »Das, was wir hier tun, wird sich lediglich anfühlen wie ein langer Tag in der Uni«, fügte er an. »Dein Geist ist alles, was du hier brauchen wirst.«

Bevor sie die Frage zurückhalten konnte, schlüpfte sie ihr auch schon über die Lippen. »Aber *wie*?«

Thomas Kon reckte stolz das Kinn, schwelte die Brust und verkündete: »Mittels Illusionen.«

Verwirrt huschte Johannas Blick von ihm zum CEO und wieder zurück. Doch die beiden sahen sie bloß erwartungsvoll an, weshalb sie sich gezwungen sah, zu reagieren. »Okay – das klingt … spannend?«

Borthertorn holte zur Erklärung an, doch Thomas Kon kam ihm zuvor. »Es ist wie bei deinem Test: Du bekommst eine Injektion, woraufhin eine Illusion in deinem Gehirn startet, mit der du lernen sollst, umzugehen.«

»Und was beinhaltet diese Illusion?«, wollte Johanna wissen.

Der Zeremonialmeister lächelte dünn. »Das kann ich dir nicht sagen. Die Illusion ist für jede teilnehmende Person anders.«

Unwillkürlich runzelte sie die Stirn und legte den Kopf ein wenig schief. »Und was machen Sie in der Zeit?«

»Wir projizieren das, was du siehst, mittels neuster Technologie auf einen Monitor und analysieren deine Aktionen und Reaktionen.« Thomas Kon geriet in einen geschäftigen Tonfall. »Darauf aufbauend werden wir dir in Zukunft spezifischere Aufträge aushändigen können, die deine Fähigkeiten so fördern, wie in der Illusion angedeutet.«

»Also ist diese Illusion dazu da, Ihnen zu zeigen, was ich theoretisch alles könnte, würde ich diese Art Fähigkeit beherrschen«, konkretisierte Johanna.

Er wiegelte mit dem Kopf hin und her und nickte schlussendlich. »Man könnte es so ausdrücken, ja.«

Das klingt nicht gut – gar nicht gut. Wie kann ich verhindern, dass sie während dieser Check-ups alles über meine Kräfte herausfinden? Und wieso haben sie Preston befohlen, oben zu warten, wenn das alles ist, was sie vorhaben?

Der Zeremonialmeister unterbrach ihre Gedanken, indem er meinte: »Du wirst nachher vielleicht das ein oder andere Ziepen spüren, aber das ist normal. Dein Körper muss sich erst noch an diese Art von Prüfung gewöhnen.«

Die leisen Alarmglocken, die seit ihrem Aufbruch unaufhörlich im Hintergrund ihres Bewusstseins wie Windglöckchen gebimmelt hatten, mutierten umgehend zu einem vollumfassenden Dröhnen.

»Das klingt aber ganz und gar nicht nach Uni-Alltag«, gab sie zu bedenken.

So unauffällig wie möglich versuchte sie, sich dem Ausgang zu nähern, während die beiden Männer sich über das kommende Prozedere ausließen.

Johanna streckte blind die Hand nach hinten aus, um den Öffnungsmechanismus der Schiebetüren auszulösen. Leise zischend sprangen die beiden Glasseiten auf.

Thomas Kons Kopf schnellte hoch. Für den Bruchteil einer Sekunde starrten sie sich in die Augen. Sein Ausdruck schien zwar erst verwirrt, doch dann erkannte er, was sie vorhatte.

Johanna wirbelte herum und rannte in Richtung der Aufzüge davon. Alles, woran sie denken konnte, war, dass diesmal kein schlichter Traum auf sie wartete, wenn die Injektion zu wirken begann. Irgendetwas würde geschehen – etwas Böses.

Ich muss es nur nach oben schaffen!

Der Schweiß brach ihr aus und sie kam schlitternd vor den Türen des Lifts zum Stehen. Hektisch hämmerte sie auf den Knopf mit dem Pfeil nach oben, während sie einen Blick über die Schulter warf.

Borthertorn schlenderte gemächlich heran, auf seinem Gesicht dieses beunruhigende Dauerlächeln. Er hielt etwas in der rechten Hand, das sie nicht direkt identifizieren konnte. Aber es war ihr egal.

Wenn ich vor ihnen oben ankomme…

Doch weiter kam sie nicht. Eine Bewegung zu ihrer Rechten ließ sie zurückschrecken. Thomas Kon stand neben ihr, seine Züge vor Erregung und Gier zu einer Maske verzogen. Mit weit aufgerissenen Augen starrte sie ihn an und wechselte reflexartig die Sicht, um seine Bewegungen vorauszusehen.

Ein giftgrüner Blitz zuckte in ihrem Bewusstsein auf. Darauf folgte ein stechender Schmerz in ihrem Nacken.

Die Farbenwelt fiel in sich zusammen. Ein Seelenfaden nach dem anderen verpuffte ins Nichts, bis Johanna allein auf dem weißen Boden stand. Hektische, abgehakte Atemzüge zwängten sich aus ihrer Kehle. Ihre Augen flitzten suchend umher – doch da war nichts mehr. Alles war fort. Die Farben, die Schlieren … weg.

Der Boden zu ihren Füßen begann zu schlingern. Johanna verlor den Überblick: War sie in der realen Sicht oder der Farbenwelt?

Wie auf Kommando schoss Adrenalin in ihre Blutbahnen und brachte den Fokus zurück, den sie so dringend benötigt hatte. Sie fuhr herum, hielt sich mit der Hand die schmerzende Stelle – und starrte auf eine Nadelpistole. Gehalten wurde diese von Thorn Borthertorn, dessen Miene unterdessen eine Spur Sympathie ausdrückte.

»Na na«, sagte er tadelnd. »So haben wir uns den Beginn unserer Zusammenarbeit aber nicht vorgestellt, Johanna.«

Sie wollte ihm antworten, ihm Beleidigungen an den Hals werfen … doch ihr Gaumen fühlte sich taub an. Johanna stellte fest, dass ihre Fingerspitzen zu kribbeln begannen. Panik flutete ihren Körper und sie wollte zu einem Schlag gegen Thomas Kon ausholen, doch alles, was sie zustande brachte, war ein schwerfälliges Schwingen ihrer Arme.

Rasend vor Wut versuchte sie erneut, die Farbenwelt zu betreten – doch sie blieb ihr verschlossen. Angst schob sich über die Wut und verursachte ein unwohles Schlingern in ihrem Magen.

Das seltsam kühle Kribbeln breitete sich in rasendem Tempo in ihr aus. Sie verlor das Gleichgewicht und stolperte zur Seite. Das linke Knie sackte weg und sie landete auf allen vieren. Furcht packte ihre Glieder und legte sich darum wie ein Mantel.

Anklagend schaute sie zu Melanies Vater auf. Dieser lächelte weiterhin, kniete sich vor ihr hin und bemerkte: »Du hast den Vertrag unterschrieben, Johanna. Du bist jetzt ein Mitglied unserer Organisation, ergo hast du dich unseren Anweisungen zu fügen.«

Inzwischen fühlte sich ihr gesamter Körper taub an. Nur ihr Verstand raste weiterhin von einer Beleidigung zur nächsten und stellte endlos Adrenalin zur Verfügung, das sie nicht in der Lage war zu nutzen.

Borthertorns Augen blitzten amüsiert auf. Er beugte sich näher zu ihr und flüsterte: »Dieses Mittelchen haben wir extra für die Cadeesh-Brüder entwickelt, weißt du.« Seine Augen wanderten bewundernd über die Nadelpistole. »Die Flüssigkeit, welche ich dir injiziert habe, lähmt allem voran deine Fähigkeiten und greift im Anschluss auf den gesamten Körper über.« Er hob die freie Hand und tippte mit dem Zeigefinger gegen ihre Stirn. »Aber das Bewusstsein bleibt dabei intakt. Auf diese Weise kannst du alles miterleben, was wir tun, bis wir dich in die Illusion schicken.«

Das süffisante Grinsen auf seinem Gesicht ließ Johanna wünschen, dass er auf der Stelle tot umkippte.

»Wo wir schon dabei sind…«, setzte Borthertorn an. »Ja, wir wissen, dass die beiden ein kleines *Geheimnis* hegen.« Er ließ von ihr ab und erhob sich. »Wir als Organisation möchten über die verschiedenen … *Erlebnisse* plaudern, welche die Cadeesh-Brüder und uns schon mehrfach zusammengeführt haben. Aber sie scheinen sich mehr denn je zu weigern, mit uns zu kooperieren.«

Johannas Magen zog sich schmerzhaft zusammen und eine Welle der Übelkeit überkam sie. Auch wenn Thorn Borthertorn die Worte in Watte verpackte, so durchschaute sie den wahren Inhalt sofort: Der *Kreis der Begnadeten* wollte Toni und Adam unter einem Vorwand hierher einladen und sie einsperren, um Experimente an ihnen durchzuführen.

Borthertorn legte den Kopf schief. Seine grünen Augen bohrten sich in ihre, und das Schmunzeln, das auf seinen Lippen Gestalt annahm, war diesmal keineswegs freundlich.

»Und dann kamst du ins Spiel.« Die Worte waren kaum mehr ein Flüstern.

Ein heißkalter Schauder rieselte ihre Wirbelsäule entlang.

Was soll das bedeuten? Bin ich etwa ein Lockvogel? Werde ich ab sofort hier festgehalten, bis Toni einwilligt?

Thomas Kon räusperte sich lautstark.

»Wir sollten jetzt anfangen, Thorn«, bemerkte er in neutralem Tonfall.

Wie aus dem Nichts erschienen zwei Soldaten in Kampfmontur und packten Johannas Arme. Borthertorn und der Zeremonialmeister schritten ihnen voran, zurück ins Labor. Johanna wurde hinterhergeschleift, ihr Körper taub und immun gegen die Schmerzen, die sie höchstwahrscheinlich durch die Behandlung erhielt.

Zurück im Labor, wurde sie in den Stuhl gehievt und ihre Handgelenke an den Stuhl fixiert.

Thomas Kon entließ die Soldaten mit einem Winken, danach machte er sich daran, ihre Schläfen mit EKG-Elektroden auszustatten. Es folgten mehr davon an den Händen, auf der Brust und am Hals.

Letztendlich nickte er zufrieden und adressierte den CEO. »Es kann losgehen.«

Borthertorn trat an einen Monitor heran, der neben dem Patientenstuhl an einem Metallarm befestigt war und nickte stumm.

Der Zeremonialmeister eilte zu einer Ablage hin, zog eine Schublade auf und entnahm eine Ampulle in derselben Farbe, wie sie sie bereits beim Test gesehen hatte.

Johanna schluckte mühsam. Das Adrenalin ließ langsam nach und sie konnte trotz der Taubheit spüren, wie die Aufregung in Erschöpfung umschlug.

»Zeig uns, was du kannst«, verlangte Thomas Kon und rammte die Nadelpistole mit mehr Druck als nötig in ihren Oberarm. Obwohl Johanna den Schmerz nicht fühlte, so wusste sie doch, dass sie einen blauen Fleck davontragen würde, der sich gewaschen hatte.

Erschöpfung übermannte sie. Johanna schloss die Lider –
und versank in dem seltsamen Strudel, der sie in eine Illusion
schleudern würde.

Du darfst ihnen nichts zeigen.

Das Mantra spielte sich wie eine hängende Schallplatte
immer und immer wieder in ihrem Kopf ab, noch bevor sie die
Augen öffnete.

Vorsichtig sah sie sich um und runzelte die Stirn. Da waren
Ansätze von Mauern um sie herum, und sie sass auf einer Pritsche... Doch das Bild machte den Eindruck, als wäre es
unfertig. Die Mauern verschwanden ab Schulterhöhe in einem
wabernden Schwarz. Und durch das einzige Guckloch schien
keinerlei Licht herein.

Es brauchte bloß einen Blick von Johanna und sie war sich
absolut sicher, dass dieser Ort keine Tür hatte – sie verschwand
genauso in den Schatten wie die Mauern über ihrem Kopf.

Die Pritsche allerdings erschien ihr real genug, um die
Beine anzuwinkeln und sich darauf zurückzuziehen.

Im Gegensatz zur Realität schmerzten in der Illusion ihre
Glieder und der Arm, den der Zeremonialmeister malträtiert
hatte, brannte heftig.

Du darfst ihnen nichts zeigen.

Johanna stöhnte auf und hielt sich den Kopf. Das war nicht
ihre Stimme, die in ihrem Verstand gesprochen hatte. Verwirrt
horchte sie in sich hinein. Da war nichts.

*Wie lange bin ich hier drin gefangen? Und wieso sieht die
Illusion so unfertig aus? Bin ich etwa nicht richtig eingeschlafen?*

»Ich konnte sie zum Teil blockieren«, erklang Arissas
Stimme aus dem Nichts.

Johanna fuhr erschrocken zusammen und zog scharf die
Luft ein.

Ihre Mentorin materialisierte sich neben Johanna auf der Pritsche. »Diese Illusionen sind ein Angriff auf dein Bewusstsein und deine Kräfte«, erklärte sie umgehend. »Der Wirkstoff simuliert eine Reihe von Attacken, auf die du mittels Magie reagieren sollst. Da ich letztes Mal mit dir in einer dieser Illusionen gewesen bin, habe ich den erneuten Übergriff erkannt und so viel wie möglich blockiert.«

»Dann sind wir hier sicher?«, fragte Johanna zögernd.

Arissa wiegelte den Kopf hin und her und lächelte bedauernd. »Ja und nein. Sie werden kaum verwertbare Daten bekommen – so lange du nichts unternimmst. Bleib einfach genau an Ort und Stelle sitzen und warte, bis die Zeit abgelaufen ist.«

Keinen Lidschlag später war Arissa bereits wieder verschwunden.

Johanna stöhnte gemartert auf und lehnte den Hinterkopf gegen die Mauer.

Einfach hier sitzen und warten, rief sie sich in Erinnerung.

Du darfst ihnen nichts zeigen.

»Ja, ich habs kapiert!«, sagte sie entnervt.

Was mache ich denn jetzt?

Johanna zog die Beine noch enger an den Körper und legte das Kinn darauf.

Ich muss Toni und Preston von dem berichten, was hier vorgefallen ist. Dass sie mich gezwungen haben, diesen Check-up zu machen.

Sie runzelte die Stirn.

Aber wieso ist ihnen das so wichtig? Es sind nur ein paar Daten ...

Johanna wusste nicht, wie lange sie in der Illusion gesessen hatte, doch sie tippte auf rund zehn Minuten. Ein plötzliches, kaltes Kribbeln sandte tausend Nadelstiche über ihre Haut. Sie schloss schaudernd die Lider…

Und erwachte in der Realität.

»Macht sie los und tragt sie nach oben. Ihr Beschützer wird sie euch abnehmen«, hörte sie Thomas Kons Stimme irgendwo schräg hinter sich.

Träge wollte sie sich aufrichten, aber ihre Glieder gehorchten ihr nicht. Deshalb versuchte sie es mit Sprechen, doch ihr Gaumen und die Zunge waren weiterhin betäubt. Ein einziger, grummeliger Laut kam aus ihrem Mund. Dieser reichte jedoch aus, um Melanies Vater auf sich aufmerksam zu machen, der mit versteinerter Miene auf ein Tablet geschaut hatte. Seine grünen Augen bohrten sich in ihre eigenen.

»Wie hast du es gemacht?«, fragte er mit bedrohlich leiser Stimme.

Johanna wandte den Blick ab.

Er weiß, dass Arissa die Illusion umgangen hat!

Das kalte Kribbeln setzte in ihren Fingerspitzen ein.

Borthertorn trat in wenigen großen Schritten neben sie und holte aus. Johanna kniff die Augen zusammen. Ihr Körper reagierte nicht auf die instinktive Anspannung, genauso wenig wie sie die Hände heben und sich verteidigen konnte.

Das Klatschen der Ohrfeige hallte im Raum nach. Johannas Kopf fuhr herum. Schockiert sog Thomas Kon die Luft ein, und Johanna fühlte, wie auch diese Stelle zu kribbeln begann. Sie sah auf den Boden unter sich, biss die Zähne zusammen und verbannte die aufkommenden Tränen aus ihren Augenwinkeln. Die plötzlichen Wellen aus Hass, die über sie hinweg rollten, erstickte sie genauso hartnäckig. Auf keinen Fall wollte sie dem Gefühl der Hilflosigkeit nachgeben, dass sich seit der Lähmung an sie klammerte.

Nicht vor diesem Mann.

Die Brust des CEOs hob und senkte sich in Stakkato. Jähzorn brannte in seinen Augen.

»Sag mir, wie du es gemacht hast!« Mittlerweile schrie er. Der Arm hob sich erneut – wurde jedoch von Thomas Kon festgehalten.

»Sie *kann* nicht antworten, Thorn!«, zischte er. »*Du* warst derjenige, der ihr den Lähmungsschuss verpasst hat.«

Er sagt das so anklagend, dachte Johanna. *Als hätte er selbst niemals freiwillig auf diese Methode zurückgegriffen.*

Die Augen des CEOs blitzten auf und er starrte den Zeremonialmeister an. Nach einigen Sekunden senkte er den Arm und riss sich los. »Schaff sie mir aus den Augen. Wir haben alles, was wir brauchen.«

»Nein, es fehlen noch –«

»Schafft sie raus!«, blaffte Borthertorn die Soldaten an, die neben Johanna standen.

Sofort griffen sie nach Johannas Armen und trugen sie zwischen sich den Raum entlang.

»Thorn, wir brauchen noch mindestens eine weitere Sitzung«, flüsterte Thomas Kon aufgewühlt hinter ihr.

»Dann schicken wir nach ihr, wenn es so weit ist«, entgegnete Melanies Vater kalt. »Sie kann sich nicht vor uns verstecken, Kon. Sie gehört mir!«

Die eisige Furcht, die Johanna bei diesen Worten überkam, ließ sie innerlich aufschluchzen. Die aufkommenden Tränen machten es ihr unmöglich, den Flur scharf im Auge zu behalten.

Sie hörte das Zischen des Aufzugs und wurde hineingezogen. In der Kabine half der linke Soldat dem rechten, ihren Arm um seine Schultern zu schlingen und ihr Handgelenk festzuhalten. Daraufhin stützte er sie an der Hüfte und so öffneten sich die Schiebetüren mit dem Eindruck, dass sie schlicht erschöpft war.

Preston erhob sich aus der sterilen Sitzecke der Eingangshalle und sprintete auf Johanna zu.

»Johanna!« In seiner Stimme lag ein besorgter Unterton.

»Sie ist zusammengeklappt«, sagte der Soldat, der ihre Hüfte stützte, in sachlichem Ton. »Sie braucht Ruhe. Bring sie direkt nachhause.«

Preston nickte, nahm dem anderen Soldaten vorsichtig ihren Arm ab und legte ihn um seine eigene Schulter.

»Lass uns hier verschwinden«, murmelte er und machte einen ersten Schritt. Als Johanna nicht reagierte, stutzte er. »Du musst dich schon auch bewegen, McGibbon«, frotzelte er sanft.

Sie versuchte mit aller Kraft, das Gesicht zu verziehen.

Irgendetwas musste Preston auf ihren Zügen gesehen haben, denn er runzelte die Stirn und fragte: »Wäre es dir lieber, wenn ich dich trage?«

Ihre Zunge kribbelte unterdessen heftig. Sie versuchte sich an einem »Ja«, und tatsächlich kam ein krächzender Laut aus ihrem Mund.

Das Stirnrunzeln vertiefte sich. Der Blick, den er den beiden Soldaten zuwarf, die soeben wieder im Aufzug verschwanden, war zutiefst misstrauisch.

»Ich schaff dich hier weg«, versprach er und hob sie spielend leicht auf seine Arme. Mit weitausgreifenden Schritten eilte er durch die verglaste Eingangshalle und über den Parkplatz zu seinem Wagen. Dort platzierte er Johanna vorsichtig auf dem Beifahrersitz, gurtete sie an und legte ihre Handtasche in ihren Schoss.

Erst nachdem er auf die Hauptstraße eingebogen war, fragte er: »Was ist da drin passiert?«

Johanna seufzte entnervt. Zu ihrem Erstaunen funktionierte das problemlos. Also versuchte sie sich an einem Satz. »Haben … mich … betäubt«, lallte sie.

Preston steuerte den Wagen an den Straßenrand und ließ ihn ausrollen. Er drehte den Oberkörper in Johannas Richtung und studierte ihre gelähmte Figur.

»Betäubt?«, wiederholte er ungläubig.

Johanna bekam ein simples Nicken nicht hin, also lallte sie: »Ja.«

»Aber wieso? Was hast du getan?«

Hätte sie gekonnt, sie hätte die Arme verschränkt und die Brauen zusammengezogen. So blieb ihr nur langsam zu sagen: »Erkläre es zuhause.«

Stillschweigend fädelte Preston sich in den Verkehr ein und fuhr sie beide nachhause. Er nutzte die freie Parklücke direkt vor der Villa der Cadeeshs, stieg aus und joggte den Pfad entlang zur Haustür, wo er die Klingel dem Gongen nach mehrfach hintereinander bediente.

Sie konnte Toni erkennen, der mit zorniger Miene die Tür aufriss. Seine Augen wanderten von Preston zum Auto, während jener etwas sagte. Keine zehn Sekunden später stand Toni bereits an der Beifahrertür und öffnete diese.

»Hey.« Seine Stimme war unendlich sanft. »Dein Ausflug war ein voller Erfolg, hm?«, witzelte er sarkastisch.

»Ich hatte den Spaß meines Lebens«, gab Johanna zurück. Das Sprechen fiel ihr unterdessen leichter, das Kribbeln in Zunge und Gaumen war abgeebbt.

Toni grinste, löste den Sicherheitsgurt und wrang seine Arme unter ihren Körper. Mit verblüffender Leichtigkeit hob er sie auf seine Arme und trug sie ins Haus.

»Toni«, flüsterte Johanna, sobald er sie in ihrem Zimmer aufs Bett gelegt hatte. Sie legte all ihre Furcht in ihre Stimme, die sie noch aufbringen konnte.

Er drapierte ihre Arme neben ihr. »Hm?« Ihr drängender Unterton entging ihm.

»Untersuch mich«, bat sie flehend.

Sein gesamter Körper erstarrte – nur die eisblauen Augen zucken von ihrem Gesicht über die immer noch gelähmten Arme bis zu den Beinen und danach wieder zurück.

Von der Tür her kam ein verlegenes Räuspern.

»Du kommst *nicht* herein!«, bellte Toni in Prestons Richtung. Er ließ sie dabei keinen Moment aus den Augen.

»Thomas Kon sagte…« Sie schluckte mühsam um den Kloß herum, der sich in ihrer Kehle gebildet hatte.

Ich kann später weinen!

»Er sagte, dass sie mindestens noch eine Sitzung brauchen. Aber Borthertorn meinte, sie würden mich einfach holen, wenn sie mehr brauchen.« Konzentriert holte sie tief Luft. »Sie haben mich gelähmt, als ich weglaufen wollte, und später mit einer Illusion stillgelegt.«

Tonis Augen wurden zu Schlitzen. »Du denkst also, dass sie die Zeit genutzt und irgendwas mit dir gemacht haben?«, spezifizierte er.

Sie sah ihm fest in die Augen. »Es ist die einzig logische Erklärung.«

Prestons Stimme durchbrach die Stille, die daraufhin folgte. »Das sind ganz schön krasse Spekulationen, die du da anstellst, McGibbon«, warf er skeptisch ein.

»Und du bist dir sicher, dass ich das jetzt gleich machen soll?«, wollte Toni wissen, indem er Preston ignorierte. Sein Tonfall klang zwar distanziert, doch Johanna kannte ihn gut genug, um zu wissen, dass er in diesem Moment mit seiner Selbstbeherrschung kämpfte. Der Sturm, der in seinen Augen tobte, ließ Tonis Iriden von Eisblau zu Bergseeblau und dann zu Sturmblau changieren.

Sie versuchte sich an einem Lächeln und sagte: »Ich würde den hässlichen Glaskasten von einer Firma gerne mit dir gemeinsam niederreißen, Toni. Aber nicht jetzt – ich brauche dich hier, bei mir. Tu es, und dann lass uns darüber reden, was das zu bedeuten hat.«

Schließlich schloss er die Augen und tief ein, hielt den Atem ein paar Sekunden und stieß ihn hörbar wieder aus.

»Na gut. Wie du willst, Leonessa.« Er wandte den Kopf zur Seite. »*Du* bleibst gefälligst um die Ecke verschwunden, haben wir uns verstanden?«

»Glasklar«, kam es von ihrem Beschützer.

»Ich fange oben an, okay?«, fragte er sanft und lupfte sie in eine aufrechte Position, um ihr das Shirt auszuziehen. Zentimeter für Zentimeter inspizierte er die freigelegte Haut mit seinen Augen. Er schüttelte den Kopf. Im Anschluss drehte er sie vorsichtig auf den Bauch und fuhr fort.

Sie konnte es fühlen; die Finger, die ihren Rücken entlangfuhren, erstarrten mitten in der Bewegung. Das Blut begann in ihren Ohren zu rauschen und plötzlich wurde sie sich ihres Herzschlages überdeutlich bewusst.

»Was?«, fragte sie angespannt.

»Da ist ein Einstich.« Seine Stimme war ruhig – zu ruhig; geradezu mörderisch. »Auf deiner Wirbelsäule. Klar erkennbar und ziemlich groß.«

Der Schock, der sie gemeinsam mit diesen Worten traf, war unvermittelt und doch auf gewisse Art und Weise erwartet.

»Rückenmark?«, warf sie die erstbeste Vermutung in den Raum.

Seine Finger setzten sich wieder in Bewegung.

»Sehr wahrscheinlich«, antwortete er, weiterhin viel zu ruhig für ihren Geschmack.

Die Inspektion ihres Körpers führte noch drei Entdeckungen zu Tage: Einer ihrer Fußnägel war abgeschnitten, ihr war aller Wahrscheinlichkeit Blut abgenommen worden und eine Strähne ihrer Haare fehlte. Ob die abgeschabte Haut an ihrem linken Oberschenkel von ihrem Check-up herrührte, konnten sie nicht bestimmen – aber auch nicht ausschließen.

Mittlerweile war Johanna so erschöpft, dass sie nur noch mit größter Mühe die Augen offenhalten konnte. Sie begann leicht zu schielen und sah die Umrisse von Toni und Preston, die leise und heftig miteinander diskutierten, zweifach.

Toni schien zu bemerken, dass sie mit sich kämpfte, und trat neben das Bett. Er beugte sich zu ihr herab und presste ein Küsschen auf ihre Stirn.

»Ruh dich aus«, murmelte er. »Wir passen auf dich auf.«

Johanna sah an Toni vorbei zu Preston, der sie beide mit nachdenklichem Stirnrunzeln betrachtete.

»Er auch?«, wollte sie wissen.

Preston nickte. »Ich glaube dir. Mit allem.«

»Wird ja auch langsam Zeit«, nuschelte sie. Ihre Augen suchten Tonis. Sie hätte gern sein Gesicht berührt, aber mehr als ihre Hand vermochte sie noch nicht zu bewegen.

»Wenn du aufwachst, bist du wieder voll funktionsfähig«, sagte Toni in diesem Moment. »Und dann reden wir«, raunte er kaum hörbar.

Die Welt um sie herum versank keine Minute später in schwarzer Nacht.

29

Als sie aufwachte, lag ihr Zimmer im Dunkeln.

Mit ihrem Erwachen drängten sich die schmerzenden Glieder in ihr Bewusstsein, und sie stöhnte auf. Johannas gesamter Körper schien ein einziger, wunder Fleck zu sein.

Und doch war sie froh darüber, gefühlt jede Zelle ihres Körpers schmerzvoll spüren zu können, denn es bedeutete, dass sie nicht mehr unter dem Effekt der Injektion stand. Die Lähmung war vorbei.

Vorsichtig setzte sie sich auf und ließ die Beine über das Ende der Matratze baumeln. Kein Kribbeln mehr, nur das Drücken der Schmerzen unter ihrer Haut.

Die wichtigste Frage jedoch blieb bestehen. Johanna hielt die Luft an, schloss die Augen … und wechselte mit unglaublicher Leichtigkeit in die Farbenwelt. Tränen schossen ihr in die Augen, derweil Erleichterung sie überkam. Mit einem lauten Schniefen öffnete sie die Lider und stieß die Luft aus.

Sie sah sich um und machte ihr Smartphone auf dem Nachttisch aus. Mit einem schnellen Handgriff ließ sie den Bildschirm erwachen: 02:40 Uhr nachts. Toni hatte sie tatsächlich den Rest des Tages über schlafen lassen.

Neben ihr flickerte die Luft und Johannas Kopf schnellte herum. Arissa nahm, auf der Matratze sitzend, Gestalt an. Sie lächelte ihr aufmunternd zu und meinte: »Du hast es geschafft.«

»Ich lebe noch«, gab Johanna pikiert zurück. »Allerdings ist mein Körper während der Illusion als Selbstbedienungsbuffet benutzt worden.«

Arissas Züge wandelten sich in Bestürzung. »Es tut mir leid. Ich konnte die Sinnestäuschung nicht lückenlos verhindern.«

Johanna schüttelte den Kopf. »Schon gut. Dank dir haben wir immerhin nicht zu viel von uns preisgegeben.«

»Nichtsdestotrotz wurde dir Leid angetan.« Arissas Stirn zog sich in nachdenkliche Falten. »Ich frage mich, was sie mit den Proben vorhaben.«

»Hast du schon einmal davon gehört, dass einer *Berührenden* Haut, DNA, Knochen und Blut abgenommen wurden?«, wollte Johanna wissen.

Arissa verneinte. »Keine von uns hat jemals etwas von solch einem Fall vernommen«, konkretisierte sie.

Eine Weile lang brüteten sie beide vor sich hin, dann merkte Arissa an: »Eigentlich bin ich hier, um dir mit deinen Schmerzen zu helfen.«

»Oh?«, entschlüpfte es Johanna überrascht. Sie sah neugierig zu ihrer Mentorin hinüber. Diese lächelte schwach und legte eine Hand auf Johannas Unterarm.

»Fokussiere dich einfach auf die Schmerzpunkte und gehe in der Farbenwelt auf den goldenen Horizont zu«, erklärte sie geduldig.

Mit einem Mal fiel es Johanna wie Schuppen von den Augen. Sie wechselte die Sicht und ihr Blick wanderte von Arissa zu den beiden Horizonten.

Bisher hatte sie angenommen, dass einer in die Vergangenheit und einer in die Zukunft führte.

Ich bin so blind gewesen!

»Ist der goldene Horizont die Heilung?«, wollte sie wissen. Das Herz schlug ihr bis zum Hals.

Arissa schmunzelte. Dadurch bekräftigt fragte sie: »Und der Silberne …?«

»Die Erkenntnis«, antwortete Arissa. »Aber bevor du fragst: Niemand von uns weiß, was die anderen beiden sind. Das wirst du ohne uns herausfinden müssen.«

Sofort ploppten ein Dutzend neue Fragen in Johannas Bewusstsein, aber sie ignorierte sie. Ihr Fokus musste auf der momentanen Heilung liegen. Fest entschlossen fühlte sie in sich hinein und machte die größten Schmerzpunkte aus, dann trat sie auf den goldenen Horizont zu.

Goldene Magiepartikel erschienen aus dem Boden und flogen aufwärts auf Johanna zu. Sie stieben um sie herum, webten ihren Körper in einen sanft glitzernden Strudel aus Flocken – und sackten im Anschluss alle zur gleichen Zeit darauf nieder. Dort, wo sie die Haut berührten, begannen die Partikel angenehm warm zu glühen.

Johanna spürte, wie der Schmerz sich langsam zurückzog und wie überstrapazierte Muskeln und misshandelte Knochen sich entspannten.

»Besser?«, fragte Arissa mit einem sanften Lächeln.

»Viel besser«, bestätigte sie.

»Dann lass uns darüber sprechen, wie du Ad —«

Johannas Smartphone vibrierte und unterbrach Arissa mitten im Satz. Der Bildschirm zeigte eine unbekannte Nummer an.

Arissas Umriss verschwand bereits, weshalb Johanna nach dem Gerät griff und den Anruf entgegennahm. »Hallo?«

»Hey Rotschopf.«

Augenblicklich bildete sich ein dicker Klumpen in ihrem Hals.

»Taima! Du lebst!«

Diesmal ließ Johanna ihren Emotionen freien Lauf. Die Erleichterung darüber, dass ihre Freundin am Leben war, äußerte sich in Form eines Schluchzens.

»Klar bin ich das, was denkst du denn!«, erwiderte Taima mit einem pikierten Schnauben. »Mir wurde endlich die Freigabe erteilt, dich anzurufen.« Sie machte eine kurze Pause und offenbarte dann: »Die Jäger haben mich gerettet.«

»Was?«, echote Johanna fassungslos ihre Gedanken hinaus.

Taima lachte auf. »Ja, kaum zu glauben, was? Diese Teleportkugel hat mir eine Heidenangst eingejagt. Aber Cainnen – der Typ, der diese Kugeln machen kann – ist ein wirklich lieber Kerl.«

Johanna unterbrach sie, indem sie fragte: »Und dir geht es gut, du bist unverletzt und frei?«

Ein zustimmender Laut drang durch die Leitung. »Mhmm. Eine Zeit lang durfte ich niemanden kontaktieren, weil sie einen geeigneten Ort für mein neues Leben gesucht hatten.« Ein zynisches Auflachen folgte.

»Ich habe denen steinhart verklickert, dass wenn ich dich nicht anrufen darf, sollen sie mich da im Wald aussetzen, wo sie mich gefunden haben.«

Eine Welle der Zuneigung für die Amerindian überkam Johanna.

»Danke«, flüsterte sie mit erstickter Stimme.

»Pff, nicht dafür, Rotschopf.«

Für den Bruchteil einer Minute war es still zwischen ihnen. Aberdutzende Fragen rasten durch Johannas Verstand, doch sie wusste nicht recht, mit welcher sie beginnen sollte. Gerade, als sie sich für eine entschieden hatte, meinte Taima: »Johanna… Als ich bei dir war, da hast du gesagt, dass dieser Toni, bei dem du wohnst, seinen Bruder Adam sucht…« Sie ließ den Satz halb als Frage ausklingen.

Gänsehaut bildete sich auf Johannas Unterarmen und sie sog scharf die Luft ein, bevor sie mit dem Ausatmen ein lang gezogenes, fragendes »Ja?« ausstieß.

»Nun…« Taima zögerte einen Moment. Sie räusperte sich und fuhr fort: »Während meiner Zeit hier habe ich das ein oder andere über die Cadeesh-Brüder aufgeschnappt. Die beiden sind echte Berühmtheiten, weil sie dem Kreis so lange entfliehen konnten.«

Ein alarmiertes Fiepen nahm von Johannas Ohren Besitz. Ihr Puls jagte in die Höhe und ihre Finger umklammerten das Smartphone fester. Kalter Angstschweiß bildete sich in ihrem Nacken und auf ihrem Gesicht. Sie schluckte und suchte nach der korrekten Wortwahl, um Taima unauffällig auszufragen.

Die Amerindian kam ihr zuvor. »Die Jäger wissen, wie alt die beiden in Wirklichkeit sind. Ebenso kennen wir ihre wahre Identität.«

Die Luft, die Johanna angehalten hatte, entfuhr ihr mit einem kolossalen Seufzer. Sie hob die linke Hand an die Stirn und wischte sich den Schweißfilm mit dem Handrücken weg.

»Dann macht es wohl keinen Sinn, es zu leugnen«, gab sie schwach zurück.

»Nein«, entgegnete Taima amüsiert. »Zudem bist du eine miserable Lügnerin.«

»Hey!«, verteidigte sich Johanna entrüstet. »Während der Zeremonie…«

»Habe ich dich auf Anhieb durchschaut«, unterbrach Taima und lachte. »Glaubst du tatsächlich, dass ich nicht geahnt hätte, wie krass stark du bist? Ich kann *Magie erkennen*, Johanna!«

Johanna gab einen beleidigten Laut von sich, grinste jedoch vor sich hin.

»Aber zurück zum Thema«, lenkte Taima das Gespräch wieder auf die Cadeeshs. Sie seufzte lautstark auf. »Es tut mir

leid, dir das sagen zu müssen, Rotschopf... Aber dein Lieb-
haber, Toni, lügt wie gedruckt.«

Verwirrt zog Johanna die Brauen zusammen. »Wie meinst
du das?«

»Toni Cadeesh kennt den Aufenthaltsort seines besten
Freundes Adam sehr genau.«

Heiße, flüssige Lava stürmte durch Johannas Adern und ließ
sie vor Zorn erzittern. Mit aller Macht versuchte sie, sich an
ihrem Vertrauen ihm gegenüber festzuklammern. *Toni würde
mich niemals belügen*, redete sie sich ein. *Nicht nach dem, was
mit Adam geschehen ist.*

»Du musst dich irren«, antwortete sie deshalb mit fester
Stimme.

Taima blieb ernst. »Die Jäger haben für mindestens zehn
Besuche innerhalb genauso vieler Monate entsprechende
Beweise.«

Die Stille, die sich zwischen ihnen ausbreitete, verdeutlichte
das Dröhnen in Johannas Ohren hundertfach, zu welchem das
anfängliche Fiepen mutiert war.

»Das kann nicht sein«, wisperte sie, mehr zu sich selbst als
zu Taima. »Er sagte, er suche nach Hinweisen ...«

Es fiel ihr wie Schuppen von den Augen: Toni, der immer
wieder einige Tage fortblieb und ihr Gründe nannte wie zähe
Vertragsverhandlungen oder Uneinigkeiten bei einem neuen
Deal, den er mit jemandem abschließen wollte. Jede seiner
Ausreden war ihr valide erschienen. Johanna hatte nie an deren
Wahrheitsgehalt gezweifelt.

*Und wieso bist du dann so schnell dabei, ihn jetzt anzuzwei-
feln?*

Der Stich, der sich in ihrer Brust einnistete, schlug Wellen.
Breiter und breiter wurde die Fläche, die sich anfühlte, als
würde Johanna von innen heraus in kleine Einzelteile zerrissen.

Gleichzeitig loderte unendlicher Zorn in ihr und verbrannte jegliche Trauer oder Enttäuschung, die da hätte sein sollen.

»Es tut mir leid«, hörte sie Taima gefasst sagen. Ihre Stimme drang wie von weit her zu Johanna durch. »Sobald ich mir absolut sicher war, wollte ich dir Bescheid geben. Adam wohnt seit seinem Verschwinden in London.«

Johanna ließ das Smartphone sinken. Das Lodern in ihren Adern erstarb, als hätte man Wasser darüber gekippt. Mit leeren Augen starrte sie an die gegenüberliegende Wand. Ihr Gehirn wiederholte die vier Worte in einer Endlosschlaufe.

Adam wohnt in London...

Galle kitzelte ihren Gaumen. Johanna schluckte ... und schluckte erneut. Es half nicht. Sie bekam keine Luft mehr.

Er ist seit jenem Tag dort...

Ihre Muskeln zuckten vor unterdrückten Schluchzern und körperlichem Schmerz. Tränen strömten über ihre Wangen und sie realisierte erst, dass sie sich auf die Zunge biss, nachdem sie Blut schmeckte.

Toni besucht ihn... Er hat mich betrogen...

Der qualerfüllte Schrei, der sich ihre Kehle hinauf gebrannt hatte, ließ sich nicht länger zurückhalten.

Johanna schrie.

Sie schrie sich die Seele aus dem Leib, derweil Welle um Welle schwarzen Rauchs aus ihrem Körper schoss und in den Weiten ihres Zimmers verblasste.

30

Sie erinnerte sich nicht an die letzten Minuten. Oder an die Stunden, die seit dem Telefonat mit Taima vergangen waren.

Alles, woran Johanna noch erinnern konnte, waren die Worte der Amerindian gewesen: Adam wohnte in London. Toni wusste davon.

Er hat mich betrogen.

Dieser eine Gedanke pochte schmerzvoll gegen ihre Schläfen und ließ sie keuchend Luft holen.

Zum ersten Mal seit dem Kontrollverlust vorhin wurde sich Johanna bewusst, wo sie sich befand. Sie war in den Wald geflohen, bevor Toni oder Preston auch nur auf die Idee gekommen waren, die Tür einzutreten. In apathischer Hast hatte sie sich in ihre Kampfmontur geworfen, sich den Notrucksack geschnappt, der stets unter dem Bett bereit lag, und war aus dem Fenster geklettert.

Schmerz zuckte durch ihre Brust. Johanna legte die Hand auf die Stelle und senkte für einen Augenblick die Lider.

Tonis Verrat zerreißt mein Herz. Und der Fakt, dass Adam es sich in London gemütlich gemacht hat und sich schlicht zu fein dafür war, mir auf meine Nachrichten zu antworten …!

Das Gefühl einer brennend heißen Nadel rammte sich in ihr Herz. Johanna japste nach Luft. Mit voller Wucht kehrte die Wut in ihre Eingeweide zurück und ließ sie innerlich kribbeln vor Hitze.

Ich mache hier ein Jahr lang die Drecksarbeit, während die beiden sich in London wahrscheinlich ins Fäustchen lachen und amüsieren! Anscheinend war ich nie mehr als ein netter Zeitvertreib in ihren Spielchen!

Sie stand kurz davor, ein weiteres Mal in dieser Nacht die Kontrolle zu verlieren. Da sie nicht plante, jemals zu Toni und Adam zurückzukehren, musste sie allerdings ab sofort ihre Kräfte einsparen. Deshalb begann Johanna umgehend mit den Atemübungen, um sich zu beruhigen. Noch nie hatte sie dermaßen Probleme damit, die düsteren Schlieren im Zaum zu halten wie jetzt: Ihr gesamter Körper bebte vor unterdrücktem Zorn, und ihre Gedanken kreisten unablässig um die Ereignisse der letzten Stunden.

Unbewusst lenkte Johanna ihre Schritte auf den Baumstamm zu, auf dem sie vor wenigen Wochen noch mit ihrer Mentorin gesessen hatte. Mit einem Laut zwischen Stöhnen und Grunzen ließ sie sich darauf nieder und ordnete die wirren Erkenntnisse des vergangenen Tages.

Die Organisation hat etwas mit mir vor, aber da sie mich nicht direkt nutzen können, verwenden sie DNA, Knochen und Haut von mir.

Und meine besten Freunde – meine wahre Familie – haben mich belogen! Das bedeutet, auf keinen von ihnen kann ich mich mehr verlassen...

Auf Gelleroy kann ich ebenso wenig bauen, denn er steht immer noch treu hinter dem Kreis, und von Greta will ich gar nicht erst anfangen...

Bleibt noch Taima. Ich könnte mich den Jägern anschließen. Dann habe ich zwar keine Möglichkeit mehr, die Organisation auszuspionieren, aber ich wäre sicher. Und das Netzwerk der Jäger reicht eventuell ja auch schon aus, um herauszufinden, wer hinter den Morden an meinen Eltern steckt.

Sie stutzte. Ein hauchzartes Knacken im Unterholz führte dazu, dass Johanna sich aufmerksam umsah. Doch sie war noch zu tief in Gedanken versunken, um es nicht als simple Wild-Aktivität abzutun.

Und was ist mit Preston? Ich muss ihm sagen, dass wir nicht länger sicher sind – wenn Toni gegen mich arbeitet ... dann kann alles passieren. Aber kann ich Preston trauen? Er sagte zwar, dass er mir glaubt und ich seine Loyalität habe...

Wieder erklang das Knacken von feinen Ästen, diesmal um einiges näher.

Johanna hielt sich nicht damit auf, sich erneut umzuschauen; sie schoss in die Höhe und floh durch das Unterholz des Waldes. Während sie rannte, wechselte sie in die Farbenwelt und warf einen Blick über die Schulter. Zwei Verfolger, leicht versetzt voneinander, waren ihr dicht auf den Fersen. Der hintere der beiden war definitiv Toni.

Dann muss ersterer Preston sein.

Sie stolperte auf die Lichtung, auf der Meghans Höhleneingang lag und wetzte kopflos voran. Aus dem Augenwinkel heraus nahm sie eine plötzliche Bewegung rechts von sich wahr. Schlitternd und mit den Armen rudernd kam sie zum Stehen.

Der Baum! Er triefte vor schwarzem Harz, die Magieflocken wirbelten unruhig um sein Geäst und der Waldboden, der vom Harz getroffen wurde, hatte eine unnatürliche, grünliche Färbung bekommen.

Der Drang, sich ihm zu nähern, keilte sich in Johannas Gehirn, hartnäckiger als je zuvor. Wo sie früher mit angehaltenem Atem und zusammengepressten Zähnen an dessen Stamm vorbeigehastet war, so konnte sie jetzt nicht mehr widerstehen.

Vergessen war Preston, der in diesem Augenblick durch die Büsche brach.

Unbedeutend war Toni, der weiter im Dickicht versteckt blieb und den sie trotz dessen spüren konnte, als wäre er ein Teil von ihr.

»Johanna?« Prestons Stimme durchbrach die Ruhe des Waldes. »Was ist los, warum hast du geschrien? Und wieso bist du weggelaufen?«

Seine Stimme verschmolz mit dem Rauschen, welches durch die Blätter der umstehenden Bäume fegte.

Unwichtig.

Was er sagte, war ohne Bedeutung.

Johanna runzelte die Stirn, wusste jedoch nicht, warum. Ihre Augen waren auf den Baum geheftet. Sie machte einen ersten Schritt darauf zu, hielt jedoch auf der Stelle inne. In ihr kämpfte etwas gegen den Drang an, dem Ruf des Baumes zu gehorchen. Aber sie konnte nicht eruieren, was es war. Irritiert verharrte sie und schloss die Augen.

»Johanna! Antworte mir!«

Dieser widerliche Wurm geht mir auf die Nerven!

Erschrocken riss Johanna die Augen auf. Was hatte sie da gerade gedacht? Das waren nicht ihre Gedanken!

Sie hörte, wie Preston vorsichtig näher kam. Mit einem Blick gen Boden stellte sie fest, dass sie exakt auf der Grenze zum Wurzelwerk des Baumes stand.

So schnell sie konnte, hob Johanna den Arm und bedeutete Preston, zurückzubleiben.

»Komm nicht näher«, warnte sie ihn zusätzlich.

»Dann sag mir, was los ist«, antwortete er mit einem verblüffenden Flehen in der Stimme. »Was auch immer es ist, ich bin für dich da.«

Der Drang wurde zu einem regelrechten Sog.

Johanna kniff die Augen zusammen und ging in die Hocke, um nicht noch tiefer in den Einflussbereich des Baumes zu geraten. Denn einer Sache war sie sich inzwischen sicher: Was

290

auch immer damit nicht stimmte, er war auf jeden Fall von düsterer Magie durchzogen.

Um sich von der ungebändigten Anziehungskraft abzulenken, ließ sie sich auf das Gespräch ein. »Toni hat gelogen, Preston«, stieß sie zwischen fest zusammengepressten Zähnen hervor. »Er wusste die ganze Zeit über, wo Adam steckt.«

»Was!«, kam es ungläubig von Preston. »Woher hast du diese Info?«

Die Wut in Johanna brüllte auf.

Warum kauert Toni dort hinten im Unterholz, anstatt sich uns zu stellen?

»Taima!«, rief sie erbost. »Taima hat mich angerufen. Sie ist bei den Jägern, und *die* wissen ganz genau, was Sache ist!«

Mühsam erhob sie sich und drehte sich herum, sodass der vor schwarzem Harz triefende Baumstamm in ihrem Rücken lag.

»Also komm raus Toni! Ich weiß, dass du da bist.«

Sie machte einen winzigen Schritt nach hinten. Das schlagartige Aufbrüllen der Anziehung ließ Johanna beinahe alles vergessen; wieso sie hier stand, warum Preston dort drüben war und nicht an ihrer Seite… Und wer der unglaublich gut aussehende Typ war, der sich in diesem Moment aus dem Gebüsch schlängelte und sie dabei wachsam musterte.

Unbedeutender Abschaum!

Nein!

Das …

Toni…

Das ist Toni, rief sie sich mit einem leichten Kopfschütteln in Erinnerung.

Verräter! Unwürdiger kleiner Wicht!

Erneut schüttelte Johanna den Kopf.

Das sind nicht meine Gedanken!

Furcht mischte sich in ihre aufgewühlte Emotionswelt.

Was passiert hier?

»Leonessa…« Tonis Stimme wehte zu ihr herüber und umfing sie wie eine sanfte Umarmung.

Ihr Herz schmerzte bei seiner Verwendung ihres Kosenamens.

»Ich wollte es dir sagen«, sagte er. Er ließ sie nicht aus den Augen.

Johanna schüttelte den Kopf. Das Röhren des Sogs machte es ihr schwierig, Tonis Worte zu verstehen.

Toni jedoch interpretierte es als ein Zeichen des Unglaubens und er verzog das Gesicht zu einer leidenden Grimasse. »Bitte… Glaube mir. Ich habe mich so mies gefühlt, es vor dir zu verheimlichen!«

Während er erklärte, kam er näher und blieb schlussendlich neben Preston stehen. Dieser beäugte Toni misstrauisch und spannte sich sichtlich an.

Mieser Verräter! Wo ist die Treue, die ihr schwort!

»Bitte, lass uns darüber reden«, fuhr Toni fort, als Johanna nicht reagierte. »Komm mit mir.«

Damit du dein Lügengespinst noch weiter ausweiten kannst? Niemals!

Johanna vermochte nicht länger zu sagen, wo ihre eigenen Gedanken begannen und die fremden aufhörten. Sie schienen sich zu einer Masse zu vermischen und ließen Johannas Schädel pochen.

Sie stöhnte qualvoll auf und ging in die Knie. Ihre Hände fuhren wie von selbst an ihre Ohren, um sie sich zuzuhalten.

Wie in Zeitlupe hob sie mühevoll den Blick. Toni stand wie festgewurzelt an der Grenze des Baumes. Die dunklen Grasflecken berührten beinahe seine Schuhspitzen. Er schien zu spüren, dass etwas nicht stimmte, und wich einen Schritt zurück, seine Augen starr auf Johannas Gestalt gerichtet.

»Der Baum«, krächzte sie. »Er ruft nach mir.«

292

Trotz des Tosens hinter ihr hörte sie, wie Toni scharf die Luft einsog. Erkenntnis glühte in seinen Augen.

»Preston!« Sein Tonfall war alarmiert. »Schaff Johanna dort weg, sofort!«

Ihr Beschützer zögerte keine Sekunde. Er raste auf Johanna zu und griff sie an den Achseln. Ohne sichtbare Mühe zog er sie hoch und zerrte sie voran.

Die fremden Gedanken überschlugen sich.

Nein!

Verräterin!

Alles mickrige Würmer!

Menschlicher Abschaum!

Der stechende Schmerz in ihrem Kopf nahm überhand und Johanna schrie auf. Eine schmerzvolle Explosion nach der anderen detonierte in ihrem Verstand.

Sie sackte in sich zusammen, als hätte jemand die Fäden durchtrennt, die ihren Körper zusammen- und aufrecht hielten.

Preston erstarrte augenblicklich, seine starken Arme waren das Einzige, was sie von einem endgültigen Kollaps auf dem Erdboden fernhielten.

Johannas Sicht kippte von selbst in die Farbenwelt. Ihr Kopf rollte lasch hin und her und ihre Augen wollten sich einfach nicht mehr fokussieren. Ihr gesamtes Gewicht ruhte in Prestons Händen, der sie Schritt für Schritt aus dem Dunstkreis des Baumes brachte.

Die Lichtung explodierte in gellendem Lärm.

Preston zerrte sie über die Grenze und ließ sie zu Boden sinken, dann war er verschwunden. Seine donnernden Stiefelschritte hielten abrupt inne. Schreie erklangen.

Johannas Bewusstsein klarte auf, die toxischen Gedanken verschwanden und der Schmerz linderte ab. Ihre Sicht kehrte stechend scharf zurück.

Überall standen Soldaten. Preston lag wenige Schritte von Johanna entfernt auf dem Boden, eine riesige Platzwunde am Kopf. Er rührte sich nicht.

Ein Soldat schlenderte einige Schritte nach rechts und Johanna erkannte Toni hinter ihm, auf den Knien, am Shirt von einem anderen Soldaten festgehalten. Er brach zusammen und fiel nach vorne.

»Lähmt sie!«, donnerte eine Stimme über die Lichtung. Eine allzu vertraute Stimme.

Johanna zog sich auf die Knie und machte Anstalten, aufzustehen. Ihr Kopf war noch nicht ganz wieder da.

Im nächsten Augenblick rammte sich eine Nadel in ihren Oberarm und sie verspürte das kalte Kribbeln in ihrem Blut.

Nein!

Verzweifelt kämpfte sie gegen die Lähmung an. Sie konnte sich bereits nicht mehr rühren und drohte, genau wie Toni, vornüberzukippen.

»Schafft ihn weg!« Wieder diese vertraute Stimme.

Johannas Augen wanderten über die Soldaten, suchten nach dem Befehlshaber. Doch alles, was sie sehen konnte, war, wie zwei von ihnen Toni an den Armen packten und ihn wegschleiften.

»Schafft den Beschützer zurück. Ich will allein mit der Gefangenen sprechen.«

Einige gemurmelte Worte des Protests folgten. Johanna hielt sich mit aller Kraft aufrecht, ihr Kopf nach vorne herabgesackt und die Arme schlaff neben ihrem Körper hängend.

Unzählige Stiefelschritte entfernten sich lautstark durch den Wald und nur wenige Herzschläge später war Johanna allein.

»Ich mag es, wie du vor mir kniest«, frotzelte Thorn Borthertorn irgendwo vor ihr.

»Es hat das gewisse Etwas, das muss ich schon sagen.«

Schritte erklangen, und sie konnte aus dem Augenwinkel erkennen, dass er links neben sie getreten war. Sein Stiefel holte aus und traf sie in die Rippen. Hilflos fiel Johanna zur Seite. Das einzig Positive an dieser neuen Position war, dass sie ihn nun vollends sehen konnte.

Der CEO trug dieselbe Kampfausrüstung wie alle anderen, weshalb sie ihn vorhin nicht erkannt hatte. Zudem lag sein Gesicht hinter einer Sturmhaube verborgen, die er in diesem Moment vom Kinn schob. Das vertraut irritierende Grinsen wurde darunter sichtbar.

»Eine *Berührende* wie du, die vor mir im Dreck kriecht. Wer hätte jemals ahnen können, dass es mal so weit kommt.«

Johanna konnte sich nicht rühren. Sie schob den gesamten Hass, den sie für ihn empfand, in ihren Blick und hoffte, dass er die Botschaft verstand.

Borthertorn winkte ab. »Natürlich gefällt dir das nicht. Ich hätte auch nichts anderes von dir erwartet, oh Wunderkind.«

Wunderkind?, schoss es ihr durch den Kopf.

Er schien ihre Irritation bemerkt zu haben, denn Thorn beugte sich vor und stützte sich mit dem Ellbogen auf seinem Knie ab. »Ah, aber du weißt ja noch gar nichts von deinem Glück!«

Er schubste sie heftig an der Schulter, sodass sie auf den Rücken rollte. Im Anschluss stellte er seinen Schuh auf ihre Rippen und stützte sich erneut auf das Bein. Hätte sie es gespürt, sie wäre wahrscheinlich vor Qual vergangen.

»Weißt du, es gibt da jemanden…«, erzählte Thorn im Plauderton. »Jemanden mit einer Vision. Dieser Jemand konnte mich davon überzeugen, dass wir eine ganz bestimmte *Berührende* brauchen.«

Er zwinkerte und deutete auf ihr Gesicht. »Dich.«

Sein Stiefel verschwand und er reckte sich. »Deine Gene, dein Körper – das alles ist für mich und diesen Jemand für unseren Plan notwendig. Aber auf was wir besonders heiß sind, sind deine Kräfte, Johanna.«

Meine Kräfte? Wieso?

»Du, meine Liebe, bist ein Unikat unter Raritäten.« Er legte eine Kunstpause ein, in der er sie eingehend betrachtete. Das Grinsen verschwand aus seinem Gesicht. Die Veränderung war schockierend. Thorn Borthertorn wäre ein wunderschöner Anblick, wenn sein Antlitz, wie in diesem Moment, einmal ernst wäre.

Er lehnte sich vor, die grünen Augen giftig grün leuchtend. »Denn du vereinst sowohl positive als auch negative Heilmagie in dir wie niemand je zuvor.«

Der Stiefel kollidierte mit ihrem Gesicht.

Ihr Augenlicht wurde durch Schwärze ersetzt, indes Schmerzen in ihrem Bewusstsein explodierten.

Sie sackte in Dunkelheit.

Epilog

Der Bildschirm des Smartphones leuchtete auf und durchbrach die völlige Dunkelheit für ein paar Sekunden.

Anonym (03:22): Ich kann dir helfen. Aber es gibt eine Bedingung...
Anonym (03:22): Ich habe Adams Adresse. Der Haken an der Sache: Ab dem Zeitpunkt, an dem ich sie dir verrate, bist du vogelfrei für den *Kreis der Begnadeten*.

Das Display wurde wieder schwarz.
Keine Reaktion aus der Finsternis.

Ende des zweiten Bandes

Danksagung

Während ich »HOME – The Place Where I Belong« schrieb, fiel ich in ein tiefes Loch aus fehlender Motivation und selbstauferlegtem Stress. Da ich nach dem Release im Plan bereits drei Monate hinterher war, baute ich innerlich noch mehr Stress auf, weil ich mir immer wieder sagte, dass das Manuskript von »Colour & Bones – Zwiespalt« bis Ende Mai fertig geschrieben sein musste.

Anfang Mai umfasste das Manuskript gerade mal hundert Seiten. Ich fühlte mich miserabel, steckte zwischen stressbedingter Blockade und fehlender Motivation fest. Bis es irgendwann einfach klickte, und ich ein Wochenende lang durchschrieb. Dadurch konnte ich innerhalb kürzester Zeit viel wettmachen.

Es ist jetzt Juli, und das Manuskript ist offiziell fertig. Und das endlich ohne das Gefühl von selbstauferlegter Geißelung. Es ist manchmal wichtig, die Dinge einfach laufen zu lassen und trotzdem nicht aufzugeben.

Für das Cover dieses zweiten Bandes möchte ich Sabine Pöstinger danken. Es stand schon sehr früh fest, wie es aussehen wird, und ich freute mich jedes Mal, wenn ich es angesehen habe, denn es passt – ganz wie Band eins – zum Inhalt wie die Faust aufs Auge <33

Ebenso bedanken möchte ich mich bei Anna Lavellan. Sie hat Adam ein Gesicht gegeben, welches außerhalb meiner Vorstellung existiert – und es ist ihr wahrlich gelungen! Absolute Spitzenarbeit.

298

Sowohl von Sabine als auch von Anna werdet ihr im nächsten, finalen Band noch mehr zu sehen bekommen. Deshalb bleibt mit mir am Ball und findet heraus, was mit Johanna geschehen wird, und ob Toni noch gerettet werden kann. Wird Adam zurückkommen, um seinen besten Freund zu rächen – oder zu retten? Und was ist mit Preston?

So viele Fragen…

Sie alle werden in Band 3, »Colour & Bones – Gleichklang«, beantwortet werden. Bis dahin könnt ihr den ersten Band als Hörbuch nochmals genießen.

Mehr von Luna Cathedras

Website
https://www.lunacathedras.online

Social Media
TikTok: @luna.author
Instagram: @lunacathedras
Facebook: Luna Cathedras

Unterstütze meine Arbeit via Ko-Fi und erhalte exklusive Vorabinfos & Goodies zu meinen Buch-Releases:
https://ko-fi.com/lunacathedras

Ich freue mich über jede Rezension auf Goodreads, Lovelybooks, Reado, Amazon, readfy, kobo und allen anderen Kanälen. Gern reposte ich auch deine Blog-Review oder dein TikTok.
Sollte die Rezension Kritik enthalten, bitte denk daran: Durch konstruktive Kritik wachsen wir, durch destruktive Kritik jedoch entsteht nichts, was blühen kann.

Ebenfalls von Luna Cathedras

Mit Augen wie Silber
Erotischer Liebesroman

Taschenbuch, 358 Seiten
€15,99 [D], SFr. 24,90
[CH], €16,95 [AT]*

ISBN 978-3-75680-847-2

E-Book, 323 Seiten
€6,99 [D], SFr. 6,90 [CH],
€6,99 [AT]*

ISBN 978-3-75787-120-8

* Cover- und Preisänderungen vorbehalten.

Gwen hat ihr Ziel erreicht: Sie ist an ihrer Wunsch-Uni und kann studieren, was sie möchte; sehr zum Missfallen ihrer Mutter. Schnell stellt sich Drittsemestler Tristan als unwiderstehlich für Gwen heraus. Doch sie hat mit ihren Eltern eine Abmachung, die sie nicht brechen darf …

Tristan hat sich selbst versprochen, seinen Ruf und das Leben als Frauenheld aufzugeben. Er will für seine Familie studieren und Geld verdienen. Doch Gwen stellt ihn auf eine harte Probe, der er noch nicht gewachsen ist.

Leseproben, Tropes und mehr auf www.lunacathedras.online.

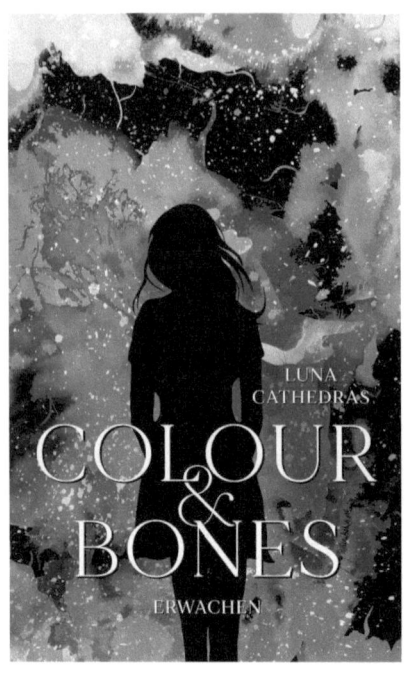

Colour & Bones
Teil 1: Erwachen
Spicy Romantasy

Taschenbuch, 324 Seiten
€14,99 [D], SFr. 22,90
[CH], €15,95 [AT]*

ISBN 978-3-732-29570-8

E-Book, 318 Seiten
€6,99 [D], SFr. 6,90
[CH], €6,99 [AT]*

ISBN 978-3-757-84206-2

* Cover- und Preisänderungen vorbehalten.

Die 21-jährige Studienanfängerin Johanna stolpert mit großen Erinnerungslücken durchs Leben, die sie sich nicht erklären kann. Sie lebt zusammen mit ihren Tierarzt-Eltern in einer Kleinstadt. Ihre Eltern verbieten ihr strikt den Kontakt zu den beiden Brüdern Adam und Toni Cadeesh von nebenan, obwohl sie einst Sandkastenfreunde waren – doch das Warum bleibt bei jedem Gespräch unbeantwortet. Schade, denn in einen der beiden ist Johanna verknallt, seit sie sich im Alter von sechs Jahren zum ersten Mal begegnet sind.

Nachdem Johanna durch einen Unfall vorübergehend an den Rollstuhl gefesselt ist, fallen mithilfe der beiden Brüder allmählich die Mauern ihrer behüteten Erinnerung, und sie beginnt zu erkennen, was hinter all den verlorenen Erinnerungen steckt – und wer sie wirklich sein soll.

Leseproben, Tropes und mehr auf www.lunacathedras.online.

Hüter der Grenzen
Ankhsharas Fluch
Fantasy

Taschenbuch, 606 Seiten
€20,00 [D], SFr. 29,90
[CH], €20,95 [AT]*

ISBN 978-3-756-87921-2

E-Book, 625 Seiten
€9,99 [D], SFr. 9,90
[CH], €9,99 [AT]*

ISBN 978-3-758-38951-1

* Cover- und Preisänderungen vorbehalten.

Wir sitzen knietief in der Scheiße. Karma könnte man sagen. War ja klar, dass mein Zwillingsbruder Seth und ich nicht ohne Folgen mit acht Jahren in einer abgelegenen Höhle gesegnetes Wasser zu trinken bekommen und keinen blassen Schimmer haben, was eigentlich dahintersteckt.

Aber dass wir jetzt, geschlagene zehn Jahre später, von einer bislang unbekannten Göttin gezwungen werden, ihr verborgenes Land vor einem Fluch zu retten, weil wir ansonsten sterben – das ist einfach zu viel. Da hilft es auch nichts, dass uns der kryptische Schönling Artys und seine Assistentin Liandra zur Seite gestellt werden – er lenkt mich eher ab mit seinen türkisfarbenen Augen, die mir so viel mehr versprechen, als er ausspricht, und sie ist eine wahre Schönheit, der mein Bruder Seth nicht lange widerstehen können wird …

Leseproben, Tropes und mehr auf www.lunacathedras.online.

Übersetzt ins Englische von Luna Cathedras

With Eyes Like Silver
Erotic Romance
Die Übersetzung des
beliebten Debüt-Romans
ins Englische

Taschenbuch, 304 Seiten
€12,99 [D], SFr. 19,90
[CH], €20,95 [AT]*

ISBN 978-3-758-32246-4

E-Book, 304 Seiten
€4,49 [D], €4,49 [AT]*

ISBN 978-3-758-34096-3

* Cover and price changes subject to change.

Gwen achieved her dream: she's at the college of her own choice with the major she hoped for since ten years—much to the disapproval of her mother. Junior year student Tristan quickly turns out to be irresistible to Gwen. But she's made a deal with her parents that she mustn't break…

Tristan has promised himself to give up his reputation and life as a womanizer. He wants to get a stable college degree and earn money for his mother and brother. But Gwen presents him with a tough challenge that he thinks he's not yet ready to face.

Reading sample, tropes and more on www.lunacathedras.online.

Ab diesem Herbst von Luna Cathedras

Colour & Bones
Teil 3: Einklang
Spicy Romantasy

Verfügbar als
Taschenbuch &
E-Book*

* Cover- und Preisänderungen vorbehalten.

Nachdem Toni entführt wurde und der *Kreis der Begnadeten* endlich sein wahres Gesicht offenbarte, wird Johanna in ihrem alten Zuhause von Greta festgehalten. Ausgerechnet ihr Beschützer Preston ermöglicht ihr die Flucht.

Gemeinsam mit ihm taucht Johanna unter und sucht nach einer Möglichkeit, ihren besten Freund zu befreien. Schnell wird klar: Sie braucht Adams Hilfe, um in den gesicherten Trakt einzudringen, in welchem Toni gefangen gehalten wird.

Doch wenn sie die Hilfe des anonymen Erpressers annimmt, um Adams Adresse zu erbitten, wird sie von der Organisation für vogelfrei erklärt…

Leseproben, Tropes und mehr auf www.lunacathedras.online.

Genieße ab diesem Herbst das Hörbuch zu
»Colour & Bones – Erwachen«

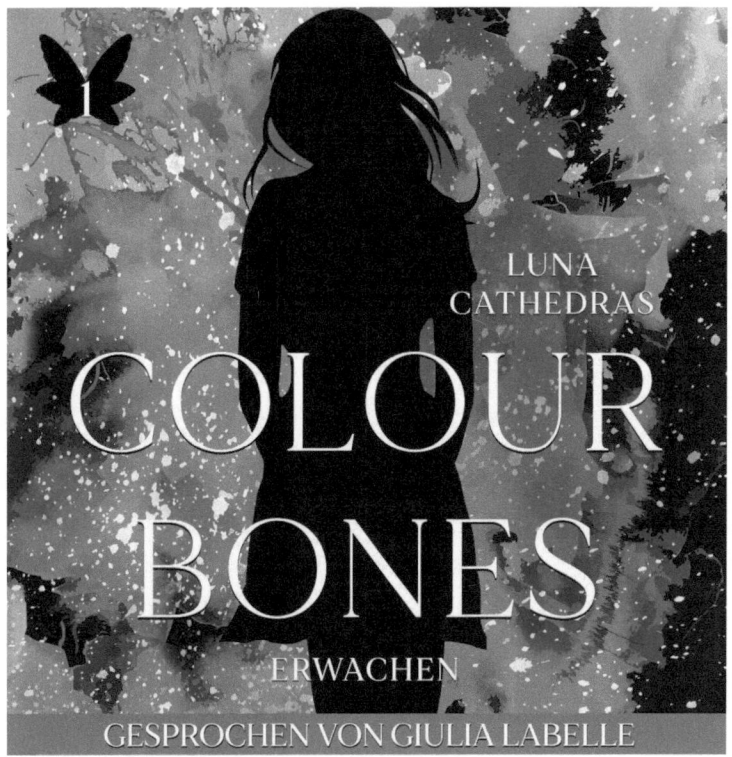

Dauer: ~ 09:30 Std.
Preis: € 20,00 [D]

Eine Produktion der Klangkantine Audiobooks Darmstadt

Überall, wo es Hörbücher gibt